中國語言文字研究輯刊

初 編

許錟輝 主編

第 **19** 冊

明代等韻之類型及其開展（下）

王松木 著

花木蘭文化出版社

國家圖書館出版品預行編目資料

明代等韻之類型及其開展（下）／王松木 著 ─ 初版 ─ 新北
市：花木蘭文化出版社，2011〔民100〕

目 8+184 面；21×29.7 公分

（中國語言文字研究輯刊 初編；第 19 冊）

ISBN：978-986-254-715-1（精裝）

1. 等韻 2. 研究考訂 3. 明代

802.08　　　　　　　　　　　　　　　　　100016554

ISBN-978-986-254-715-1

9 789862 547151

中國語言文字研究輯刊

初　編　第十九冊　　　　　ISBN：978-986-254-715-1

明代等韻之類型及其開展（下）

作　　者　王松木
主　　編　許錟輝
總 編 輯　杜潔祥
出　　版　花木蘭文化出版社
發 行 所　花木蘭文化出版社
發 行 人　高小娟
聯絡地址　新北市永和區中正路五九五號七樓之三
　　　　　電話：02-2923-1455／傳眞：02-2923-1452
網　　址　http://www.huamulan.tw 信箱 sut81518@gmail.com
印　　刷　普羅文化出版廣告事業
初　　版　2011 年 9 月
定　　價　初編 20 冊（精裝）新台幣 45,000 元

版權所有·請勿翻印

明代等韻之類型及其開展（下）

王松木　著

目

次

第五章　假借音韻、證成玄理的論著

　　研究對象的深入認知與學科問題的重新界定，無疑是學術研究得以獲致突破性發展的重要關鍵，是以漢語等韻學研究者對於韻圖性質的體認，無形中主宰著等韻學研究的開展趨向。今日等韻學者大抵遵循著高本漢的研究典範，而將韻圖定位成記錄、描寫實際語音系統的音節總表，故多以韻圖為建構音系、擬測音值的憑藉。不可否認的，拼讀反切、辨明音值確實是韻圖的重要功能，但那也只不過是韻圖所呈現出的一個側面，豈能拘執一隅而欲洞見全貌？本文一再強調應將韻圖回歸至初始的文化語境中，如此必會赫然驚覺：韻圖並非僅是客觀描寫語音的形式框架，更是等韻學家表達主觀認知的詮釋系統。

　　面對音韻結構的系統性與規律性，等韻學家一方面「援《易》為說」，援引象數學的概念來設計韻圖格式、解析音韻結構，從而編撰出雜糅象數的等韻圖式；另一方面則「援以說《易》」，將音韻結構比附於陰陽八卦、律呂風氣，藉由象數概念的運算、推演，上則欲以證成天道玄理，下則用以推測人事禍福，從而總成沾染著濃厚術數、方技色彩的等韻論著。等韻學家或「援《易》為說」、或「援以說《易》」，表面看來兩者似無太大的區別，實則有著認知觀點與功能取向上的差距。蓋若就韻圖的編撰動機言之，「援《易》為說」的韻圖雖是雜糅象數思想，但作者所關注的主體仍在音韻系統上，是以本文將此類韻圖的性質

定位成「雜糅象數的等韻字表」；而「援以說《易》」的圖式則因作者的終極目的在於證成天道或逆測人事，韻圖並非作者的焦點所在而多處於附庸地位，是以本文暫且此類圖式歸屬於「假借音韻的象數圖式」。

「雜糅象數的等韻字表」仍可歸屬於音韻學研究的範疇；至於「假借音韻的象數圖式」則實已跨入象數學的研究領域。是以，兩類韻圖在音系建構與音值擬測上的價值並不均等：前者雖在現實音韻框架上套用象數學的術語，但只要剝離掉覆蓋在音系表層上的象數學障蔽，仍可回復其真實面貌，如楊秀芳（1987）即是以呂坤《交泰韻》來推求明代的河南方音；後者則以象數學概念作為主體框架，甚至不惜改動現實音系以求能切合象數，如此象數幾乎已與音韻混同一體，若無其他資料相互參照則很難從韻圖中抽離出實際音系，是以本節所論韻圖諸如：趙撝謙《皇極聲音文字通》、葛中選《泰律篇》……等，難以受到現代漢語音韻學研究者的青睞，僅在文獻學取向的音韻學論著中偶有論及。

本文第四章已對「雜糅象數的等韻字表」有一番概略性瀏覽，本章則是針對「假借音韻的象數圖式」加以詮釋，冀能瞭解此類圖式的編撰理據及其在漢語等韻學史中的地位。

第一節　「援以說《易》」——以聲音之道通神明、類萬物

明代思想家欲藉由聲音之道以通神明、類萬物，因而撰成以象數之學為主體架構的音韻圖式，即為本章所謂之「援以說《易》」的韻圖。然而，不禁要追問：音韻結構具有何種特性呢？為何明代思想家能「援以說《易》」？基於何種哲學理念，使得前人如此堅信能藉由聲音之道而與宇宙萬化生成、演化的軌跡相應合？古人又是如何藉由聲音、律呂來論證天道玄理、逆測人事禍福？若單純地從音系擬構的角度來看，韻圖只不過是客觀存在的語音形式框架，上述所提的這些主觀認知上的問題可說是無關緊要，大可棄而不談；但若從音韻學史的觀點立論，韻圖乃是特定文化語境下的產物，則必得先釐清上列的各項疑問，方能確切掌握韻圖成書動機及其編排理據。

下文擬先解說「援以說《易》」的哲學基礎；其次，則論述古人如何藉由聲音之道達到通神明、類萬物的具體功效，及其對韻圖形制與編排體例所可能造成的影響。

一、《周易》所展現的全息思想

古代哲人普遍認爲世間萬物皆具聲色氣味，其中尤以「聲音」最容易爲人所感知，是以通常假托聲音以推論宇宙萬物生成、變化之規則。〔北宋〕邵伯溫（1057～1134，邵雍之子）有言：

> 物有聲色氣味，可考而見，唯聲爲甚。有一物則有一聲，有聲則有音，有律則有呂。故窮聲音律呂，以窮萬物之數。數亦以四爲本，本乎四象故也。自四象而爲八卦，自八卦而爲六十四，天下萬物之數備於其間矣。（袁子讓《字學元元》卷九附錄）

陳藎謨體皇極理數而欲窮竟天地之聲音，其理論根源亦本之《易》，故於《元音統韻‧通釋》云：

> 《易》之爲書也，廣大悉備，有天道焉、有人道焉、有地道焉。廣大悉備中，聲音其要焉者矣。

〈繫辭〉云：「《易》與天地準，故能彌綸天地之道。」《周易》向來被視爲天道玄理的具體展現，後人透過陰陽、四象、八卦、六十四卦……等不同符號模式的中介，即可表徵宇宙萬物無窮無盡的生成、變化。然則，何以《周易》會具有如此廣大的包容性呢？其中的奧秘在於《周易》是一個典型具有全息性（holographic）特徵的體系。〔註1〕

全息思想乃是東方古典哲學的一項特色，〔註2〕主要特點在於強調有機整體

〔註1〕吳繼仕《音聲紀元》論述梵音，指出：「梵書五天，音聲用事，一法不足以辨之，遂加彈舌而聲爲二用。于不彈爲一義一用，加彈爲一義一用，若彈指則又溢于喉舌之外而爲三用矣。華言皆無此法，譯者無字當之，不得已而于字傍贅以口字而爲彈舌之別，不成文也。故《篇韻》口部所增俗書獨多者，太半此類誤入也。不知者認爲有義而仍讀華不彈之音，謬矣。」根據筆者對攷，吳繼仕之論述實本自趙宧光《悉曇經傳》「梵音例二」。

〔註2〕朱潤生爲《物理學之"道"—近代物理學與東方神秘主義》所寫的「譯者前言」中，指出：「東方宇宙觀的兩個基本要素是宇宙的對立統一及其固有的動態性質。在認識論上強調直覺的體驗，並且認爲人們不可能絕對客觀地認識世界。各種門派的東方哲學的共同特點就是認爲天地萬物都是宇宙整體中相互依賴、不可分割的部份，是同一終極實在（reality）的不同表現。這就是印度教的"梵"，佛教的"法身"，道教的"道"。」東方古典哲學基於動態、整體的宇宙觀，自然地萌生出樸素的全息思想，諸如道家之「人法地、地法天、天法道，道法自然」；傳統

性、注重部分與整體間的關連性，與西方近代科學講究邏輯分析有著本質上的差異。王樹人、喻柏林（1995：30）將全息思想其基本含義概括爲以下三點：

1. 在任何整體、系統中，其部份、子系統，直至最小單元，都包含或潛在地包含整體、系統的完整信息。

2. 上述部份、子系統，直至最小單元，對於整體、系統來說，都是或潛在地是同源、同質、同構的。

3. 在全息和同質同構的前提下，不存在不相干的事物，任何事物都是相關聯的。就是說，風、馬、牛亦相及，而非不相及。

《周易》全息思想具體展現在卦象的動態變化上。試觀六十四卦象，無一不是經由陰爻、陽爻在數目、位置上的變化所滋衍出來的，各個卦象之間相互關聯而成爲動態流轉的整體，且任何一個卦象也都有可能經由「卦變」〔註3〕而轉化成其他的六十三卦。換言之，任何一個卦象本身都潛在地包含著六十四卦象，就如同 DNA 中含藏著建構生物個體的遺傳信息一般，分子生物學家只要能從任一細胞中抽取出 DNA，即有可能複製出完整的生物體。古聖先哲正是在《周易》的全息思想激發下，從而粗略地感悟到：天道既能生化宇宙萬物，萬物亦莫不稟受天道而生，是以萬物之間彼此相互聯繫，且具有同源、同質、同構的關係，是以體察萬物即能窮竟天道的所有信息。此種全息的哲學觀點具體凝聚在〔北宋〕張載（1020～1077）《西銘》中，即其所謂：「乾稱父，坤稱母；予茲藐焉，乃混然中處。故天地之塞，吾其體也；天地之帥，吾其性。民，吾同胞；物，吾與也。」

中醫學將人體視爲小宇宙；大乘佛教以「因陀羅網」隱喻宇宙萬事萬物之間無窮的關聯性。

〔註3〕卦爻的生成、卦象的轉換向來是易學象數理論所關注的重要課題，而這方面最主要的討論成果表現在各種「卦變」說中。卦爻生成、變化的研究始於東漢經學家荀爽（128～190）所提出的「陰陽升降說」，而後有〔孫吳〕虞翻（164～233）的「卦變」說，繼之者則有〔北宋〕李之才（？～1045）、〔南宋〕朱熹（1130～1200）、〔元〕俞琰（約 1253～1314）。「卦變」之符號生成法以「爻變」連帶著產生「卦變」作爲基礎，至於各種「卦變」說之不同，則只在於「爻變」規則之差異。（詳見董光壁，1993：37～49）除「卦變」說外，尚有「重卦法」與邵雍「二分法」……等符號生成法。

　　基於宇宙萬物同源、同質、同構的思想前提，《周易》將許多表面看似無關的現象加以連繫起來，並從連繫中獲取信息和啓示。「聲音」是萬物中最易感知的物質徵性，亦是宇宙萬物生成、演化模式具體而微的縮影，此中蘊藏著豐富完滿的信息，古人因而藉以證成天道玄理。邵雍《皇極經世書》非但以「元會運世」的數學模式推究宇宙起源、自然演化與歷史變遷，更依據聲（韻母）音（聲母）拼合、滋衍與宇宙萬物生成、變化間的同構關係，制訂律呂聲音相互唱和的數學模式來演繹大地動植之數，具體方法爲：以聲之用數（10 聲×4 日月星辰×4 平上去入－48＝112）與音之用數（12 音×4 水火土石×4 開發收閉－40＝152），相互唱和，各得 17024 之動數、植數，再將動數、植數相配，則得 289816576 之大地動植總數。

　　明代等韻學家編製韻圖的目的不在於描寫區區一地之鄉音，而在於以韻圖架構出能夠涵蓋古今四方所有語音的音韻系統。但是如何能夠窮盡世間所有語音呢？若以方言調查的方式而逐一進行音位歸納，則以當今之數位科技尚未能及，更遑論仍以「天朝」自居的明清時人；是以，等韻學家勢必得採取演繹的方法，即在《周易》「全息」思想的預設前提下，襲取邵雍《皇極經世書》之「聲音唱和」模式，或將音韻配之以易卦，如：趙撝謙《皇極聲音文字通》、陳藎謨《皇極圖韻》；或將音韻比附於風氣、律呂，如：吳繼仕《音聲紀元》、葛中選《泰律篇》，冀能藉此架構出能含括天地之間的所有聲響的音韻圖式，即陳藎謨《元音統韻·序》所謂「天地間群籟之有字無字盡該焉。」

二、假借音韻結構論證天道玄理

　　《周易》卦爻動態變化所體現出的「全息」思想，長久以來已深植人心，終而成爲牢不可破的思維定勢，且不斷滲透到天文、醫學、占卜……等學科領域。古代學人承受著全息思想的烙印，認定世間萬物雖雜然紛呈，但均同出於一源，且遵循一定的軌跡運行，因此只要掌握住宇宙生成演化的總體原則，即可推演、預測萬物發展的歷程與結果。

　　陳藎謨《元音統韻·序》云：「律呂聲音之學至《皇極經世》稱精微矣。宋儒祝氏泌亦知其天聲百十二爲唱，地音百五十二爲和，經緯之法於斯密矣」。邵雍《皇極經世書》、祝泌《皇極經世起數訣》以天聲地音相互唱和之理數來排設韻圖，是以明清學者欲窮竟天地元音者莫不奉之以爲典範。但如何能將音韻的

生成模式與數理模式相對應呢？從列袁子讓《字學元元》卷九所附錄的引文中即可見一斑：

> 祝氏涇曰：宮商角徵羽分太少，爲十聲，管以十干；六律六呂合爲十二音，管以十二支。攝之以聲音之字母二百六十四。聲分平上去入，音分開發收閉，鋪布悉備，以爲三千八百四十圖，各十六聲、十六音，總三萬四千四十八音聲。蓋取天聲有字、無字與無聲字一百六十位，地音有字、無字與無聲字一百九十二位，衍忒而成之。聲之位去不用之四十八，止百十二，所以括《唐韻》之內外八轉而分平上去入也；音之位去不用之四十，止百五十二，所以括切字母脣舌牙齒喉而分開發收閉也。……聲音字母二百六十四，相交而互變，始於一萬七千二十四，極於二萬八千九百八十一萬六千五百七十六，以取卦一之二百五十六卦，以觀天地萬物之進退盈虛消長也。

由上可知，「援以入《易》」的韻圖多基於音韻結構與宇宙萬物同源、同構的全息理念，從而主觀地將聲類比附天干、韻類比附地支，而在「天地交合、化育萬物」的結構隱喻下，藉由「聲音唱和」以體現天地萬物盈虛消長的規律。

「援以入《易》」的圖式同《四聲等子》、《切韻指掌圖》之類的韻圖有著功能上的明顯差異：前者「以數合卦」，欲盡括天地之間的所有聲響，以推衍宇宙萬物生成演化規律，進而達到證成天道玄理的哲學目的；後者則多爲科舉考試、作文賦詩所作，具有「拼讀反切、辨明音值」的實際效用。是以，上官萬里別之曰：「自胡僧了義以三十六字爲翻切母，奪造化之功。司馬公《指掌圖》爲四聲等字，《蒙古韻》以一聲該四聲，皆不出了義區域。蓋但欲爲翻切用，而未及物理也。惟《皇極》用聲音之法，超越前古。以聲起數，以數合卦，而萬物可得而推矣。」（轉引自陳伉，1999：484）

三、透過音韻結構推測人事變化

中國古代通常將窮究「天地之道」（大宇宙）的學問統稱爲「術數之學」，將探索「人道」（小宇宙）的學問則歸之於「方技之學」，儘管兩者所關注的對象有所區別，但貫串其中的哲學思想並無二致。古代思想家既能藉由音韻結構以證成天道玄理，自然不乏有以音韻結構來逆測人事吉凶禍福者，是以邵雍除有《皇極經世》傳世之外，至今仍爲民間術士所使用的占卜法——《梅花易數》

相傳亦是出自於邵氏之手。

　　如何透過音韻分析的技巧來逆測禍福吉凶呢？具體展現在相命術家所謂的「五音定名」上。方以智《切韻聲原》嘗云：「古司商協名姓，吹律聽聲，卦影配爻，聞響占斷，豈非得幾之一端哉？」蓋古人堅信人的命運是由先天八字與後天姓名所決定的，而八字與姓名則須以相互調和爲貴。命名的辦法有很多種（現今所謂的「姓名學」則多以姓名筆劃數來推斷吉凶），其中有憑藉聲音而決定者，如《國語‧周語》記載：「司商協名姓。」此當即基於「類同相召，氣同相合，聲比則應」的共鳴原則，透過吹奏律管的方式，而選取能與自身相互感應的聲音以爲姓名；然而，隨著審音辨韻技巧的精進，人們逐漸改以「口有張歙、聲有內外」的音韻分析法來取代「吹律」，將語音依據舌位、唇形的差別而分成五類，此即爲東漢以來所流傳的「五音之家」。〔註4〕

　　此種將姓氏依五音──「宮商角徵羽」分類的審音方法，在唐宋時期曾被廣泛使用，例如：敦煌寫本《陰陽書》雖僅殘存《葬事》的一部份，但其中提到五姓有關的地方則多達 35 次；（黃耀堃，1982：38）另有一種「百家姓」，除了在各姓之下註明地望之外，還標注「宮商角徵羽」五音。（張清常，1956：237）可見這種現今被視爲荒誕不經的析音命名之術，在當時民生日用中卻具有極爲重要的地位。但是由於五姓與五音的搭配關係過於主觀，日久則淆亂難分，是以當時已引發詬病、批評的意見，如《舊唐書‧呂才傳》紀錄呂才對「五姓之說」的批判：「（才）敘宅經曰：……至于近代師巫，更加五姓之說，言五姓者謂宮商角徵羽等，天下物地悉配屬之，行事吉凶依此爲法，至如張、王等爲商，武、庾等爲羽，似欲同韻相求；及其以柳姓爲宮，以照爲角，又非四聲相管。其間又有同是一姓分屬宮、商，後有複姓數字，徵、羽不別。驗于經典，本無斯說；諸陰陽書亦無此語。直是野俗口傳，竟無所出之處。」（轉引自張清常，1956：237）

　　透過分析音韻結構以擇定姓名的方法，既是古人「天人感應」思想的展現，亦先民語言崇拜下的產物。然而「五音定名」之法並非孤立存在、直線發展的，

〔註 4〕「五音之家」的源頭可追溯至東漢時期。〔東漢〕王充（27～91）《論衡‧詰術》
　　　　指出：「五音之家用口調姓名及字，用姓定其名，用名正其字，口有張歙，聲有內外，以定五音宮商之實。」張清常（1956）、黃耀（1982～83）對於「五音之家」的相關問題有精闢的論述，學者可自行參閱。

自東漢以來即不斷地藉由各種「納音」方式〔註5〕而混入五行、干支、律呂……等玄虛概念。張清常（1956）認爲「五音之家」所體現的析音方法，大致上朝著兩個方向發展：一方面發展成爲巫術，最詳細的資料爲唐宋間師巫所僞造的《易緯・乾元序制記》；另一方面則發展爲〔曹魏〕李登《聲類》之「以五聲命字」。後代等韻學家延續著李登的發展路徑，不僅將「五音命字」體現在韻書編排上，亦投映在韻圖的編製上，如釋神珙《四聲五音九弄反紐圖》即是一例。據黃耀堃（1982：51）的研究顯示：《九弄圖》之「五音」應當是五種韻類，而此種析韻的方法與「五音之家」密切相關。

在全息思維模式下，古人藉由音韻結構的分析上以證成天道玄理、下以預知人事變化。曩昔民間流傳的「五音定名」之術，即是假托音韻結構的分析作爲推斷吉凶、逆知禍福的手段，但隨著聲紐「五音化」的定型與語言結構的變遷，辨析「五音」的方法至清代已趨於式微，〔清〕翟灝（1736～1788）《通俗編》卷21云：「五聲五姓之說，久置不談。」

音韻結構的分析原本具有多種可能性。《切韻》分爲 193 韻、《廣韻》分爲 206 韻，韻數雖然稍有差異，但分韻目的皆不外乎是「廣文路、賞知音」，可說是專爲知識份子詩文押韻所設；然而，一般平民百姓基於相術推命、擇時卜居的日用需要，則只需將韻類統歸爲「宮商角徵羽」五類即可。不同社會階層對於音韻結構分析需求的差異，正是側面地反映出雅、俗文化的不同。中國傳統學術研究普遍存有「重雅輕俗」的傾向，在音韻分析理論上亦以知識份子的韻書、韻圖爲研究主軸，至於廣大平民百姓對音韻結構有何感知？對語音生成、演化有何認知？則罕有論及，這應是今後漢語音韻學史研究可以多加著墨的所在。

第二節　趙撝謙《皇極聲音文字通》

一、作者的生平與編撰動機

趙撝謙（1351～1395），原名則古，更名謙，字撝謙，而以字行，浙江餘姚

〔註 5〕術數家將十二律與天干、地支、十二月相對應，稱之爲「納音」。《樂緯》：「納音者，謂之本命所屬之音，即宮商角徵羽也。納音者，取其音之調，知姓所屬也」。其具體作法或爲沈括《夢溪筆談・樂律》所言：「六十甲子有納音，一律合五音，十二律納六十音。」

人。洪武十二年（1379）徵修《洪武正韻》，與同官持議不合，出爲中都國子監典簿，不久罷歸。洪武二十二年（1389）召爲瓊山教諭，以教化爲己任，當地人稱爲海南夫子。其學出於天台鄭四表之門。曾隱居鄖山萬書閣，築考古台，讀書其上，時人稱爲考古先生。與當世名流互爲師友，博覽經史，精研六書，著有《六書本義》十二卷、《童蒙習句》一卷、《皇極聲音文字通》三十二卷。

　　《皇極聲音文字通》篇帙浩繁，《明史·藝文志》稱此書原有百卷，而《四庫全書總目》則著錄三十二卷。〔註6〕筆者所見爲庋藏於北京大學與廣州中山大學之抄本，共計存有正文三十卷（缺末尾二卷），且卷首亦殘缺數頁。儘管現存抄本既無序跋、復缺凡例，但觀察全書整體的編排體例，亦可清楚地感受到：此書幾可說是邵雍《聲音唱和圖》的翻版，在分圖歸字上與明清等韻圖有著明顯的差異，是以耿振生（1992：238）主張稱之爲「準等韻圖」。

　　趙撝謙研精覃思，折衷諸家學說，分別撰成《六書本義》與《皇極聲音文字通》，二書均大量套用《易》學象數之理論模式，窺其最終目的蓋欲藉由文字、聲音以窮究天理世道。先就《六書本義》觀之，趙撝謙嘗於卷首序文中，闡述全書分卷、列部的內在理據，云：「分爲十類以象天地生成之數；著爲十二篇以象一年十二月；部凡三百六十以當一朞之日；目該萬有餘數以當萬物之數。其相重亦俗變看訛通之類，不能悉計而亦不之計者，又以見世道無窮之變焉。」由是可知趙撝謙基於結構隱喻思維而將「文字孳乳變易」嫁接在「天地生成變化」的模式上；此外，又摹仿易圖的形式，以圖解的方法來解說六書本旨及其相互關係，而於卷首附載「六書本義圖考」數則，其中「天地自然河圖」爲現存最早之「陰陽雙魚太極圖」，〔註7〕趙撝謙於該圖下註云：「太極函陰陽，陰陽

〔註6〕　中山大學庋藏之《皇極聲音文字通》篇末附有札記一則，疑爲〔清〕馬釗（？～1860）所作。文中論述此書流傳、著錄的情形，指出：「《聲音文字通》十四冊，〔明〕趙攷古先生撰。攷古，名謙，字撝謙，餘姚人。《明史》本傳言其門人柴欽與修《永樂大典》，取是書獻於朝。《藝文志》及《千頃堂書目》《餘姚縣志》並言一百卷，焦氏（按：焦竑，1540～1620）《國史經籍志》作十二卷，范氏《天一閣書目》三十二卷。考《文淵閣書目》稱此書十三冊，即當修大典時獻者，以冊數推卷數則三十二卷近是，《國史經籍志》蓋奪"三"字。此本三十卷則佚末二卷，至所云百卷，或并他書數之否則誤耳」。

〔註7〕　根據李申（1997：161）考證，〈陰陽魚太極圖〉是《易》圖不斷發展的產物，於元末明初時才出現的。此圖最早不是在《易》學論著中出現，而是附在趙撝謙的

函八卦，自然之妙，實萬世文字之本源，造化之樞紐也。」蓋因趙氏認為天地萬物莫不遵循著太極、陰陽、八卦……的生化模式而來，文字、聲音亦與宇宙萬物同源、同構，故可相互闡發。

至於《皇極聲音文字通》一書，乃是根據邵雍之數學模式來解釋音韻結構，又以聲韻配合的關係闡明《易》理象數。〔清〕謝啓昆（1737～1802）《小學考》卷三十四引《浙江采書錄》之評述，曰：「大抵本張行成《皇極通變》、祝泌《經世鈐》之說而推之，審音辨聲，著為圖譜，分配卦象，其義深而難明。」《四庫提要》亦闡述該書編撰要旨及其理論根據，云：

> 撝謙是書乃所定韻譜也。考《皇極經世・聲音唱和圖》，日月星辰凡
> 一百六十聲為體，去太陰、少陰、太柔、少柔之體數四十八，得一
> 百一十二為日月星辰之用數；水火土石凡一百九十二音為體，故去
> 太陽少陽太剛少剛之體數四十，得一百五十二為水火土石之用數。
> 撝謙此書則取音為字母，聲為切韻，各自相配，而注所切之字於上，
> 凡有一音，和以十聲，蓋因邵子之圖而錯綜引伸之。然以一卦配一
> 音，又以一卦配十聲，使音與聲為唱和，卦與卦為唱和，欲於邵子
> 經世圖之外增成新義，而不知於聲音之道彌滋穿鑿，殊無足取。

根據《宋元學案》記載，南宋時期致力於推闡發明邵雍之易學者有張行成與祝泌，（參見〈張祝諸儒學案〉）二人皆因象以推數，參圖譜以為說，〔清〕全祖望（1705～1757）評論曰：「康節之學，不得其傳，牛氏父子自謂有所授受，世不敢信也。張行成疏通其紕謬，遂成一家，玉山汪文定公雅重之。其後如祝子涇，又稍不同。」（轉引自朱伯崑，1995：327）趙撝謙編撰《皇極聲音文字通》非但以「皇極」為名，韻圖編排亦多取天聲地音唱和之理數，且又將聲音與先天方圖之卦位相配，由此則不難看出：趙撝謙承繼、闡發邵雍、張行成、祝泌……一脈相承的象數派易學，並以此作為韻圖排設的理論依據。

二、韻圖形制與編排體例

學者只需概略觀覽《皇極聲音文字通》的整體形制與編排體例，（參見本文【附錄書影 19－1，2】p.412～413）便可輕易地察覺到：此書係仿效邵雍《聲音唱和圖》、張行成《皇極經世通變》（或稱《易通變》）與祝泌《皇極經世解起

文字學論著中，稱之為「河圖」。

數訣》的分析架構而來。是以，儘管現存《皇極聲音文字通》書稿缺少末尾二篇，但仍可參照《聲音唱和圖》……等書的體例與內容而予以補足；雖然《皇極聲音文字通》書稿已無序跋、凡例可資論證，但若能參酌邵雍、張行成、祝泌分圖列字的條例與理論根據，則仍可重新構擬出《皇極聲音文字通》的原始面貌，並且進一步深入解析趙撝謙編撰此書的內在理據。

　　邵雍秉持「天聲地音、律呂唱和」的結構隱喻模式來建構韻圖，營造出一個主觀的、演繹的且充滿卦象數理的聲韻系統。嘗自剖《聲音唱和圖》分圖列字的數理依據，十六聲、十六音與《易》卦的配合關係，以及天聲地音相互唱和之法則，云：

> 聲陽屬天，其數十，從十干也。音陰屬地，其數十二，從十二支也。聲有清濁，皆爲律，以呂地。音有闢翕，皆爲呂，以律天。一三奇數，爲清聲闢音；二四偶數爲濁聲翕音。於天之用聲分平上去入，凡一百一十二，皆以開發收閉之音和之。於地之用音分開發收閉，一百五十二音皆以平上去入之聲唱之。唱和之通用，律呂之均調，陰陽之交濟，皆天地自然之吹而萬應與者也。本末可以圖索，前賢懼學者之無由以索也，爲聲圖十、音圖十二，而各因之以通於卦。則準天四卦之日月星辰，配平上去入之十聲。準地四卦水火土石，配開發收閉之十二音。列爲上下，陽與陰兩層，層各分四行。觀圖則第一行日聲，爲乾、夬、大有、大壯；水音爲坤、剝、比、觀。第二行月聲，爲履、兌、睽、歸妹；火音爲謙、艮、蹇、漸。第三行星聲，爲同人、革、離、豐；土音爲師、蒙、坎、渙。第四行辰聲，爲無妄、隨、噬嗑、震；石音爲升、蠱、井、巽。自聲唱呂一至十，合百二十圖，分之各十二。始於多字居左，古甲九癸居右，經之以乾，緯之以坤、剝、比、觀。自音和律，一至十二，合百二十圖，分之各一十。始於古字居右，多可箇舌居左，經之以坤，緯之以乾、夬、大有、大壯。餘皆仿此。

邵雍將音節結構切分爲「聲」、「音」兩部份，「聲」「音」的音韻內涵爲何？又代表何種象數意義？如何將「聲」「音」與卦象相配呢？祝泌在《皇極經世解起數訣》「聲音說」中，進一步加以發揮、闡述「聲」「音」的音韻徵性及其所表

徵的象數意義：

> 凡字之叶韻者，謂之聲。口中之氣所發也，有開口而氣出、合口而氣出成聲者，謂之外轉；有口開、口合而氣入成聲者，謂之內轉。夫氣無形故爲陽聲，而屬先天方圖西北位十六卦，以之分平上去入。……凡字之叶姥者，謂之音。唇舌牙齒喉之所發也。五音有形故爲陰音，而屬方圖東南位十六卦，以之分開發收閉。

爲便於清楚地觀察易卦與天聲地音間的對應關係，茲將邵雍之「伏羲六十四卦方圖」徵引於下：

【圖表5-1】

	天	澤	火	雷	風	水	山	地
天	乾	履	同人	無妄	姤	訟	退	否
澤	夬	兌	革	隨	大過	困	咸	萃
火	大有	睽	離	噬嗑	鼎	未濟	旅	晉
雷	大壯	歸妹	豐	震	恆	解	小過	豫
風	小畜	中孚	家人	益	巽	渙	漸	觀
水	需	節	既濟	屯	井	坎	蹇	比
山	大畜	損	賁	頤	蠱	蒙	艮	剝
地	泰	臨	明夷	復	升	師	謙	坤

　　歸結以上相關論述，可知：邵雍《聲音唱和圖》所謂「聲」乃是指韻類，象徵天，爲陽，爲律，比附天干之數而分成十圖，各圖又可依闢翕、平上去入而分爲十六類，再配以先天方圖西北位之十六卦（以乾卦爲首）；〔註8〕而所謂

〔註8〕朱熹《朱子語類》卷六十五，解釋先天方圖的理論意義：「是說方圖中兩交股底。且如西北角乾，東南角坤，是天地定位，便對東北角泰，西南角否。」朱伯崑（1995.2：147）詮釋說：「此方圖是六十四卦各有定位，如乾居西北，坤居東南，其它卦依

「音」則是指聲類，象徵地，爲陰，爲呂，附會地支之數而分成十二圖，各圖又可依清濁、開發收閉而分爲十六類，配以先天方圖東南位之十六卦（以坤卦爲首），如此即可「天聲地音、律呂唱和」的拼合模式而衍生眾多音節。然而，十聲圖中之有聲無字者，則以○足之；十二音圖中之有音無字者則實之以□，至若無聲無音者則分別以●■誌之。

瞭解《聲音唱和圖》的整體架構與分圖列字的內在理據後，以下則從「天聲地音」、「律呂唱和」兩方面入手，以圖解的方式剖析趙撝謙《皇極聲音文字通》的形制與編排體例，並探討該書在音韻結構分析上所體現的特色。

（一）天聲地音之定數

張行成推闡邵雍《聲音唱和圖》的學說，將「天聲」、「地音」各分爲十六位，而總成〈十六位統十聲數〉、〈十六位統十二音數〉二圖（載《易通變》卷二十二）；趙撝謙承襲張氏二圖之體例，而將《皇極聲音文字通》分爲三十二卷，一至十六卷爲「天聲十六圖」，各圖均以十天聲作爲基點，依序與一百五十二地音相配；十七至三十二卷則爲「地音十六圖」，各圖均以十二地音爲基點，依序與一百一十二天聲相配。

1、十六位統十天聲

趙撝謙將「天聲」（韻類）依照闢翕、平上去入區分出十六聲位，與天之四象—日月星辰—相互結合成的十六種組合模式相應，且配之以先天方圖西北位之十六卦，即如【圖表 5－2】所示：

【圖表 5－2】

	日——平	月——上	星——去	辰——入
日——闢	乾	夬	大有	大壯
月——翕	履	兌	睽	歸妹
星——闢	同人	革	離	豐
辰——翕	無妄	隨	噬嗑	震

次而定其位，且定位中又各有對待，如乾與坤對，兌與艮對，離與坎對，震與巽對……朱熹此說雖不能概括此圖式的全部內容，但卻道出了其主要的意義，即在於說明空間的結構是由三十二個對立面組成。」邵雍將聲音十六位配上易卦，即是將「聲音唱和」模式比附卦位之空間對立。

　　十六聲位各自統轄十聲，以應和天干之數；總計含攝有聲有字、有聲無字者，凡一百一十二聲，此即為天之用數。如【圖表5－3】所示：

【圖表5－3】

	甲	乙	丙	丁	戊	己	庚	辛	壬	癸
01.乾	多	良	千	刀	妻	宮	心	●	●	●
02.夬	可	兩	典	早	子	孔	審	●	●	●
03.大有	個	向	旦	孝	四	眾	禁	●	●	●
04.大壯	舌	○	○	岳	日	○	○	●	●	●
05.履	禾	光	元	毛	衰	龍	○	●	●	●
06.兌	火	廣	丈	寶	○	甬	○	●	●	●
07.睽	化	況	半	報	帥	用	○	●	●	●
08.歸妹	八	○	○	霍	骨	○	十	●	●	●
09.同人	開	丁	臣	牛	○	魚	男	●	●	●
10.革	宰	井	引	斗	○	鼠	坎	●	●	●
11.離	愛	互	艮	奏	○	去	欠	●	●	●
12.豐	○	○	○	六	德	○	○	●	●	●
13.無妄	回	兄	君	○	龜	烏	○	●	●	●
14.隨	每	永	允	○	水	虎	○	●	●	●
15.噬嗑	退	瑩	巽	○	貴	兔	○	●	●	●
16.震	○	○	○	玉	北	○	妾	●	●	●

　　上圖表末尾三格均為無音無字者而以●實之。既為無音無字，邵雍為何要特意別立這三格虛位呢？非為析音所設，而是有其象數學上的特殊考量。邵雍《皇極經世》「聲音唱和萬物通數」解釋云：

　　　　正音律數行至於七而止，以夏至之日出於寅而入於戌，亥、子、丑
　　　　三時則日入于地而目無所見。此三數不行者，所以比於三時也，故
　　　　生物之數亦然，非數不行也，有數而不見也。

虛設格位可說是「援以說《易》」韻圖最為顯著的特點，蓋因作者編撰韻圖的目的在於證成玄理，而音韻結構只不過是論證時所依傍憑藉罷了。若現實音韻結構無法提供適切的論據時，作者甚至不惜扭曲現實語音的面貌，以求能冥合象

數《易》理，【圖表 5－3】所贅設的格位即是明顯的例證。

　　2、十六位統十二地音

　　趙撝謙又將「音」（聲類）依照清濁、開發收閉區分為十六音位，與地之四象－水火土石－相互結合成的十六種組合模式相應，且配之以先天方圖東南位之十六卦，即如【圖表 5－4】所示：

【圖表 5－4】

	水—開	火—發	土—收	石—閉
水—清	坤	剝	比	觀
火—濁	謙	艮	蹇	漸
土—清	師	蒙	坎	渙
石—濁	升	蠱	井	巽

　　【圖表 5－4】所列之「開發收閉」，乃是邵雍所創立的特殊術語，其所確指的內涵為何？歷來諸家見解不盡相同。祝泌《皇極經世解起數訣》「聲音韻譜序」闡釋說：「蓋以開口內轉為開音，開口外轉為發音，合口外轉為收音，合口內轉為閉音，此易明而易別也。」蓋祝泌認為「開發收閉」具體表現為「氣流出入」（內外轉）與「開口度大小」的不同；李榮（1973：173）與李新魁（1983：174）則有不同的認知，云：「音圖中所說的"開發收閉"，大略相當於韻圖中之一、二、三、四等。」然則，無論祝泌的「內外開合」說或是李榮等人的「四等」說，均無法全然符合「開發收閉」的音韻差別，如此不禁令人懷疑：所謂的「開發收閉」果真是邵雍為了辨析音值而創造的音韻術語嗎？抑或只是基於結構對稱的考量，特意用來與「平上去入」相對應的一般詞語？現代漢語音韻學者大多堅信前一種說法（即相信「開發收閉」表示某種特定的語音徵性），但難道後一種假設就毫無可能嗎？頗值得深思玩味。

　　此外，十六音位各自統轄十二音，以應和地支之數；總計包含有聲有字、有聲無字者，凡一百五十二音，此即為地之用數。如【圖表 5－5】所示（茲因《皇極聲音文字通》末尾二卷已經亡佚，故以灰色網底之欄位標示之）：

【圖表 5－5】

	子	丑	寅	卯	辰	巳	午	未	申	酉	戌	亥
17.坤	古	黑	安	夫	卜	東	乃	走	思	■	■	■
18.剝	甲	花	亞	法	百	丹	妳	哉	三	山	莊	卓
19.比	九	香	乙	□	丙	帝	女	足	星	手	震	中
20.觀	癸	血	一	飛	必	■	■	■	■	■	■	■
21.謙	□	黃	□	父	步	兌	內	自	寺	■	■	■
22.艮	□	華	爻	凡	白	大	南	在	□	士	乍	宅
23.蹇	近	雄	王	□	屏	第	年	匠	象	石	□	直
24.漸	撲	賢	寅	吠	鼻	■	■	■	■	■	■	■
25.師	坤	五	母	武	普	土	老	草	□	■	■	■
26.蒙	巧	瓦	馬	晚	朴	貪	冷	采	□	□	父	拆
27.坎	丘	仰	美	□	品	天	呂	七	□	耳	赤	丑
28.澳	舫	□	米	尾	匹	■	■	■	■	■	■	■
29.升	□	吾	目	文	旁	同	鹿	曹	□	■	■	■
30.蠱	□	牙	兒	萬	排	覃	拳	才	□	□	崇	茶
31.井	乾	月	眉	□	平	田	離	全	□	二	辰	呈
32.巽	蚪	堯	民	未	瓶	■	■	■	■	■	■	■

　　天之四聲―日月星辰―用數均爲七，【圖表 5－5】末尾三欄爲虛位而以●實之。地之四音―水火土石―用數並不均等，火、土用數十二，水用數九，石用數五，是以【圖表 5－5】所列之■顯得參差不齊。

（二）律呂唱和之模式

　　邵雍假借「律呂唱和」的結構模式，描摹切語上字、下字相互摩切、彼此拼合的情形，藉以宣揚陰陽交濟、天地變化的玄妙道理。陳藎謨直捷掌握住「唱和」的本質所在，故於《元音統韻‧通釋》「釋例」云：「誦讀識字，全資唱和，唱和即反切也。藎少壯時已知反切，稍識聲音之路；逮研究皇極經世天聲地音，唱和二字蓋三年始明。由深求唱和二字也，既知上字爲同母，下字爲同韻，而天聲地音俄頃即解矣。」

　　趙撝謙《皇極聲音文字通》分圖列字的體例與所謂的「經世四象體用之數」相合。其中「天聲十六位圖」，各圖均以韻類（天聲）爲基準，依次與「地音十六位圖」之一百五十二音（16 圖×12 音－40 虛位＝152）相配。茲摘取卷四「辰日聲入闢」（大壯卦）的部分內容，表列如下：

【圖表 5－6】

下字＼音節字＼上字		子 古	丑 黑	寅 安	卯 夫	辰 卜	巳 東	午 乃	未 走	申 思	酉 ■	戌 ■	亥 ■
甲	舌	括		遏			皷		蕗				
乙	○	郭	霍		博			諾					
丙	○	括葛	臛	斡	瞥		掇	捼	緝				
丁	岳	郭各		惡臄	博			諾	覼	索			
戊	日	結玦	肸	藥				涅	聖節	雪率			
己	○	穀		沃	福	卜	酷						
庚	○	梏			襮								
辛	●												
壬	●												
癸	●												

　　由【圖表 5－6】可看出：趙撝謙以十個「天聲」爲切語下字，以十二「地音」爲切語下字，「天聲地音相互唱和」而組成音節。若適逢有音同（音近）漢字則填入圖中，若無同音之字則闕而不填。

　　至於「地音十六位圖」，各圖則是均以聲類（地音）爲基準，依次與「天聲十六位圖」之一百一十二音（16圖×10音－48虛位＝112）相配。茲擇取卷十八「火水音發清」（剝卦）之部分內容，表列如下：

【圖表 5－7】

下字＼音節字＼上字		甲 多	乙 良	丙 千	丁 刀	戊 妻	己 宮	庚 心	辛 ●	壬 ●	癸 ●
子	甲										
丑	花										
寅	亞										
卯	法										
辰	百										
巳	丹										
午	妳										
未	哉										
申	三										

酉	山									
戌	莊									
亥	卓									

對比【圖表5-7】與【圖表5-6】，除了所依據的基點不同之外，最明顯差異在於【圖表5-7】中並無相應的漢字。何以如此？這是抄錄者的脫誤呢？抑或是趙撝謙特意安排呢？因缺乏相關的佐證資料，故暫時闕而不談。

以宇宙全息的思想為基本前提，邵雍《聲音唱和圖》欲藉由天聲地音相互唱和，以推演宇宙萬物生成、滋衍之數。是以彭長庚曰：「今考《經世書》，縱成經，橫成緯，聲為律，音為呂，律為唱，音為和。一經一緯，一縱一橫，而聲音之全數具矣。聲有十，音有十二者，如甲至癸十，子至亥十二也。……以聲配音而切韻生焉，翕闢清濁辨煙，三萬四千四十八音聲在其中矣。天下之聲既具，而天下之若色若臭若味皆在其中矣，此所以為萬物之數也。」（轉引自陳伉，1999：484）趙撝謙《皇極聲音文字通》形制、體例皆是以《聲音唱和圖》為模版，編製韻圖的目的亦與邵雍、張成行、祝泌……等人相侔，堪為「援以說《易》」韻圖的典型。

三、音韻系統與音變規律

趙撝謙《皇極聲音文字通》取一百五十二地音作為切語上字，又取一百一十二天聲作為切語下字，以「聲音唱和」而拼切出字音，從而在圖表中實入相應的音節代表字（若為有音無字者則闕而不填）。究竟圖表中的切語反映出何種音系？其性質為何呢？耿振生（1992：238）將音節代表字與反切上、下字繫聯起來考察，從而歸納出以下幾項音變規律，在聲母方面為：

1. 有全濁聲母。
2. 古照系字與精系字互用。
3. 從、邪、澄、床、禪、日諸母互用。
4. 泥母和疑母互用。
5. 匣母和喻母互用。
6. 奉母和微母互用。
7. 輕唇音和重唇音互用。

其次，在韻母方面則有：

1. 古果攝字與遇攝字洪音互用。

2. 宕攝字與山、咸攝字互用。

3. 臻、深、梗、曾四攝字互用。

根據上列音變規律，耿振生於是推斷：「這些現象可能反映明初吳方言的一些實際情形。」《皇極聲音文字通》顯然是屬於「援以說《易》」的論著，該書編撰的目的在於闡發邵雍一系的象數易學理論，並非拘泥於描寫某地實際音，是以韻圖編排格式幾乎與《聲音唱和圖》如出一轍。試想：《皇極聲音文字通》承襲人為、僵化的音韻框架，且又刻意限定只能運用某些特定的切語，在如此嚴苛的條件制約之下標記音韻結構，豈能企求該書能全然反映某地實際音？況且在缺乏相關書面資料的佐證下，僅憑切語所呈現的某些零星音變，又怎能直捷地斷定其音系基礎？恰似僅抓得半鱗片爪，焉能聲稱已洞悉事物的原貌？是以，《皇極聲音文字通》果真如耿氏的推論—反映明初吳方言嗎？個人則抱持著強烈懷疑的態度。

面對「援以說說《易》」的等韻論著，學者必須從不同角度、採不同方法來加以探究，若再遵循著高本漢的擬音策略，則恐會覺得窒礙難行。如同學者至今仍無法確認邵雍《聲音唱和圖》的音系基礎一般，〔註9〕若是僅憑藉著解析韻

〔註9〕陸志韋（1946）是以漢語音韻學方法研究邵雍《聲音唱和圖》的先驅，對於《聲音唱和圖》是否能反映實際語音感到懷疑。曾云：「邵雍著書的目的，單在講解性理陰陽。關乎音韻的一部份，只是附會術數而已。他的"天聲"圖、"地音"圖上都留出好些空位來，以為語音裡雖然沒有這一類代表的聲音，可是憑陰陽之數，天地之間不可沒有這樣的聲音。他的圖能不能代表一種方言的音韻系統，就很可以懷疑了。」（71頁）然而，陸志韋在文末結論卻又說：「他雖然完全用今音附會術數，倒並沒有用假古音。這是他比等韻更進步的一點。從此可以看出當日方言怎樣的接近古官話」（80頁）此後，學者不斷追索《聲音唱和圖》所反映的方言音系，周祖謨（1942）、李榮（1973）認為此書描寫汴洛方音；而蘇聯漢學家雅洪托夫（Yakhontov）有鑑於中古收-k韻尾的入聲字有轉化為二合元音的趨向，從而認定此書反映北京西南地區的范陽話。然則，儘管已經過多位音韻學家的細心推究，《聲音唱和圖》仍有留有許多疑團未能解開，諸如：次濁上聲為何歸入清音？開發收閉的音韻徵性為何？……等，學者面對這些疑難的問題，或從語音歷時發展角度立論，或從現代漢語方言找尋佐證。筆者則是認為應當回歸問題始點，想想陸志韋最初的質疑：或許這些特殊歸字並非反映實際語音的差別，若不考慮象數思想對韻圖形制的制約，一味想找出音值的細微區別，則可能會入錯門徑而徒勞無功。

圖框架與繫聯反切用字,卻忽略象數思想對韻圖、標音所造成的重重制約,而想要揭露《皇極聲音文字通》的音系眞貌,恐怕是不易做到的。

第三節　陳藎謨《皇極圖韻》與《元音統韻》

一、作者的生平與編撰動機

陳藎謨(?～1679),字獻可,又字益謙,號礦庵,又號眞澄子,浙江檇李人(今浙江嘉興)。曾爲黃道周(1585～1646)門人,精通等韻學。著有《皇極圖韻》一卷、《元音統韻》二十八卷。

《皇極圖韻》刊印於崇禎五年(1632)是陳藎謨早年的論著。是書本諸邵子天聲地音之法,以窮竟宇宙各種聲響爲目的,沾染著濃郁的象數氣息。陳藎謨在序文中自剖云:

> 《皇極圖韻》者,從康節先生《皇極經世》聲音唱和之說而推衍之者也。聲音者,《經世》所載之一端,又指聲之可據,該色臭味之無窮,而以律呂之數,窮動植飛走之數也。先生之子伯溫有曰;「《皇極經世》之所以爲書,窮日月星辰、飛走動植之數,以盡天地萬物之理,述皇帝王霸之事,以明大中至正之道,陰陽之消長、古今之治亂,較然可見矣!」其書宏奧,志在研探,初於律呂聲音稍闚藩落,迺知聲音之道原本天地,發之萬物,而最靈於人。五言以察,治忽六義,即具諧聲,以通神明,以類萬物。至乎風土既言,呼吸亦異,正聲、正音繁然莫定。此邵子唱和之說所爲,大有開於世教也。第立法深微,解悟或鮮,不揣愚謬,撰述兹編,闡其幽玄、詮其遺複,條舉源委之圖五十有八,審定河洛之韻三十有六,冀韻學若網在綱,學者得門而入云爾。

陳藎謨研治音韻恪守邵雍《皇極經世》之學,其所編製之韻圖形制雖與《聲音唱和圖》不盡相合(詳見下文),但分韻列字拘守著某些特定的理數,且以追溯聲音之本原爲最終目的,則與《聲音唱和圖》並無二致。是以,《四庫提要》評述此書云:「是書本邵子《皇極經世》聲音唱和之說而推衍之,專以經緯子母之說,實即邵子之言陰陽剛柔也。其說以天數九、地數十二。平上去入爲四聲,每聲各有闢之闢、翕之翕、闢之翕、翕之闢四等,每等九聲,得三十六聲,則

四天九也。開發收閉爲四音，每音有純清、次清、純濁、次濁四等，每等十二音，共得四十八音，則四地十二也。又推其數合於九宮、八卦、九疇，雖理有相通，然聲氣之原實不在於是也。」

《元音統韻》則是陳藎謨晚年闡發聲韻、文字源流之綜合論著。然而，陳氏撰成此編之時，年歲老邁，未及付梓而身歿，遂將書稿傳與同里門人胡含一，後至〔清〕康熙五十三年（1714）始由范廷瑚增修、刊刻而行於世。〔註10〕劉獻廷《廣陽雜記》卷三云：「檇李陳嘯（礦）庵先生著有《皇極統韻》一書，亦精唱韻，余雖得一晤，而不及久作盤桓。其後訪之緇流，竟無一人矣」，而劉獻廷所晤見之《皇極統韻》者，或即爲《元音統韻》未正式刊行前之稿本。

較諸《皇極圖韻》，《元音統韻》顯得篇袟浩繁、內容該廣，〔註11〕然其終極目的仍不外乎是闡明古今聲音之道，窮盡天地自然、同然之元聲，故其自序云：「……乃定〈通釋〉以明理，定〈類音〉以檢字，唐功令不能廢古，明功令不能廢唐，爰古韻、唐韻以便流俗共趨，亦以證統韻畫一。凡此者一一皆天然

〔註10〕范廷瑚在寫於康熙甲午年的序文中，描寫《元音統韻》的大致內容及其刊刻過程：「《元音統韻》一書，本乎《皇極經世》，窮悟其原，編輯纂彙，實太古迄今未有之書。闡明聲音文字之元，會集大成，無字不入韻中，無韻不歸於統，命名制字，卻皆有本，可令不識字人統識古今之字，眞有功於天下後世也。陳先生壽臻大耋，未梓就而歿。幸有同里門人胡含一深得其傳，復精研三十餘載，斟酌參考，實笥帙中凡五種：曰〈通釋〉，曰〈類音〉、曰〈統韻〉、曰〈古韻疏〉、曰〈唐韻疏〉，其書可分可合，惜胡先生亦年逾中壽，久客粵中，思繼成功，因時事多阻，齎志而歿。先生與余知交，將卒之日將其傳稿盡付與余，囑成其業。受書之日即延請宿儒共爲輯理，纂集成編，閉戶三年，幸獲成功。……因付剞劂行世，傳之來茲，未讀書識字人闡揚聲音字韻之源流，以畢前人苦心。」

〔註11〕《元音統韻》二十八卷，內容可分爲六個部分：首爲〈通釋〉二卷，分爲釋原、釋法、釋義、釋例四部分，蓋本諸邵雍《聲音唱和圖》之說，闡明等韻學理、詮釋音韻術語、說明學習等韻的方法與步驟……等；〈類音〉六卷爲一字書，取梅膺祚《字彙》，刪去義訓，注以韻部、字母，以便查檢；〈統韻〉十卷爲一韻書，平上去各分三十六部，入聲則分二十二部，每韻內依三十六字母次序排列小韻；〈古韻疏〉二卷，參用〔南宋〕吳棫之說，排列心中理想的上古韻部；〈唐韻疏〉二卷，取平水韻而依三十六字母排定其次序。卷末另附有《字彙補》六卷，此則爲〔清〕吳任臣所輯，其例凡三種：曰"補字"、"補音義"、"補音義"、"較訛"，仍分地支十二集，以補《字彙》未有之字。

之聲、同然之音,毫無矯強於其間也」。此外,又在《元音統韻》中闡述研究音韻的歷程,並且重申撰此書的動機:

> 謨深欲以統之道引人於平易,不失於紛雜。自三旬後,從邵子天聲地音理數入門,梓《皇極圖韻》書,思爲今《統韻》書地。六十年來,見者、口受者無不樂從,蓋正以闡古今聲音之道,以合天性。茲從天性挑撥之,而一軌於道。(《元音統韻·通釋下》「釋義——方位空圖」)

> 今茲《統韻》聲音,本邵子《皇極經世》天聲地音之法,而推之爲〈四聲經緯圖〉標領、條貫、唱和、清濁,如畫方格子,不可左右移,不可上下置,亦貫串,亦截然,古今胸中無不具此格子,無不同此格子。茲編特爲挑撥,雖鶴唳風聲、雞鳴狗吠、雷霆驚天、蚊盲過耳,盡攝入此格子之內,不可移易。(《元音統韻·通釋上》「釋原——聲音」)

〔清〕潘應賓《元音統韻·序》總結該書編撰之要旨,云:「自邵子出,而《皇極經世》昭然發蒙,條理精密,實爲音韻正宗。獻可陳先生《統韻》一書,蓋本邵子天聲地音之法,而統古韻、唐韻以集其成也。」凡此皆可證實:陳藎謨之韻學,蓋以闡發邵雍的數理模式爲依歸,是以本文暫且將之歸屬於「援以說《易》」的論著。

　　《皇極圖韻》與《元音統韻》爲陳藎謨不同時期研究韻學的心血結晶,兩者在創作動機或韻圖功能上有何異同?就其同者觀之,兩者均本諸邵雍的數學模式來剖析音韻結構,皆以窮竟天地元音爲最高宗旨,進而在全息思想制約下,將「一」(音奇)尊奉爲萬世文字聲音之祖,認爲宇宙各種聲音悉皆肇始於「一」。[註12]然則,兩者亦不無差異,《皇極圖韻》純爲解析音韻、證成玄理之作,即陳氏所謂「明河洛之包涵,發邵子之欲吐,不盡爲詞章設也」,而篇末所附載之八卦、九疇、洛書、九宮諸圖,更加凸顯出濃厚的象數氣味;而《元音統韻》

〔註12〕陳藎謨《元音統韻·通釋上》「釋原——文字聲音祖」云:「庖犧未畫八卦時,見得太極必有陰陽,陰陽必生奇偶,於是先畫——音基與奇同以象陽;次畫兩一奇以象偶而變化無窮矣。先畫——奇數之始也,凡字皆生於此,爲萬世文字之祖。……今遇萬有不齊之字,以之爲韻,以一奇爲母,唱之無不歸其綱者,舉其綱得其標領,標領得而七音定,故曰一奇爲萬世聲音文字之祖也。」

非但兼容聲音與文字，且象數氣味亦也已淡化許多，顯現出陳藎謨治學的韻學理念，傾向於由純粹證成玄理的象數易學，逐漸地過渡到兼具助人辨音識字的實用目的。

二、論音韻結構的分析及其理據

陳藎謨精研等韻、悉曇之學，為明季時期頗具影響力的音韻學家，時賢碩彥如：方以智、沈寵綏、劉獻廷、潘耒……等人皆曾對其韻學造詣有所推崇。但為人所詬病的是：在「天有定數，音有定位」的思想制約下，《皇極圖韻》與《元音統韻》均鮮明地烙上象數之學的印記，是故在離音析韻上不免帶有個人主觀的意識，往往為求牽合數理而不惜扭曲實際語音的真貌，遂使得陳藎謨的音學思想不能受到現代漢語音韻學者的青睞。然而，平心論之，《皇極圖韻》、《元音統韻》確實存在某些不合時宜的糟粕，但不當只因某些時代限制所造成的瑕疵，而全盤抹滅其在解析音韻結構上的創見與卓識。

在漢語等韻學史上，陳藎謨的韻學理論可說是顆蒙塵的明珠，但以現今的音韻學研究典範，恐怕仍無法真切品鑑出其所內藏的光華。以下試圖將《皇極圖韻》、《元音統韻》重新置回當代的文化語境中，以另一種角度重新審視陳藎謨的音學理論及其背後所可能潛藏的內在理據。

（一）論「字必三合」

「音節」是漢民族對語言樸素感知的基本單位，是以對於音節結構的分析與標記向來是漢語等韻學的核心內容。唐宋以降，等韻學家已能透過縱橫的表格來離析音韻結構，但因受到標音符號—漢字的限制，對於音節的拼合卻始終拘守著反切之聲、韻二合法則。迄乎晚明，等韻學家隨著自身審音技術的精進，且受到西洋拼音字與梵語悉曇的影響，因而能突破切語「上字標聲、下字標韻」的障蔽，將音節結構三分為字頭、字腹、字尾，其中最為人所熟知者莫若沈寵綏（？～1645，字君徵，江蘇松陵人）。劉復（1930：415）推舉沈寵綏為「戲曲派語音學空前絕後的大功臣」，並指出：「沈寵綏的功勞在於能用水磨工夫，能仔仔細細的把各音的讀法，一一分別研究清楚（或者是近乎清楚），使讀他的書的人，能於"如法炮製"，讀出正確的聲音來」。

在「重語輕文」的研究風尚下，現代漢語音韻學者多將目光集中在反映實際語音的「戲曲派語音學」上，反倒是以往被視為正宗的「經典派語音學」飽

受冷落。〔註 13〕難道「經典派」語音學家在音韻分析上遠不及「戲曲派」敏銳嗎？其實只要能揭去《易》理象數所造成的迷障，仔細分析陳藎謨的音學理論，便可知實情並非如此。陳藎謨《元音統韻・通釋》屢次倡言「字必三合」說，其理論要旨實與沈寵綏「字頭、字音、字尾」之音節三分法〔註 14〕有著異曲同工之妙。茲將「字必三合」的相關論述徵引於下：

> 每發一字必有氣、聲、和三者，混合成音，而氣則首尾貫足。……
> 氣先至，遏而徐出，將發而爲聲之際，有一點鋒芒，他人若聞若不
> 聞者也。如合口韻公字若「姑」、空字若「枯」，以至戎字若日模之
> 類，于是出而爲聲。聲足而舞於牙舌齒唇喉之間，舞足欲息，（按：
> 「不音之聲，不能遽收，隨有和焉，委婉而後止，所謂"舞"也」）
> 徐徐收入，收入之餘，他人又若聞若不聞也者，如鐘鼓齊鳴已歇，
> 逼耳審之，鐘鼓之內尚有於聲，此若聞若不聞者，氣之收也，呼者

〔註 13〕劉復（1930：411～12）將傳統語音分析分成「經典派」與「戲曲派」，並評論兩派的差異，云：「經典派的語音學是今日以前語音學的正宗。在此正宗之外，有一別宗，不爲世人所注意，甚至於被經典派唾棄的，就是"戲曲派"。我們不能說經典派在語音學上沒有相當的貢獻。但此派自視極高，成見極深，處處受舊說的拘束，牢不可破。膽大一點、高能一點的人，亦還許有自創新說的時候，普通的都像在泥團裡打滾，愈打愈昏，直打到眼耳口鼻全爲汙泥所閉塞。戲曲派就不是如此。他們絕不講什麼聖經賢傳，他們只根據著事實研究。他們絕不受經典派舊說的束縛，也絕不想把研究的結果貢獻於經典派而得其採納或贊許；他們的目的，只是要想把字音研究清楚了，使唱戲時不唱錯。」

〔註 14〕沈寵綏《度曲須知・字母堪刪》云：「予嘗考字於頭腹尾音，乃恍然知與切字之理相通也。蓋切法，即唱法也。曷言之？切者，以兩字貼切一字之音，而此兩字中，上邊一字，即可以字頭爲之；下邊一字，即可以字腹、字尾爲之。如東字之頭爲「多」音，腹爲「翁」音，而「多翁」兩字，非即東字之切乎？蕭之字頭爲「西」音，腹爲「鏖」音，而「西鏖」兩字，非即蕭字之切乎？「翁」本收鼻，「鏖」本收鳴，則舉一腹音，尾音自寓，然恐淺人猶有未察，不若以頭腹尾三音共切一字，更爲圓穩找捷。試以「西鏖鳴」三字連誦口中，則聽者但聞徐吟一蕭字；又以「幾哀噫」三字連誦口中，則聽者但聞徐吟一皆字，初不覺有其三音之連誦也。」劉復（1930）認爲：沈寵綏以「響點大小」區分音節的頭、腹、尾；董忠司（1994：83）則指出：「字頭」是在聲母外還包含著介音、或ɔ、（或主要元音？）；「字腹」包括主要元音和韻尾；只有「字尾」才指單音的音素而言。

自知，他人不覺。如是一字，始有十分清圓。(《元音統韻·通釋上》
「釋原——字必三合」)

凡發一字謂聲，聲有所來亦有所往。《樂府雜錄》曰：善音者，先調
其氣，絪縕自臍間出，至喉乃噫其詞，即如抗如墜，纍纍貫珠出。
至喉者，氣也；噫者，聲也；貫珠者，和也。松陵沈君徵所謂「字
頭」、「字腹」、「字尾」稍合於此，知此然後可以窺韻母。(《元音統
韻·通釋上》「釋原——三十六韻母」)

陳藎謨憑恃自身的音感，將音節切分為「發氣」、「正聲」、「收和」三部份。「發
氣」、「正聲」、「收和」所指稱的音韻內涵為何？此種切分方式是否得宜？茲舉
「公」字（發氣——「姑」、正聲——「公」、收和——「翁」）為例，以現今的
音節結構分析理論觀之，將「字必三合」的理念其表述如下：（C 代表輔音，V
代表元音，代表聲調，括號（　）則標示音段之或有或無，以線斷的粗細、虛
實代指與音段間之連結關係）

【圖表 5-8】

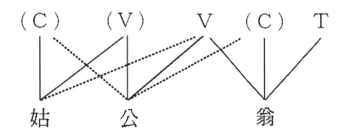

由上表可看出：所謂「發聲」殆指音節起首之輔音聲母，但因輔音的響度
較小，陳藎謨遂以「似有如無，俄呈忽隱」來描述聽覺感受；再者，因輔音無
法單獨成音，若以漢字標示，則必得將音段展延至介音或主要元音，如以「姑」
字為合口韻之發聲。所謂「正聲」則是指音節的核心部分—主要元音，因元音
響度最大，且發音時氣流在口腔中未受阻礙，於是以「氣足而出之，欲暢達、
欲清亮」來描述為發音狀態與聽覺感受；欲以漢字標示時，則或可將音段往前、
向後展延而成一「公」字。至於「收和」則是指韻尾與聲調，根據音節響度順
序原則（sonority sequencing principle），語流由主要元音而收結至韻尾，音段的
響度依次而遞減，故云「此氣徐徐收入，歸於本宮之純清、純濁」；標之以漢字，

若為輔音韻尾則需將音段向前展延，且必須顧及「清濁」（聲調陰陽），如「公」既為全清字，收和必歸於陰平調之「翁」字，而非陽平調之「紅」字。〔註15〕若根據【圖表5－8】的模式來解析音節，即便是音節只內含一個音段，亦可以「三合」統之，例如：「疑」──發氣於「疑」出聲搖漾而收「移」；「喻」──發氣於「余」出聲緩發聚唇噎喉而自收「喻」。

為何陳藎謨能夠自覺地提出「字必三合」說？追溯概念發生的緣由，顯然與釋家華嚴四十二字母的激發有關。就韻圖形制而言，陳藎謨認為「華嚴能誦緯，不能誦經」；但若就字母拼切方式觀之，則「字必三合」的論點顯然與華嚴字母之二合、三合十分近似，故云：

> 釋家謂其教有二合、三合之音，儒家無有。從來吾儒細論聲韻家原不多見，豈能窺至二合、三合，不知每發一音，必有氣、聲、和，渾成一片，音始圓妙。……無音不三合者，其根韻為開口、居韻為撮口、基韻為齊齒、姑韻為合口，若閉口則或從基韻或根韻（按：閉口韻無合口字），皆發氣即成聲；宮音之影清從清，匣濁從濁，皆成聲即屬和，似二合耳。（《元音統韻‧通釋上》「釋法──廣華嚴字母」）
>
> 僧言釋家有二合、三合字，儒家無有。余謂釋之二合、三合混，混二聲、三聲而為字。如「斯岡」二合，上心母、下見母；「恆楞登」三合，上匣母、中來母、下端母，不過是番語急耳。如《統韻》先發氣為某，次出得聲，終收和本宮音為韻，無字不三合者，如「基」收「伊」似二合，其發氣以基而始出聲收伊仍三合也。如「伊」如「義」似無合，不知不得直出「伊」出「義」，徐出聲為「伊」為「義」而收和仍三合。凡宮音皆然，如「公」字發氣為「姑」，出聲為「公」，收為「翁」，若「姑公翁」急出為一，亦仍番語而已。（《元音統韻‧通釋下》「釋義──三合」）

華嚴字母圖乃釋家所以調聲習音而為誦經持咒之憑藉，字圖以四十二字母為緯，以十二韻為經，然字母中有合二字、三字而為一唱者，袁子讓對此深感疑

〔註15〕陳藎謨《元音統韻‧通釋上》「釋原──七音收和」云：「每音之收入也，遇清音則收本宮之純清，遇濁音則收本宮之純濁。如公空東通，收宮音翁。蟲叢蓬蒙，收宮音紅。宮之次清收純清，宮之次濁收純濁。」

惑不解。〔註16〕漢語與梵語在音節結構上有所差異，梵語有複輔音聲母而近代漢語則多爲單輔音，古代譯師欲以漢字來音譯梵文經咒，勢必得做一番權宜性的調整，而悉曇字母下所標注之二合、三合者，即是專爲恰切轉譯梵語音讀所設。其確切的意涵爲何？林光明（1999：244）解釋說：「"二合"代表取第一漢文之聲母（子音），再與第二漢文的"聲母（子音）＋韻母（母音）"合起來一起發音。如"鉢羅二合"是〔p〕〔ra〕，對應的悉曇字只有一個字，雖然漢文有兩個字。"三合"代表取第一及第二漢文的聲母（子音），再與第三漢文的"聲母（子音）＋韻母（母音）"合起來一起發音。如"塞紇哩三合"是〔s〕〔k〕〔ri〕，所對應的悉曇字也只有一個字。」陳藎謨受到悉曇字母的激發，不僅從中汲取二合、三合之法，將其轉嫁到漢語音節結構動態描寫上；更仿造華嚴字母圖之形制而別立〈三合方位正華嚴字母圖〉（見本文【附錄書影 21－1】p.416），以「字必三合」之法正華嚴字母之遺複。

　　雖然陳藎謨「字必三合」將音節結構切分成三段，但仍特別強調氣流之整體貫串，欲與沈寵綏之機械式分割相區別，故云：「音雖三合而氣自渾然一貫也，歸於清圓靜定而止。學者若誤認有頭、有腹、有尾，是三件裝成，則聲音繁碎，不爲渾化矣」。此外，陳藎謨與沈寵綏另一項顯著不同之處，在於陳藎謨確實染上「經典派語音學家」的遺毒，是以硬是將「三合」之數比附於天地人──三才，《元音統韻・通釋下》「釋義」云：

> 所謂三合者，氣初發而未鳴，無聲無息，自無如有者，天道也。無
> 此氣安能透響？繼此氣而成文，非其中和不備，有聲無音，人道也。
> 即此聲而渾接於天，終收和而歸本韻之宮，自顯而微，地道也。有
> 此和而此一聲乃清圓滿足，夫收和必歸本韻之宮，宮土也，水火木
> 金收於土，牙舌齒唇歸於喉，天然同然，謂非兼三才而成章者乎！
> 吾儒三合之音如此。

在音韻結構的分析上，陳藎謨有其獨特、精到的見解，其所倡言之「字必三合」說，與沈寵綏之「字頭」「字腹」「字尾」三分法相較，絲毫不遜色。沈寵綏在

〔註16〕袁子讓《字學元元》卷十「華嚴字母辨」云：「獨其中有二字、三字一唱者，予竊疑之。夫天地以一生物，斯道以一貫萬，豈有二字而共爲一母者？將從首字唱乎？從次字唱乎？抑並唱之乎？觭唱之非二字一母也，並唱之是又兩母也……。」

漢語音韻分析上的卓越貢獻已獲致劉復（1930）、董忠司（1994）、蔡孟珍（1999）……等學者的高度肯定；反觀陳藎謨的「字必三合」說，在象數玄理的遮蔽之下而鮮少有人論及。

（二）論三十六母

陳藎謨深受邵雍「天聲地音」之數理模式影響，為求能夠切合地之體數（地數之體數為 12×4－12＝36，詳見下文），故在聲類的標目上仍舊沿用三十六字母，陳氏非但引述南北方言之不同讀音作為佐證（參見《元音統韻·通釋上》「字母辨」），更藉由「字必三合」之法逐一辨析各類聲母發音之細微差異（詳見《元音統韻·通釋下》「訂正字母」）。茲依照《元音統韻·通釋上》之〈三十六母清濁圖〉，將聲母分類表列如下：

【圖表 5－9】

			純清陰	次清陰	純濁陽	次濁陽
角音	牙音	中	見	溪	群	疑
徵音	舌頭	次清	端	透	定	泥
	舌上		知	徹	澄	娘
商音	齒頭	次濁	精	清	從	
				心	邪	
	正齒		照	穿	床	
				審	禪	
羽音	重唇	純清	邦	滂	並	明
	清唇		非	敷	奉	微
宮音	喉音	純濁		曉	匣	
			影			喻
變徵音	半舌	次清				來
變宮音	半喉	純濁				日

就聲母的發音方式觀之，【圖表 5－9】將聲母區分為純清、次清、純濁、次濁四類，並各以陰陽隸之，此與中古韻圖的歸類方式並無實質上之差異，只不過是標目稍有不同罷了。但若就聲母的發音部位觀之，陳藎謨則有較大的更易，其中有二點值得特別注意：一是，七音亦分清濁；[註17] 一是，來母（變

[註17] 《元音統韻·通釋上》「七音清濁」：「宮內開而呼，商依齒而呼，聲音皆近而抑，

徵—半舌）、日母（變宮—半喉）的歸屬。〔註18〕

此外，陳藎謨對於聲母發音的生理機制，有極為生動的比喻與深入的描述，《元音統韻・通釋下》「釋義——訂正字母」云：

> 方密之^{以智}曰：口有室，舌根之喉是也，有堂當舌之腰，有二門當齒間，有大門當唇。余謂密之此言前人未及發，真為其喻。然細舉之，有未盡者，因廣為喻曰：喉，室也。室後有小室——小咽喉，半喉也。室有堂寬廣至二門，齒是也；堂旁有二廊，牙是也；堂前有小軒，半舌也。有甬道抵二門，舌是也；二門外有大門，時關時闔，唇是也。有兩角門，或左或右，時通出入，鼻是也。旁各有小門，審察出入，耳是也。各有小望樓，觀閱物色內外，目是也。統之者，元首也；而室有主人焉，心也。

陳藎謨藉由結構隱喻，將各發音部位比喻成屋舍廳堂，而氣流在各發音部位間流竄，就如同人們在屋內往來穿梭一般。陳藎謨更注意到「耳」、「心」在發音過程中的功用，若以今日的觀點論之，實已超脫出發音語音學（articulatory phonetics）的領域，而涉及到聽覺語音學（auditory phonetics）的研究範疇了。

（三）標領七音—論各類呼名

陳藎謨縱分三十六韻，並認為「全韻於七音中亦有專屬，如樂之專屬一調然者」，故將各韻隸之以七音，而立為「標領七音」。《元音統韻・通釋上》「釋原——標領七音」云：

> 韻也者均^{古韻字}也，指樂均也。言六律五聲八音，純然如一，不可得而雜也。今茲立韻標領七音：角曰開口，徵曰齊齒，商曰撮口，羽曰閉口，宮曰合口，變徵曰齊齒捲舌，變宮曰混音。合之不可入於

然喉在內、齒在外，故喉聲極濁為宮，齒聲次濁為商也。羽振唇而呼，徵振舌而呼，聲皆遠而揚，然唇在外、舌在內，故唇聲極清為羽，舌聲次清為徵也。至角則按牙而呼，半開半闔，聲橫出而內入，故為中聲也。」

〔註18〕《元音統韻・通釋上》「釋原——半舌半喉」云：「三十六母從來末附二半，曰"半舌"、"半齒"，或曰"半徵商""半商徵"，誤矣！混矣！……今正之曰變商半舌，曰變宮半喉」。又《元音統韻・通釋下》「訂正字母」引述方以智之言，曰：「切韻有來、日二母，來本半喉舌，即半徵也；日本半喉，舌即半宮也。前人誤名之，獻可正之，與余論合」。

撮、齊之不可入於開者，非我同均也，雜他字於中便不純粹；且此
母下在同均中止有一子，不容更有二子，如東爲合口端之子，冬爲
撮口端之子，若欲併之〈經緯圖〉中無處安頓矣。

由以上引文可知：所謂「標領七音」即爲七種呼別。〈四聲經緯圖〉圖末標注各
韻之呼名，除去表示不同介音的開口、齊齒、合口、撮口四呼之外，尚有閉口、
齊齒捲舌、混呼，若與中古韻部相對照則可看出：

1. 「閉口」——侵、覃、鹽三韻，爲中古收雙脣鼻音韻尾〔-m〕諸韻。

2. 「齊齒捲舌」——刪韻，爲中古山攝二等開口字。

3. 「混」——陽、肱二韻，爲中古江攝、宕攝與梗攝字。

然而，若遵循漢語語音演化的常軌，晚明口語的音韻結構中，介音應當只
有開齊合撮之別，爲何〈四聲經緯圖〉於四呼之外，又另立閉口、齊齒捲舌與
混呼？而這種三特異的呼名又是從何而來呢？陳藎謨《元音統韻・序》云：「昔
人謂曆與律相表裡，余謂韻學與律法相表裡」，正因執著於聲律與音韻互爲表裡
的基本理念，爲了能與樂律「七音」之數相應，故特意設立七種呼名作爲各韻
之標領，猶如十二律與七音相旋爲宮，而總成八十四調；至於呼名的由來，只
要與梅膺祚《字彙》所附的〈韻法橫圖〉相對比，（詳見【圖表 5－10】陰影部
分）則不難察覺到兩者之間具有極爲密切的關係。〔註19〕

除了設立七呼之外，陳藎謨爲了湊合三十六之數，遂將本應分立的兩個韻
部合在一處，藉由標注不同的呼名來加以區別，如：魂韻標注「合口附開口」、
麻韻標注「齊齒附合口」、遮韻標注「齊齒附撮口」，從而造成一個韻部卻有兩
種呼名的奇特現象，對此〔清〕潘耒（1646～1708）《類音》卷一「四呼圖說」
駁斥曰：「陳獻可作《皇極韻圖》縱橫三十六，自以爲巧，實則截長補短，東西
湊泊。圖旁雖列四呼之名而不相統貫，甚至以眞文家麻之開合、遮車之齊撮併
列一格，又以陽良一格、泓縈一格，別名爲混，豈知陽良之自有開合撮，泓縈
之自有開齊，而別爲一類哉。」

（四）四九立韻——論三十六韻部

〔註19〕《元音統韻・類音》既是以梅膺祚《字彙》爲本，再加上閉口、齊齒捲舌、混呼
所收的韻字與〈韻法橫圖〉所列韻字的來源極爲近似（詳見本文第三章）。或可推
斷：陳藎謨所標立之各式呼名並非出於自創，而是承襲、〈韻法橫圖〉而來的。

　　陳蓋謨心中存有一個既定的象數理論框架，審音辨韻必以應合數理框架爲最高原則，甚至不惜昧於現實、增減字音，十足地展現出「援以說《易》」等韻論著的特色，尤其在韻部歸類上更是明顯。陳蓋謨將韻部爲三十六類，爲何分成三十六韻？其內在理據爲何？從中以下引文即可見一斑：

> 天誘愚衷，從事聲音之學近六十年，詢余何師？無師也，無師而無
> 不師也。……少嘔心於律呂，而解律呂之生於人，不生於器，因化
> 琴面上閒九寸、中閒一尺八寸、下閒三尺六寸，之三閒而三之爲三
> 十六，因通易卦太陽之九而四之爲三十六，重之爲三十六韻，四其
> 三十六爲百四十四韻，立爲天聲母地音韻。(《元音統韻‧通釋下》
> 「釋義——四九立韻」)

〈四聲經緯圖〉表面上縱分三十六韻，然則實際上韻圖所反映的韻母系統果眞僅有三十六類嗎？答案是否定的。若仔細觀察〈四聲經緯圖〉歸字，當會注意到兩個奇特的現象：一是，韻圖中某些韻部所下轄的格位中，出現兩字並處的奇特現象，(參見本文【附錄書影 20−1】p.414)顯現同一韻部中同時兼容兩個互不混淆的韻類；一是，魂、遮、麻三韻均兼附他呼之字。由是可知：〈四聲經緯圖〉的實際韻類絕不僅止於三十六之數，但因陳蓋謨爲求能夠切合天之體數，故在韻圖編排上做了某些權宜性的調整，卻在無形中扭曲了音韻系統的眞實面貌。根據李新魁、麥耘(1993)的解析，〈四聲經緯圖〉平聲韻魂、遮、肱、侵四韻各包含兩個韻母，麻韻則內含三個韻母(除了齊齒、合口外，還包含開口呼字)，故實際上當有四十二韻母。[註20]

三、韻圖形制與編排理據

　　陳蓋謨闡揚、發揮邵雍「天聲地音、相互唱和」之數理思想，以窮竟天地群籟之所有聲響爲目的。在「天有定數、音有定位」的思維模式制約下，韻圖的整體形制與編排體例勢必會受到某種程度的影響，而從以下引文中當可以窺探出陳蓋謨架構韻圖的內在理據：

〔註20〕耿振生(1992：231)考察〈四聲經緯圖〉音系所反映的實際韻數，云：「魂、麻、遮、肱四韻各包含兩個韻類，其餘每韻一類，共四十韻類。」然而，耿振生似乎忽略了韻圖中侵韻"森""深"對立與麻韻摻雜開口字的現象，因而認定韻部僅有四十類。

開齊撮閉合之敘角徵商羽宮也；角徵商羽宮之序春夏秋冬中也。樂有
五音而附以變徵、變商，是爲七音；韻有五音而附以半舌、半喉，是
爲七音。律有十二，一律經七音，緯之而成一均古韻字；均則七調，
十二均而成八十四調。統有三十六，一韻爲經，三十六統緯之而成一
目；目則三十六，各以三十六統緯之而成四聲百四十四目、五千一百
八十四聲，舉天地群籟之有字無字盡該焉。（《元音統韻・序》）

以天地陰陽分聲音亦有道乎？曰：《皇極韻》分平上去入爲四聲，於
一聲中別其闢之闢、翕之翕、闢之翕、翕之闢四等，每等九聲，得天
之體數三十有六；分開發收閉於四音，一音中別其純清、次清、純濁、
次濁爲四等，每等十二音，得地之體數四十有八。四四摩盪而爲十六。
爲天之體數者百四十有四，和坤之策也；爲地之數者，百九十有二，
半爻之數也。於地數中虛其無聲無字者四十有八，仍夫天之體也。是
故天之聲百四十四，地之音百四十四，陽唱陰和，極天地之聲音萬有
三百六十八，合夫萬物之數萬有一千五百二十者，十之九也。合之人
而爲四聲、百四十四韻，每聲三十六韻，每韻三十六聲，總乎五千一
百八十四，盡之矣。豈惟盡人所謂鶴唳風聲、雞鳴狗吠、雷霆驚天、
蚊盲過耳，不出此也。（《皇極圖韻》「圖韻總述」）

籠罩在古代樸素的全息思想的氣氛中，陳藎謨就如同其他精研《易》理象數的
音韻學家一般，以宏觀、整體的角度來思索音韻結構的規律性與嚴整性，並且
認定音韻與樂律、時令、易卦……等，甚至宇宙萬物，皆有著或近或遠的同質、
同源、同構關係。如此，就不難理解爲何在上述引文中，陳藎謨分韻列字、審
音辨韻要刻意地比附於四時、七音、十二律……等特定數字了。

陳藎謨的哲學思想肯定對韻圖形制、體例有所影響，但影響程度爲何？則
可藉由具體地解析《皇極圖韻》所附載的幾個代表性的韻圖來加以瞭解。

（一）〈四聲經緯圖〉

〈四聲經緯圖〉是展現陳藎謨韻學理論的代表性韻圖。此圖不僅同時收錄
在《皇極圖韻》與《元音統韻》中，且爲沈寵綏《度取須知》所轉載。〈四聲經
緯圖〉的整體形制與〈韻法橫圖〉頗爲近似，陳藎謨首先根據聲調而分成四圖，
各圖橫列三十六母、縱分三十六韻，並於各韻之末標注呼名，如此即可在縱橫

交錯的表格中填入音節代表字，若無字可填者則以空圈○補之。（參見本文【附錄書影 20－1】p.414）《皇極圖韻》「經緯圖說」論述韻圖的編排體例，指出：

> 〈四聲經緯〉四圖，經為同姆，緯為同韻，位置之數千二百九十六所以類夫牙舌齒唇喉，而分開齊合撮閉合者也。昔人有作之者，非併少為多，則羅百漏一，茲則經緯四九，均等四聲，呼吸珠貫。每韻提一音以立標，居上則唱，居下則和，止此三十六字而千二百九十六音隨呼隨答，子之於母真足方矣。使辨唱和者緣此以悉體用之圖，則知是圖出自天然，非徒臆說。韻學紛雜，衷此自平。

有關三十六母的分析已見於上節，茲將〈四聲經緯圖〉之三十六韻表列於下，並與《韻法直圖》、《韻法直圖》、《洪武正韻》相互參照，藉此以對比呼別的異同、比較分韻的差異。

【圖表 5－10】

〈四聲經緯圖〉	《韻法直圖》	《韻法橫圖》	《洪武正韻》
01.東屋（合）	公（合）	公（合）	東董送屋
02.冬燭（撮）	弓（撮）	鞏（撮）	
03.支質（齊）	貲（咬齒之韻）		支紙寘
04.齊櫛（齊）	基（齊）	基（齊）	齊薺霽、支紙寘
05.魚燭（撮）	居（撮）	居（合）	魚語御
06.模屋（合）	姑（合）	孤（合）	模姥暮
07.乖刮（合）	乖（合）	乖（合）	皆解泰
08.咍曷（開）	該（開）	該（開）	
09.皆轄（齊）	皆（齊）	皆（齊）	
10.灰末（合）	規（合）	規（合）	灰賄隊
11.真質（齊）	巾（齊齒呼而旋閉口）	巾（齊）	真軫震質
12.文物（撮）	鈞（撮）	君（撮）	
13.魂沒（合附開）	根、裩（合）	根、裩（合）	
14.寒曷（開）	干（開）、	干（開）	寒旱翰曷刪產諫轄
15.桓末（合）	官（合）	官（合）	
16.刪轄（齊齒捲舌）	艱（齊齒捲舌呼）	間（齊齒捲舌）	刪產諫轄
17.還刮（合）	關（合）	關（合）	

18.先屑（齊）	堅（齊）	堅（齊）	先銑霰屑
19.元月（撮）	涓（撮）	涓（撮）	
20.蕭藥（齊）	交（齊）、、驕（齊）	交（齊）、驕（齊）	蕭筱嘯
21.豪鐸（開）	高（開）	高（開）	爻巧效
22.歌鐸（開）	歌（開）	歌（開）	歌哿箇
23.戈郭（合）	戈（合）	戈（合）	
24.陽藥（混）	江（混呼）	姜（混）	陽養漾藥
25.光郭（合）	光	光（合）悾（撮）	
26.唐鐸（開）	岡（平入開口呼、上去混呼）	岡（開）	
27.麻轄（齊附合）	瓜（合）、嘉（齊）、拏（舌向上呼）	瓜（合）、加（齊）	麻馬禡
28.遮屑（齊附撮）	迦（齊）、蛇（撮）	闕（撮）、結（齊）	遮者蔗
29.庚陌（開）	庚（開）	庚（開）	庚梗敬陌
30.青昔（齊）	京（齊齒而啓唇呼）	京（齊）	
31.肱獲（混）	肩（混呼）、觥	絧肱（混）	
32.侯屋（開）	鉤（開）	鉤（開）	尤有宥
33.尤燭（齊）	鳩（齊）	鳩（齊）	
34.侵緝（閉）	金（閉口呼）、簪（閉口呼）	金（閉）	侵寢沁緝
35.覃合（閉）	甘（閉口呼）、監（齊齒捲舌而閉）	甘（閉）、監（閉）	覃感勘合
36.鹽葉（閉）	兼（閉口呼）	兼（閉）	鹽琰豔葉

從【圖表 5－10】中，不難窺見〈四聲經緯圖〉在分韻列字上有幾項特異的現象：

1. 〈四聲經緯圖〉與〈韻法橫圖〉的高度相似性：

雖然二圖在韻部數目上有所差異，但韻圖實際反映出來的韻母系統卻十分近似，從【圖表5－10】更可進一步看出兩者的紛歧之處：〈四聲經緯圖〉有支韻而無悾韻，交、驕二韻的對立消失，閉口字的分韻互有參差。

2. 入聲二十一韻之複見、重出：

李新魁、麥耘（1993：255）指出：「轄韻包含三個韻母，沒屑緝各包含兩個韻母，故實有二十六入聲韻。入聲韻分配有矛盾之處，如"屋"兼配"東" "侯"，一為開、一為合，"燭"兼配"東" "尤"一為撮一為齊，等等。」

其實，前人對於〈入聲經緯圖〉韻字多處重複的現象業已深感疑惑，是故《皇極韻圖》「圖韻總述」針對此問題而提出解釋：

> 然則四聲三十六韻，其三聲若不可易矣，至入聲何相同者若是之多也？曰：「凡天地之氣，萌於春、旺於夏、斂於秋、沒於冬。入爲北音羽，北人併其音而亡之，猶一韻中屬羽者有八，而字母多不具也，故聲至於入而氣愈少、愈閉，且漸返於一元矣。昔人以星喻聲，言燦於正南，半見於東西，而淪沒於北也。

入聲字所以同時數韻而不避重複，蓋亦基於數理上的考量，以求不失一百四十四韻之數，即如陳藎謨《元音統韻‧通釋下》所云：「今茲入聲字亦必根平上去而來，重者自重，凡二見、三見者共十七韻，以四聲附韻加入，仍不失百四十四韻也。」

（二）〈經緯省括圖〉

〈經緯省括圖〉或稱之爲〈轉音經緯圖〉，乃是隳括〈四聲經緯圖〉而成的簡圖。韻圖仍舊橫列三十六母，但卻縱分五等──開口、齊齒捲舌附、撮口、閉口、合口混附，如此則在經緯交錯的表格中填入兩個「轉音字」──助紐字，（參見本文【附錄書影 20－2】p.415）藉以辨別各韻字呼別，以便初學者唱和。〔註21〕沈寵綏《度曲須知‧經緯圖說》對於此圖之編排體例及其妙用有精細的論述，文中指出：

> ……若欲口中翻調得法，先須辨清轉音即因煙人然之類，斯字音無謬。今其轉音一圖，上排見溪諸字母，業與前四圖（按：即〈四聲經緯圖〉)，而邊傍所列，則僅庚、寒、眞、先、文、元、侵、鹽、魂、桓十韻之目，緣轉音字眼總收在此十韻中，其餘廿六韻，絕無干涉故耳。每一母下，有五等轉音，共計十字如見母下有庚干、巾堅、君涓、金廉、昆官十字，爲五等之轉音，餘仿此。但看切腳上

〔註21〕陳藎謨《皇極圖韻》「省括圖說」指出：「〈經緯省括圖〉分列五音而隸之各韻，且以便初學者之唱和也。康節亦云：「韻法先閉後開者春也，純開者夏也，先開後閉者秋也，冬則閉而無聲」，斯言近之矣。今定開口韻爲角，齊齒韻爲徵，捲舌韻以當變徵，撮口韻爲商，閉口韻爲羽，合口韻爲宮，混韻以當變宮，各以韻姆轉音二字分別列之。」

一字屬第幾母所轄，則轉音即在本母一行，斷不牽溷別母之下；又
看下一字，韻旁鈐何口法，則轉音口法，亦皆符券，斷不牽溷於四
等轉音之中。蓋以上半切定三十六行之一行，以下半切定一行中五
等之一等，斯轉音辨法盡之矣。

反切之法，上字取聲、下字取韻，拼合兩字以成一音，此法本應極為簡易便
捷才是。然而，隨著語音變異不斷加劇，舊有切語已無法反映現實讀音，而
村塾學究、佛門僧侶雖亦研習等子，但卻只是一味佞古而不敢有所突破，遂
使得等韻之學日益艱難、繁瑣，學者必須先熟記括歌、熟呼助紐字，待舌與
俱化，方可得聲，此等迂迴曲折的方法就連學識淵博的呂坤亦畏難而止（詳
見呂坤《交泰韻·序》），更何況是資質平庸的一般儒士呢？陳藎謨之所以於
〈四聲經緯圖〉之外，又另外增設了得以迅捷辨析轉音字的〈經緯省括圖〉，
蓋深知切韻舊法繁瑣難學之弊病，而欲藉此指引一條拼讀切語的簡徑捷法，
即如下文所云：

前人於「切韻」二字，以上字喻標，下字喻矢，而不知「轉音」二
字。……釋海韻作《切韻指南》云：「今之切韻者多用經堅丁顛之
類，此法極是浮淺，乃前賢訓蒙誘引之法，反害正音」，其言似是。
不知韻之開齊撮合閉各屬一音，應有前五等轉音，五方皆同，不假
造作，如徒以經堅等三十六轉音呼之，奚怪韻學之寡和乎。若既解
唱和則省括之法隨口皆得，為圖為說，皆屣棄之矣。下焉者緣此以
識字，上焉者緣此辨唱和以悟體用河洛之源，則經世階梯於此焉，
係不得不細為指出以開來者。（《元音統韻·通釋上》「釋原——省
括圖說」）

漢人讀若、孫炎反切近矣。等子十三門法，非不苦心，祇亂人意。
今於平三十六韻中五音各取二韻，無一增減，天然得其轉音。天聲
從字母，地音從標目，呼之字字中的，此則五音之真音和也。既省
他韻反切繁聲，又即知是何五音、是何標目，省文人翻韻書查字，
則《統韻》省括圖之創立者也。（《元音統韻》「釋義——省括圖」）

前人拼讀反切之要訣首重熟呼，故早期等韻圖多附有「經堅」、「因煙」、「人然」……
等助紐字，然而助紐字多止侷限於齊齒呼字，陳藎謨為使學者能夠辨析各呼之區

別，故另編〈經緯省括圖〉縱分五等，以五音標領而各自爲轉音。如此，「以上半切定三十六行之一行，以下半切定一行中五等之一等」，便可輕易地藉由經緯交錯的格子而拼讀出正確的讀音。是以，沈寵綏《度曲須知・經緯圖說》讚嘆曰：「近得橋李陳獻可所著《皇極圖韻》，中有〈四聲經緯〉及〈轉音經緯〉之圖，蓋體釋氏等韻諸編，翻爲簡徑捷法。凡切腳轉音，不煩口調，按圖歷歷可稽。」

　　除了上述兩種主要的音韻圖式外，《皇極圖韻》與《元音統韻》尚附載其他與等韻相關的圖式，例如：〈聲音舉要圖〉即是仿照邵雍的《聲音唱和圖》的模式而爲〈天之用聲一百四十有四舉要圖〉、〈地之用聲一百四十有四舉要圖〉二圖，前者「縱讀以序聲韻，橫讀以分闢翕」，後者「縱讀以攝字姆，橫讀以分清濁」；〈天門地戶圖〉除以了聲音配三十二卦，闡發康節元會運世、石土水火之旨外，（關於天聲地音與易卦之搭配關係，詳見本章第二節）又另外增益〈地音藏用圖〉、〈天聲藏用圖〉二圖亦以三十二卦配之，以補祝泌所未及而全六十四卦數。至於〈洛書圖〉、〈九宮聲音唱和圖〉……等，則是象數氣味極爲濃郁，而與韻學相去較遠，故本文不多加贅述。

四、捨棄門法、闡揚等韻

　　陳藎謨不僅是個等韻學研究者，更是個等韻學的發揚者。面對等韻學之日趨衰頹，嘗深自唶嘆曰：「切韻之學，士大夫研究者少；而衲僧止唱等子，守舊而已，豈能溯其所以然乎，遂使天地人自然之聲泊沒千年，良可慨也」。陳氏畢生鑽研韻學達六十年之久，深知欲挽救韻學之頹勢，必得廢棄繁瑣難學之門法，另闢簡易之捷徑。於是，一方面發揮「古皆音和」說，力主廢棄等韻門法；一方面則設立「初學次第」、「口授捷要」等法則，俾使初學等韻者擺脫迷障、糾葛，而能在最短的時間內掌握切韻之法的要旨。

（一）廢除門法、力主音和

　　陳藎謨編撰之〈四聲經緯圖〉與〈經緯省括圖〉止爲音和，學者凡遇難疑切腳，只需查切語上字屬第幾母，切語下字爲何圖、何韻，即可在韻圖中拼讀出正確字音，省去門法之迂迴曲折，是以沈寵綏譽之曰：「切法之精良，莫此若矣。」〔註22〕從以下引文中，則可清楚看到陳藎謨對等韻門法之強烈批判，及

〔註22〕沈寵綏《度取須知・經緯圖說》論述韻圖的使用法則，云：「其用法凡遇疑難切腳，

其力主「音和」之堅決用心。

> 前人已有「經堅」轉音一路矣，未知出孫炎與否，齊齒則得之，通
> 於他韻則牽強不中。因不能遍通等韻，又立十三法門，何如《統韻》
> 止一音和，因創爲五聲轉音，不待思索，隨口命中，皆取於《統韻》
> 平聲三十六之十，豈非人人天然，人人同然，人人當然者乎。(《元
> 音統韻・通釋上》「釋原——貞下起元」)

> 法不能明者，何由？無一定之韻也。茫然惘然者無論，雖文人學士
> 鮮知反切，訛傳訛、謬傳謬，安問性中天然之韻哉？然反切止一音
> 和。音和二字出於等韻之一，無奈其立十三法門亂人心曲，使無彼
> 法，音和二字亦自不必立也。(《元音統韻・通釋上》「釋義」)

(二) 闡揚等韻、啟迪後學

切韻之法研究者鮮矣，而學習等韻之人資質各有不同：有已探得聲韻精微
者，有出入聲韻藩籬者，有未解聲韻平仄者，如何使眾人均能精熟等切原理呢
？雖然陳藎謨編撰〈四聲經緯圖〉與〈經緯省括圖〉，已爲後學拓闢了方便法門，
但學習韻學若無一定的次第與漸進的步驟，則仍可能以訛傳訛、滋生紛擾而失
其本旨。陳藎謨有鑑於此，於是特別精心規劃出一套等韻學的教程，欲藉此循
序漸進地引導後學精熟《統韻》，嘗云：「入門之法有二，有暢悉者謂之先達；
未暢悉者謂之後學。先達敩之，數日數旬可通；後學獨求，或月或歲難定。學
而不已，將日進精微，竟是《統韻》輔翼。自命先達或訛以傳訛，反爲《統韻》
流害，因立初學次第五舉，口授捷要八舉，以爲楷模。」茲將陳藎謨《元音統
韻》所謂學習等韻之次第與要訣引錄於下：

1. 初學次第五舉：調四聲一、習唱和二、審字母三、熟經緯四、會
   眾竅五。

先查上一字屬在第幾母下，則但記第幾母，不必仍記上一字爲何字，亦不必記上
一字爲四聲之何聲四聲者，平、上、去、入也。次審下一字在何聲圖內，及何韻
之中，及從此橫看至所記第幾母一行而止，則一橫一直接處，恰得所切之字。其
說有兩形可方比，以十字之行喻，則字在交錯之中心；以曲尺之形喻，則字在相
湊之轉角。天然巧中，千不爽一，切法精良，莫此若矣。」正因沈寵綏對於陳藎
謨的〈四聲經緯圖〉與〈經緯省括圖〉有深入的研究，故能闡發其中之精微要旨，
就連陳藎謨本人亦曰：「〈經緯〉〈省括〉二圖，謨創其源而君徵詳其法。」

2. 口授捷要八舉：授韻母一、授平韻二、授條貫三、授字母四、授轉音五、授唱和六、授韻綱七、授音祖八。

陳藎謨不僅灌注畢生精力在韻學研究上，更是苦心擘劃教授韻學的次第與法則，務使聰慧專靜者不過三日，愚拙浮緩者不逾十日，皆能掌握切韻之訣竅，陳氏對於韻學之熱情與執著，不僅在當時受到許多學者的肯定，在漢語等韻學史上亦稱得上是獨樹一幟的。可惜今日漢語音韻學者大多熙攘於擬測音值、建構音系之途，彷彿漢語音韻學的研究範疇僅止於是，除此之外別無其他路徑，是以面對如《皇極圖韻》、《元音統韻》此類滿紙盡是天聲地音、律呂易卦的論著，經常紛紛走避而無暇細顧，遂使陳藎謨之韻學罕有能深入論及者。

五、〈四聲經緯圖〉反映的音韻系統

陳藎謨編撰〈四聲經緯圖〉，旨在窮究天地自然元音，非專爲詞章所設也，故韻圖以「正音」爲統。然而，「正音」的音系性質究竟爲何？是人爲主觀湊雜的形式框架？抑或是實際以某地方音作爲基礎呢？從以下幾則零星的論述中，當可窺探出些許的蛛絲馬跡：

> 究聲韻一途，盡人本自同然、本自天然、本字當然，但以方言而不合於正，習染而不知有正。謂之正者，時已背古而不遠於古，音從唐盛而不溺於今，蓋以統也。隔遐方不相通，驟聚而無不相通，正也、統也；類聚從俗相通，敬上蒞眾無不相通，正也，統也。（《元音統韻・通釋下》「釋義」）
>
> ……聲韻之學自宋齊以至唐盛矣，前不遠於上古，後未染於近習，統韻遵其音而不遵其韻，合夫人人同然天然，無勉強也。（《元音統韻・通釋下》「釋例」）
>
> 孫愐《唐韻》之佳妙，讀其書，恍如千年前面質者。蓋以其不染一毫等韻氣，不染一毫《中原韻》氣及章黼《韻學集成》氣，渾乎存正當之音，但不知字母，命韻紛出耳。謨故曰尊唐正當之音而不遵其韻也，《統韻》之因聲定韻，本乎唐而參之六朝以上，酌於宋而黜乎元韻以來，以唐音之可通於古而不違於時也。（《元音統韻・通釋下》「釋例」）

思索上述之引文，可以隱約地勾勒出韻圖音系的模糊影像。就聲母而言，陳藎

謨所謂「正音」，乃是以唐韻之三十六母爲宗，蓋因唐韻上不遠於古，下則未染近世之習，故可作爲窮竟天地自然之音的基準；至於三十六韻部，則是本諸唐韻、且參酌六朝以上之古韻而成。

判斷〈四聲經緯圖〉反映的音系性質，除了從陳藎謨本身的韻學論著去搜索內部證據外，晚明學者對於韻圖的相關論述，亦是不可忽略的重要論據。如方以智《通雅》卷首二云：「陳藎謨《黃極圖韻》則發源邵子，而聲字取《正韻》者也」；而沈寵綏《度曲須知・經緯圖說》除了進一步描述韻圖所展現的音韻特徵外，更對於韻圖之背離《中原音韻》與《洪武正韻》而提出批評：

> 按此圖繇來，原不過仍唐韻以叶梵音，未嘗爲塡詞度曲作地，細舉圖中之字，與圖位之音，律以《洪武》《中州》聲韻，率多牽強未諧。
>
> 即如龐、傍、東、冬本屬同音，今則開、齊、合、撮各標一韻；江陽通韻口法開張，今則光合、唐開，與陽混 _{光唐陽，右傍韻目，合開混，左邊口法} 派鈐三等。況疑、娘、禪、床四母，字音先與圖音不肖，故下邊三十六子 _{三十六母，創自司馬溫公，添於梁}
>
> 山首座，止宗唐韻，與今韻不叶。如敎、昂、尼、獰、船、垂等字，亦並涉東南土語。其他鏗、梗恆庚之猶宗沈約訛音，而與兩書相悖者，
>
> 又何堪一一枚指哉。

沈寵綏調和晚明時期戲曲韻律的分歧，首倡「北叶《中原》、南遵《洪武》」之說，認爲度曲唱白的字音南北曲應有不同，但創作押韻則無論南北曲皆應恪遵《中原音韻》。（尉遲治平，1991：207）然而〈四聲經緯圖〉終究非專爲詞章所設，是以沈寵綏儘管盛讚韻圖之簡易便捷，但對於韻圖之因襲唐韻，又雜涉六朝以來之東南土語，卻是頗有微詞，曾欲比照〈四聲經緯圖〉之格式，分別根據《中州》、《洪武》另行編製南北音圖，無奈心有志於此而力尚未逮。然而，面對沈寵綏的韻學論點，陳藎謨仍是一本以唐韻爲宗的主張，云：「君徵僅知尊中原雅音，是胥天下惟歌北曲而止，不問他音也。昔黃公紹稱沈韻爲吳音，惜乎但能釐沈之母，而不能釐其韻。謨之《統韻》采之爲多，但本《字彙》一書，內多中原音切，雖力正之（按：以唐音正之）猶恐未盡。」

總結以上所論，〈四聲經緯圖〉之聲母、韻部各爲三十六類，乃是本諸孫愐唐韻，間或參酌古韻而成，既非吳語方言，亦不同於中原雅音，而是根據《易》學象數的理論框架所主觀拼湊成的理想音系。

第四節　吳繼仕《音聲紀元》

一、作者的聲學思想與編撰動機

　　吳繼仕，字公信，一字信甫，號蒼舒子，徽州休寧人（今安徽省休寧縣）。精通聲音律呂，書室名曰「熙春堂」，著有《音聲紀元》六卷、《七經圖》七卷。《音聲紀元》書前附有〔明〕焦竑（1540～1619）於萬曆辛亥年（1611）所寫的序文，文中論述成書要旨曰：

　　　　新安吳公信氏，詩章字畫咸自名家，吟諷揮灑之餘，於聲音之道窺
　　　　斑得臠，擷英尋實，犁然有契於心，於是原本天地，貫通律呂而《紀
　　　　元》一書作焉。以律統音，以音叶韻，母唱子隨，宮奏商應而六書
　　　　之奧，瞭然如指諸掌矣。至於沈約、顧野王諸家，古今奉爲金科玉
　　　　條莫敢指議者，君皆琢磨陶汰、洗髓伐毛，而推邵子窮天地之原，
　　　　李文利正律呂之誤。此固一時之卓識，雖聲樂、曆數皆所必資，不
　　　　特字書之關鍵而已。

《四庫提要》則評述曰：「是書大旨以沈約以來諸韻書但論四聲七音而不以律呂、風氣爲本，未爲盡善，惟邵子《皇極經世書》、李文利《律呂元聲》爲能窮天地之原而正律呂之誤。於是根據二家作爲此書，綜以五音，合以八風，加以十二律，應以二十四氣，有圖有表，有論有述，而以風雅十二詩附焉。」即如焦竑與《四庫提要》所言，吳繼仕《音聲紀元》蓋以「窮音聲之原、正律呂之誤」爲最高之宗旨，於是本諸邵雍象數之學與李文利律呂之說，〔註23〕將音韻、治曆與制樂共冶於一爐，實非專爲字學而作。從以下引文中，更可清楚地瞭解《音聲紀元》一書的命名理據及其旨趣所在：

　　　　夫音聲之學，萬世同原。古今雖殊，音聲不異；四方各域，氣元不
　　　　殊。然宇宙間一氣耳，氣一出則有音焉、有聲焉，音聲既具，文義

〔註23〕至於李文利《律呂元聲》的律學主張爲何？吳繼仕《音聲紀元》曰：「弘治間莆田
　　　　有李文利者，著《律呂元聲》。夫自漢已來，皆以黃鍾之長九寸，而李氏獨謂黃鍾
　　　　之長三寸九分，吹之以爲黃鍾之宮曰含少，因詳加玫證。以三寸九分正司馬遷黃
　　　　鍾九寸之誤；以太極、陰陽、五行由一以生二，由少以及多，見黃鍾數少爲極清，
　　　　以正宮聲爲極濁之誤，書圖立說，昭然可玫。其說實爲奇偉，故今之二十四氣韻
　　　　圖譜五音實爲本之，而前人之宮羽舛謬，清濁逆施，正由黃鍾一差諸謬所必至耳。」

斯存，諧之以氣，律呂具矣。非牽合附會者也，蓋天地自然之元而音之與聲、氣之與律呂會耳。何謂「音」？宮商角徵羽是也 _{即喉齒；牙舌唇}；何謂「聲」？平上去入是也；何謂「律呂」？即以音聲叶黃鍾是也，而其實非強爲律呂，強爲音聲之謂也。細而入于毫芒，而莫窺其體用；分而合於象數，而莫窮其神化。古先賢哲以造曆明時，以宣風作樂，淵乎微矣。（《音聲紀元・敍》）

紀元者何？紀音聲之所自始也。……余之紀元者，循天地自然之音聲，一一而譜之，毋論南北、毋論胡越，雖昆蟲鳥獸總不出此音聲之外，憑而聽之，皆可識矣。以治曆、制樂，庶乎其旨哉。（《音聲紀元》卷一）

然則，若以今日科學的觀點論之，音韻與曆法、律呂、風氣、五行、易卦……等根本是風馬牛不相及的概念，爲何古人硬將這些來自不同學科範疇的概念混雜在一起呢？在古人思維模式中，這些概念是否具有某些共同的特點呢？而混雜了律呂、風氣……等概念，是否會對韻圖的形制與體例產生某種程度的制約呢？這些問題現代音韻學者大多略而不談，是以對於韻圖的整體形制、編撰理據常是知其然而不知其所以然。以下即從文化的角度切入，剖析吳繼仕的聲學思想，並探討聲學思想對韻圖形制與體例的影響。

在「天人合一」的思維定勢下，「元氣」被視爲會通天人之間的津筏。儘管元氣充塞於天地之間，但卻是無形無臭、難以言狀，是以古人通常藉由空氣存在的許多現象來論證元氣的存在，又以元氣的存在來表述聲音的傳播，因而在「聲氣同源」的哲學基礎上，萌生出許多看似荒誕不經，但卻能深植人心的思想學說，諸如：「度量衡生於律」、「候氣」說、「律曆和諧」……等。吳繼仕《音聲紀元》雜糅許多與陰陽、五行、八風、律呂、節氣……等相關的概念，即與傳統「候氣」說與「律曆和諧」思想有著密不可分的關係，茲將思想簡述於下，作爲解析《音聲紀元》韻圖形制與體例的理論依據。

（一）「候氣」思想

「候氣」是中國古代爲體現天、地、人三才合一理念，所發展出的一種測候之術，其基本的作法是將黃鐘十二律的律管依序排列在密閉的房間內，並在長短不一的各管內，覆填以蘆葦膜（即所謂的葭莩）燒製而成的灰。古人相信

當太陽行至各中氣所在的位置時，將引發地氣上升，而此氣可使相應律管中所置的葭灰揚起。

「候氣」學說可追溯至〔西漢〕京房(79～37B.C.)，此後經歷了南北朝、隋、唐的穩定發展，其說始漸爲社會所普遍接受，並演變成中國科學史上最大的騙局之一。而隨著宋代象數之學的復興與昌熾，學者對一此說則有更加深入闡發，其中尤以蔡元定《律呂新書》、沈括《夢溪筆談》的影響較大。儘管明代中葉以後，「候氣」思想飽受王廷相（1474～1544）、何塘（1474～1543）、季本（1485～1563）、朱載堉（1536～1611）、〔清〕江永（1681～1762）……等人嚴厲的批判，但並未因此而銷聲匿跡。〔註24〕

鳥瞰中國傳統「候氣」思想的發展進程，不禁要質疑：爲何如此經不起實際驗證的學說，卻能宰制古人達千餘年之久？究其原因不外乎是：古人堅信「天人感應」之說，而「候氣」學說正是透過天、地、人三才合一的理念，將度量衡的標準、樂律的元聲以及地上的政事、天上的節候均漂亮地結合在一塊，以致少有人敢於正面質疑此說，即使是深具科學精神的沈括，亦都隨俗而予以肯定。

吳繼仕處於迷信「候氣」學說的文化語境中，終究抵擋不了思維定勢的制約，無法自絕於風氣時尚之外，是以《音聲紀元》描寫音韻特徵時仍不免比附節氣、干支、八風、盈虛等概念，茲舉「涓卷眷決」、「交絞叫覺」二韻爲例，云：

> 如立春，其氣在艮，乃條風之中候，其氣溫寒，氣猶鬱而未散，雖出而猶未遂，故其音元有類於「涓卷眷決」，蓋卷而未舒之音也，爲盈。

> 如雨水，其氣在寅，乃條風之末候，其令漸開啓而未泄，故音韻有類於「交絞叫覺」，蓋開而猶有合也，爲虛。

（二）「律曆同道」

中國古代史書常將律學與曆法置於同一篇帙，並稱爲《律曆志》。樂律與曆法有何共通的特質呢？前人爲何將兩者共存並置？古人基於樸素的全息思想，意識到律呂聲音與天體運行具有某種同質、同構的關係，而這種特殊的聯繫具體展現在數字的一致性上，最鮮明的現象莫過於十二律與一年十二月、一日十

〔註24〕關於傳統「候氣」思想的演進與衰頹，戴念祖（1994，500～08）、黃一農（1993）的文章中均有詳細的論述，學者可自行參閱。

二時辰相對應。古代聲律學家正是基於同質、同構的關係，而將律、曆並舉共現、相互闡發，即如朱載堉《律曆融通・序》解釋書名理據時所指出的：「《周髀》曰"冬至夏至，觀律之數，聽鐘之音，之寒暑之極，明代序之化"。是知律者曆之本，曆者律之宗也，其數可相倚而不可相違。故曰《律曆融通》，此之謂也。」（轉引自戴念祖，1994：515）所謂「其數可相倚而不可相違」，正是從數字上照見樂律與曆法的和諧關係。

吳繼仕《音聲紀元》除載有〈律呂配月候相生正變圖〉外，更在書中屢次暢論「律曆同道」之理，如卷四〈審音〉云：「曆所以經天時也，律所以候地氣也。天地相為經緯，律曆相為表裡。天數五、地數五，五位相得而各有合。天五與地十合而生土，其聲為宮；地四與天九合而生金，其聲為商；天三與地八合而生木，其聲為角；地二與天七合而生火，其聲為徵；天一與地六合而生水，其聲為羽。五聲相生，旋相為宮，於是播之以八音，所以宣八風之和聲也；諧以十二律，所以順四時之和氣也」。

歸納吳繼仕《音聲紀元》所體現的聲學思想，知其沈浸在「聲韻同源」的全息思想下，概略意識到音韻、曆法、律呂、節氣……等概念的內在關聯性，從而認定這些概念之間具有「家族成員相似性」（family resemblance），〔註25〕是以將其劃歸於同一概念範疇。然而，隨著時代變遷致使文化思想的隔閡加劇，是以古人認為彼此相關的概念，在現代科學眼光的檢證下卻是相差十萬八千里，八竿子也打不著。面對此類看似迷亂、玄虛的韻學論著，不應抱持「輝格黨」式的史觀來「以今律古」，而應回歸到當時的文化語境中，仔細思索：為何有如此奇特韻圖產生？韻圖為何如此排設？這些韻圖與現代方言調查表有何異同？如此才算是真切詮釋韻圖所傳達的文化意涵，才算是深入發掘出傳統漢語音韻學與現代西方音韻學的殊性所在。

〔註25〕〔德〕維根斯坦（Wttgenstein，1953）認為概念範疇內沒有一致的共同點，各個組成份子只是在不同方面彼此互相關聯而已，以"比賽"（game）概念為例，指出：「我們看到一個複雜的相似性網路，有時重疊，有時交織，有時整體相似，有時局部相似。像這種相似性特徵最好稱之為"家族成員相似性"—我的結論是，"比賽"構成一個詞族。」此種概念範疇內部分子地位不均等的觀點，已普遍為認知語言學者所收受。

二、韻圖形制與編排理據

　　吳繼仕《音聲紀元》云：「天地音聲原統一元，故有六氣焉，八風焉，十二支焉，二十四候焉，春夏秋冬因之矣，宮商角徵羽因之矣，平上去入因之矣」。在此種「聲氣同源」的基本預設之下，吳氏擷取邵雍《皇極經世・聲音唱和圖》的數理模式與李文利《律呂元聲》的樂律理論，並以等韻學理推而衍之，將音韻結構比附於律呂、風氣，冀能由此窮源竟委、追溯天地音聲之本元。然則，何謂「音聲之元」呢？吳繼仕曾進一步剖析說：

　　何謂「音元」？音元者，天之氣也。天有六氣而氣有盈虛；有八風而風各有初、中、末。其或闔或開，一元之內莫不中音合律，于律之中，紀之以喉齒牙舌唇，分爲宮商角徵羽，而加之以流變，則其音之元似矣。（卷一〈音元論〉）

　　何謂「聲元」？聲者，地之氣也。地有十二支，則有始、正、中，而平上去入具之。其或寒熱溫涼，則春木之平，夏火之清，秋金之輕，冬水之濁。而始、正、中之間各有宮商角徵羽，外有——卯酉之半商半徵，辰戌之清商，丑未之流徵之六聲，凡六十六聲而聲元備矣^{半商半徵即}半齒半舌。（卷一〈聲元論〉）

顧名思義，《音聲紀元》編撰要旨即是在於「紀音聲之元」。但如何才能眞切地「紀音聲之元」呢？吳繼仕於卷前序文中，對於紀元之法及其韻圖編排體例已有細部闡釋，茲將其引錄於下：

　　天地有陰陽、有風氣、有時令，有溫熱寒涼，則聲有平上去入，音有宮商角徵羽，而八風二十四氣，其序不可紊也。故以二十四氣爲二十四韻之音，而以五音不同之聲，加之以律呂，使以律呂統音，以音會聲，以音聲排之於六律六呂之間，以八風合於二十四氣之內，使眾律可攝八風，一風可貫眾律，一律布五音，一音通四聲；復于風氣、律呂各爲縱橫交錯圖，一因天地自然之元，盡音聲一定之數，又以半齒半舌與清商流徵依閏而分列之，則元音元聲備矣。至如聲有東西南北之殊，此皆人耳，非天之天也。吾之所論乃聲之始，而非因字以辨聲者也。

仔細咀嚼上述的引文，當可獲知：《音聲紀元》蓋以「音」來標指韻部，而以「聲」

來代指聲類，在音韻術語使用上則恰與邵雍的《聲音唱和圖》對反。所謂「音元」乃爲天之氣，配之以八風，〔註 26〕而各風均有初、中、末之殊別，故總爲二十四音，恰與二十四節氣相應。所謂「聲元」則爲地之氣，配之以十二支、十二律，而各律之中又有宮商角徵羽五音之分，加上韻圖末尾所附之六聲，總爲六十六聲，云：「以此六十六聲協前九十六轉，共五千九百二十二聲。……不論有文無文，而無一聲之複出，無一聲之混淆，夫亦天地自然之條理也。」（卷一〈聲元論〉）

吳繼仕將音聲相互交感、彼此映照的關係，比附於風氣、律呂，因而列成〈音聲紀元二十四氣音聲分韻前譜表〉、〈音聲紀元十二律音聲分韻開闔後譜表〉分別表述之。以下及針對二圖之形制與編排體例加以論述：

（一）〈音聲紀元二十四氣音聲分韻前譜表〉

就韻圖整體形制言之，〈音聲紀元二十四氣音聲分韻前譜表〉依韻分圖，共計二十四圖，與二十四節氣相對應。各圖縱分四欄、橫分四行而總成十六區塊，依照由上而下、由右而左之順序，排列十二律、統六十六聲；各個區塊中，橫列五個聲母—依宮商角徵羽之序，〔註 27〕縱分平上去入四個聲調，如此即可於縱橫交錯的格位中填入音節代表字。（參見本文【附錄書影 22－1】p.417）

吳繼仕論述韻圖之妙用云：「韻書爲耳學……耳學以子爲主，必權母而行，

〔註 26〕歷來有關「八風」的說法甚爲分歧，《呂氏春秋·有始覽·有始》：「何謂八風？東北曰炎風（艮氣所生，一曰融風，《史記·律書》作條風），東方曰滔風（震氣所生，曰明庶風），東南曰熏風（巽氣所生，一曰清明風，《淮南子·墜形訓》作景風），南風曰巨風（離氣所生，一曰凱風，《史記·律書》作景風）」，西南曰淒風（坤氣所生，一曰涼風），西方曰飂風（兌氣所生，一曰閶闔風），西北曰屬風（乾氣所生，一曰不周風，《淮南子·墜形訓》作麗風），北方曰寒風（坎氣所生，一曰廣莫風）。」（詳見翟廷晉，1998：265）《音聲紀元》所謂八風之名則是與《淮南子》相同。

〔註 27〕吳繼仕《音聲紀元》卷一：「宮音從丹田而起，商音從喉項而出，角音在口舌間，徵音從齒牙而出，羽音在唇吻端。五音之序由中達外，前後不紊。而鄭樵《七略》以羽徵角商宮爲序，等韻以角徵羽商宮爲序，今從者以宮商角徵羽爲序。」吳繼仕對於五音之序的主張與趙宦光《悉曇經傳·凡例》「五音」的說法完全一致，當即本諸趙氏舊說而來，非自創也。

然後能別聲中之形。母主形、子主氣，欲通韻學當識形氣之辯，如等子舊法三十六母翻切之類，殊爲繁瑣。今紀元以六十六字標題於上，用各韻平聲爲子，叶調於下，得一字即知屬某音，得一平聲即可貫上去入，覺爲簡易。」至於韻圖細部的編排體例與內在理據，吳繼仕《音聲紀元》卷二已經有所闡發，茲將其條列如下：

1. 首一格是節氣、風氣，曰「涓卷眷決」者，即風氣叶得之音聲，而所分得韻亦風氣所叶而來者。

2. 格傍，曰律呂，曰和清輕濁，曰子水丑土者，乃春夏秋冬之序，而音聲之屬皆因之起筭也。

3. 每格橫行五，即橫排宮商角徵羽。直格四，即直分平上去入。其○有聲無字，其●有音無字。

4. 末曰某韻通某者，即古韻通用者。曰仄聲入某者，即平上去入之韻也。

5. 宮商角徵羽五音，準國朝李文利說，故依排之。

6. 二十四節氣表，每表五音二十四表。六十音因而六之，有三百六十以當一歲之數；又五其二十四爲一百二十，調參而三之，得七百二十音以當晝夜之數。

先就韻圖對聲母的辨析言之，吳繼仕以十二律各轄宮商角徵羽五音而得六十聲，外加末尾潤餘之流徵（雷、靈）、清商（嵩、星）、半徵商（神）、半商徵（聲）六聲，總爲六十六聲。茲將六十六聲之對立關係及其中古來源表列於下：

【圖表 5－11】

	喉	齒	牙	舌	唇	流徵	清商	半徵商	半商徵
	宮	商	角	徵	羽				
黃鍾	和（匣）	從（從）	共	同（定）	蓬（並）				
大呂	文（微）	根（澄／崇）	乾（群）	成（澄）	逢（奉）	雷（來）			
太簇	黃（匣）	餳（邪）	吾（疑）	寧（泥／娘）	明（明）				

夾鍾	容（云／以）	隨（邪）	昂（疑）	能（泥／娘）	萌（明）			神（船／禪）	
姑洗	玄（匣）	生（心／生）	迎（疑）	人（日）	微（微）	嵩（心）			
仲呂	溫（影）	精（精）	光（見）	丁（端）	冰（幫）				
蕤賓	恩（影）	尊（精）	根（見）	敦（端）	賁（幫）				
林鍾	因（影）	之（莊）	斤（見）	知（知／章）	分（非／敷）	靈（來）			
夷則	轟（曉）	清（清）	坤（溪）	天（透）	披（滂）				
南呂	亨（曉）	琤（清）	鏗（溪）	通（端）	丕（滂）				聲（書）
無射	興（曉）	初（初）	輕（溪）	稱（徹／昌）	非（非）	星（心）			
應鍾	王（匣／疑／為）	全（從）	葵（群）	庭（定）	平（並）				

　　吳繼仕依照十二律之序排列聲母，各律之中下轄喉齒牙舌唇五類聲母，且即如【圖表 5－11】所示，對於同一發音部位的各個聲類，卻未能再依發音方法作細部的歸類，此與同時期等韻論著相較，非但在聲母的辨析上不夠精細，在聲類排序上亦顯得錯亂蕪雜。此外，《音聲紀元》雖標立六十六字母，但有不少字母是屬於聲介合符，若與中古三十六字母相較，則明顯地少了「知徹澄娘」四母與敷、床二母，實際聲母應當只賸存三十類。李新魁、麥耘（1994：484）觀察聲母系統所反映的音變規律，指出：「其中保留全濁音；照三字或與知組排在徵（舌）音，或與照二排在商（齒）音；宮（喉）音中影母獨立，而喻母則與匣母、來母相混，分為兩母，並夾雜有日母、微母字；保存疑母，而雜入娘母字。這大概是吳氏方音的反映。」

　　至於韻圖對於韻母的審辨、歸類，則是準照二十四節氣之序列韻，並與易卦、干支、八風……相對應。茲參照李新魁（1983、1993）與耿振生（1992）之對攷與擬音，將二十四韻部之徵性與音值表列如下：（擬音～1 為李新魁所擬，擬音～2 則是耿振生所擬）

【圖表 5－12】

圖次	節氣	風氣	韻目	仄聲入	直圖	擬音～1	擬音～2
艮一	立春	條風－中	涓卷眷（決）	痕刪	官涓	〔on〕/〔uon〕/〔yan〕	〔ɛn〕
寅二	雨水	條風－末	交絞叫（覺）	江光	高交	〔au〕/〔iau〕	〔ɒ〕
甲三	驚蟄	明庶風－初	云允運（聿）	呴魚	鈞	〔yn〕/〔un〕	〔yn〕
卯四	春分	明庶風－中	熙喜戲（汽）	因眞文	基	〔i〕	〔i〕
乙五	清明	明庶風－末	因引印（乙）	熙微	根巾裩	〔ən〕/〔in〕/〔un〕	〔ən〕
辰六	穀雨	清明風－初	開凱愷（客）	庚青蒸	該乖	〔ai〕/〔uai〕	〔ɑ〕
巽七	立夏	清明風－中	陽養漾（藥）	交蕭	江	〔iaŋ〕	〔aŋ〕
己八	小滿	清明風－末	牙雅迓（軋）	咸	嘉	〔ia〕	〔io〕
丙九	芒種	景風－初	光廣桄（郭）	華麻	岡光	〔aŋ〕/〔uaŋ〕	〔ɑŋ〕
午十	夏至	景風－中	呵火貨（欲）	含	歌戈	〔o〕/〔uo〕	〔əŋ〕
丁十一	小暑	景風－末	空孔控（酷）	呼模	公弓	〔uŋ〕/〔iuŋ〕	〔oŋ〕
未十二	大暑	涼風－初	華瓦化（豁）	嘽山	拏瓜	〔a〕/〔ua〕	〔o〕
坤十三	立秋	涼風－中	庚梗更（革）	吹灰	庚京	〔əŋ〕/〔iŋ〕	〔əŋ〕
申十四	處暑	涼風－末	些寫卸（節）	先	迦	〔ie〕	〔ia〕
庚十五	白露	閶闔風－初	嘽坦歎（撻）	牙佳	干關	〔an〕/〔uan〕	〔an〕
酉十六	秋分	閶闔風－中	呬史四（式）	庚青蒸	觜	〔ɿ〕/〔ʅ〕	〔ï〕
辛十七	寒露	閶闔風－末	堅蹇見（結）	寫車	堅	〔iɛn〕	〔ien〕

戌十八	霜降	不周風－初	收守狩（宿）	東空	鉤鳩	〔ou〕／〔iou〕	〔E〕
乾十九	立冬	不周風－中	陰飲蔭（邑）	熙微	金簪	〔im〕／〔əm〕	〔əm〕
亥二十	小雪	不周風－末	吹水位（國）	庚青蒸	規	〔ui〕	〔Ei〕
壬廿一	大雪	廣莫風－初	緘減鑑（甲）	牙佳	監	〔am〕／〔iam〕〔uam〕	〔em〕
子廿二	冬至	廣莫風－中	呼虎嚛（忽）	眞文	姑	〔u〕	〔u〕
癸廿三	小寒	廣莫風－末	含頷撼（合）	呵歌	兼甘	〔iɛm〕／〔əm〕	〔Em〕
丑廿四	大寒	條風－初	呴許煦（旭）	東空	居	〔y〕	〔y〕

　　吳繼仕爲比附節氣而將韻部歸納成二十四類，實際上《音聲紀元》所反映的韻母系統是否僅有二十四個韻呢？對於這個問題，學者顯然有不同的意見。耿振生（1992）的答案爲「是」，故凡歸屬同類者皆擬構相同的韻；而李新魁（1983）的答案顯然是「否」，是以第一韻、第廿三韻皆蘊含兩個不同的韻。由於缺乏其他有力的相關佐證，很難精準地斷定孰是孰非，但就韻圖的功能屬性與編撰動機來看，《音聲紀元》顯然是屬於「援以說《易》」類型的韻圖，非專爲詩文押韻而設，故爲牽附象數而扭曲現實語音的可能性極大。是以，本文認爲李新魁（1983）的擬音，應當具有較高的可信度、較能切合語音的實際眞貌。

　　此外，吳繼仕將四聲比附於四季，主張各韻應當平上去入四聲悉備，指出：「造化之理既不能有春夏秋而無冬，則聲音必不能有平上去而無入。今一循自然之韻，而以東董凍篤之法推之，使凡有字者皆得其入聲，以補平上去所未足。」（《音聲紀元》卷四）是以，《音聲紀元》一方面將入聲字同時歸派到陰聲韻與陽聲韻中，一方面則對周德清《中原音韻》、唐韻、邵雍《經世書》……等四聲未能全備的情形提出質疑。〔註28〕

〔註28〕吳繼仕《音聲紀元》卷四：「夫音韻之聲，以平屬東、上屬南、去屬西、入屬北。造化本循環無端，而周德清《中原音韻》乃以派平上去，正囿於風土北方無入聲之說也。夫造化原自轉旋，原不自關，而必欲關之，或喪其天，若謂入聲惟某韻有之，而它韻果盡無，則如唐韻之四聲備者，《經世書》皆關入聲；《經世書》

（二）〈音聲紀元十二律音聲分韻開闔後譜表〉

吳繼仕既已編撰〈音聲紀元二十四氣音聲分韻前譜表〉，爲何又要另外編製〈音聲紀元十二律音聲分韻開闔後譜表〉呢？蓋因前譜依附風氣，分成二十四節氣圖；後譜則比合於律呂，列爲律呂開闔二十四圖，兩圖參互交錯、上下對反，如此彼此補足、相互闡發，以紀天地音聲之元。吳繼仕《音聲紀元》卷五：

余既爲〈二十四氣音聲韻表〉矣，茲復爲〈十二律開闔表〉者何？蓋造化之理，縱橫不齊，故圖亦參互交錯、上下反對，猶陰陽動靜之互相爲根，譬如一磨必兩齒上下不齊，然後乃能碎物，若上下均齊則不成造化矣。但前譜聲無重出，而後譜則間有重複，雖各自爲調而其實一也。

〈後譜表〉整體形制與《切韻指南》近似，依十二律之序列圖，圖分開闔，而總爲二十四圖。各圖橫列四扇（行）以分別輕重，用小字於邊傍別之，即「重之重」、「輕之重」、「輕之輕」、「重之輕」四類；[註29]直列五排，以標記牙舌齒唇喉五音，用小字於頂上注明與該韻對應之律呂、星辰、月法……。如此橫四、縱五而將韻圖切分出二十區塊，每區塊縱分五欄，表示五種不同聲母發音方式，分別以象形的圓形圖記標誌之，即○（全清）◉（次清）◑（清濁半）◉（次濁）●（全濁）；橫列四行以標記平上去入四聲。（詳見本文【附錄書影22－2】p.418）

吳繼仕當是以劉鑑《切韻指南》爲藍本加以改編成的，不僅韻圖的形制相似，圖中所列之韻字亦大致相合。然而，就聲母系統而言，《切韻指南》分爲七音、二十三行，而〈後譜表〉卻將韻圖改換爲五音、二十五行，如此調整不僅牙、舌、唇之「清濁半」成爲多餘的虛位，同時也使得來、日二母無固定格位，因而造成開闔二圖同排不同母的荒謬現象；至於韻部編排而言，《切韻指南》以二十四圖統十六攝，而〈後譜表〉則是以二十四圖統十二律，在韻字的安排上參差錯落、齟齬不安更是在所難免。

入聲備者，唐韻皆闕入聲。（按：唐韻以入聲字配陽聲韻，《經世書》則以入聲字配陰聲韻）……此兩家皆自謂韻學通乎造化，而猶然若是，則入聲之孰有孰無，又何足據依哉？」

[註29] 本文所引用的版本，並未見韻圖邊傍有標記「重之重」、「輕之重」、「輕之輕」、「重之輕」之字樣，茲以李新魁（1983）之說加以補足。

茲將〈後譜表〉十二韻部與律呂、月法、辰、星宿、次、[註30]物候、卦爻之對應關係表列如下，並以《切韻指南》相互參照以見其異同：

【圖表 5－13】

律呂	韻部	通叶	月	辰	星宿		次	候	卦爻	《指南》
黃鍾	陽	江	十一	子	虛	須女	星紀	冬至	乾之初九	江、宕
大呂	歌	麻	十二	丑	牽牛	斗	玄枵	大寒	坤之六四	果
太簇	灰皆	支	正	寅	箕	尾	娵訾	雨水	乾之九二	蟹
夾鍾	麻遮	歌	二	卯	心	房	降婁	春分	坤之六五	假
姑洗	魚模	虞	三	辰	氐	亢	大梁	清明	乾之九三	遇
仲呂	東冬		四	巳	軫	翼	實沈	小滿	坤之上六	通
蕤賓	支	微齊灰轉咍佳	五	午	張	七星	鶉首	夏至	乾之九四	止
林鍾	眞侵	庚青蒸殷痕文元	六	未	柳	井	鶉火	大暑	坤之初六	臻、深
夷則	齊	支	七	申	觜	參	鶉尾	處暑	乾之初九	止
南呂	寒山先覃鹽		八	酉	畢	昴	壽星	秋分	坤之六二	山、咸
無射	蕭肴尤		九	戌	胃	奎	大火	霜降	乾之上九	效、流
應鍾	庚	眞庚青	十	亥	壁	室、危	折木	小雪	坤之六三	梗、曾

[註30] 古代星占學家將周天黃赤道帶劃分成十二等分，稱之爲「十二次」或「十二辰」。
江曉原（1991：224）解釋《周禮・春官宗伯》「以十有二歲之相關天下之妖祥」
指出：「"十有二歲"指太歲，這是一個假想天體，它沿自東向西的方向在天上運
行，十二年一週，與當時人們所之的木星（歲星）運行速度相同（實際約爲 11.86
年一週）而方向相反。沿木星所行方向劃分爲"十二次"，各有專名；沿太歲所
行方向劃分爲"十二辰"，用十二地支表示。」

　　〈後譜表〉是古人宇宙全息思想制約下的產物，將音韻結構與天文、曆法、象數……等範疇的概念相互雜糅，致使聲類、韻部的排列諸多混淆，審音既不精確，且嚴重扭曲實際語音的原貌。此圖無疑只是證成玄理的形式框架，是以《四庫提要》指其弊端曰：「宮羽舛錯，清濁逆施，以是審音，未睹其可。又論與表自相矛盾，亦爲例不純」。

三、論「翻竊」與門法

　　前人對於「反切」二字所代表音韻意涵有不同的理解，因而衍生諸多異說。現今學者普遍認同：「反」「切」是異名同實的概念，指稱拼合切語上字、下字以結成一音的法則，但明清等韻學家仍不乏有將「反」「切」拆解爲兩個不同的概念者，例如：呂坤《交泰韻》主張「反」「切」所指稱的內涵不同——「反」代指切語上字，而「切」則代指切語下字；（參見本文第四章第二節）〔清〕熊士伯《等切元聲》則認爲「反」「切」是不同的拼切方法——「反」法爲先順調、後反調，「切」法則是「一以上字爲準，切出下同韻字」。〔註31〕

　　除此之外，趙宧光根據「聲近義通」的原則，嘗試從語源學（etymology）的角度來解釋「反切」的原始意涵，提出「反切」由「翻竊」二字訛變而來的主張，即如《悉曇經傳》「翻竊例十二」所云：「俗書以"反"代"翻"，以"切"代"竊"，圖省筆耳，其義遂晦，今以聲形訓名之」。而值得特別注意的是：趙宧光《悉曇經傳》對於吳繼仕的音學理論有著重大的影響，《音聲紀元》中不僅「論梵」一節內容與《悉曇經傳》雷同，就連對於「翻竊」的闡釋亦多抄襲《悉曇經傳》。茲將《音聲紀元》的論述引錄於下，並與《悉曇

〔註31〕熊士伯《等切元聲》卷二「辨反切」云：「《指南》云："反切"二字本同一義……或作"反"或作"切"皆可通用，不知"反切"二字理同法異。反之說從神珙《九弄反紐圖》來，正反爲居隆宮，謂居隆反當爲宮字；倒反爲宮閭居反，當爲居字也。朱《傳》字俱作反。世傳反法，如宮字居隆反，調云"居隆、居隆、隆居宮"；居字宮閭，調云"宮閭、宮閭、閭宮居"。謂先順調，後反調，便得其字。此法惟行韻字清濁得宜乃準，否則易錯，如於虔反"焉"，以濁韻反清字，多混入"延"是也。若切法，一以」上字爲準，切出下同韻字。初學必用"經堅"等過接字，認眞本母，隨勢切下，如調云"於因煙焉"，萬無一失。蓋切如利刃切物，分剖無粘滯處。切法既熟，聲入心通，"經堅"等字亦可不用矣。趙凡夫、呂獨抱解義俱未當。」

經傳》原文對照：（字體較小者為《悉曇經傳》本文原有）

　　翻竊者，「翻」主聲、「竊」主形，如父精母血，坎離交遘，結成一音。何謂「翻」？取二字調和，如因煙、人然之類是也。在門法皆音和，故曰「翻」。「翻」猶梵字之二合也。何謂「竊」？凡字狹之排，本等無可拈取，或即有其字而係隱僻難文，于是韻師以音聲相近者，等而為四，比類成排配以開闔，遇音和有限者，雜取二字為竊法，聲或不調，按圖索驥，故曰竊。竊者，取也，隨呼二聲，取其調者為用，是其竊也。（卷一「聲元論」）

　　等韻未行之前，經史音訓通曰「反」；等韻通行之後，經史音訓通曰「切」。雖反易切難，然反狹切廣。反有所不通，則不得不切；切有所不解（不得不為四等；等有所不明，不得不立門法），故為四等門法。（卷一「論梵」）

　　吳繼仕本持著趙宧光的論點，亦將「反切」推源於「翻竊」，認為「翻」、「竊」是因切語用字廣狹不同而產生的兩種出切方法——以「翻」為二字調和之音和切，以「竊」為同等無字而借取他排之類隔切。〔註32〕此外，又將此論點進一步地向外擴展，提出四等門法乃是為了補苴「翻竊」缺罅而設的主張，因而構擬出反→切→四等→門法的邏輯順序。

　　然則，若從語音歷時發展的角度言之，切語「類隔」多是語音演化所殘留下來的痕跡，並非古人刻意為之所造成的；再者，考察音韻學史的發展，無疑是先有反切而後有韻圖，且前人編製韻圖多數是為了拼讀反語，而不是反過來憑藉著韻圖來創製切語。是以，趙宧光、吳繼仕以為「反切」源自「翻竊」的說法，只不過是一種"流俗語源"（flok etymology），論據牽強、薄弱，不足採信；而從韻圖的通廣局狹來區分「翻竊」，進而推導出門法肇始於「翻竊」的論點，更是倒果為因，實際上與漢語音韻學發展的歷史趨向不符。

〔註32〕後世學者對於「翻竊」名義的問題仍存有疑義，不乏有與趙宧光、吳繼仕見解不同者，如〔清〕魏際瑞（1620～1677）《翻竊》「切字訓」云：「字有反切。反，翻也，音從逆取者也，逆者必翻而上以搏擊其字；……切，竊也，音從順取者也，順者不動聲色而竊取之。」蓋魏氏以切語上字不顧介音者為「翻」，如以「德」翻「東」，以「揚」翻「一」；以切語上字顧及介音者為「竊」，如以「都」竊「東」，以「衣」竊「一」等。（轉引自李新魁、麥耘，1994：496）

第五節　葛中選《泰律篇》

一、作者的聲學思想與編撰動機

　　明代雲南一地音韻學的研究風氣極爲興熾，湧現許多赫赫有名的音韻學家，例如：蘭茂（雲南嵩明楊林人）、本悟禪師（雲南嵩明邵甸人）、楊愼（謫戍雲南永昌衛）、葛中選……等。〔註33〕葛中選（一作仲選），字見堯，又號澹淵，雲南河西人。萬曆二十八年（1600）舉人，以孝廉授湖廣嘉魚長，累官至苑馬寺卿。博極群書，精通易象，尤神解聲律，著有《泰律篇》十二卷、《泰律外篇》三卷（《泰律》一作《太律》）。〔清〕陳榮昌《泰律・後跋》（1904）引錄葛振鷺（葛中選九世孫）有關葛氏生平軼事之記述，云：「公之學，首音律，次文藝，尤善詩畫。自爲諸生及服官，無日不披吟。綜覽群書，精易象、周禮，作陰陽圖，以六十四卦配爲陰陽之聲，與五音交而成《泰律》一書，精深奧衍，人鮮知者。」

　　《泰律篇》成書於明萬曆年間，卷前載有焦竑寫於萬曆戊午年（1618）序文。現存較早的版本爲清朝嘉慶庚午年（1810）由金聲所刊刻的，本文所據則是清光緒三十年（1904）的重刊本。綜觀《泰律篇》全書之要旨，仍不外乎是以闡發「聲氣同原」的思想作爲主軸，編撰者在樸素全息思想制約下，將聲氣比附於五味、五色、五行、五臟……等象數概念，欲藉此以達到「足以括天下之聲，而開合平仄一一消歸有倫」（焦竑〈太律題辭〉）的境地。

　　葛中選的聲學思想除了承襲傳統的「候氣」說，並特別注重音律與度量衡的關係。自〔西漢〕劉歆（？～23）以降，學者普遍存有「度量衡生於律」的觀念，認爲只要以黃鍾律管作爲基準，即可由此而確定度量衡的基本單位，即如《漢書・律曆志》所云：「度者，分、寸、尺、丈、引也，所以度長短也，本起于黃鍾之長；量者，龠、合、升、斗、斛也，所以量多少也，本起於黃

〔註33〕明代雲南一地掀起音韻學研究的熱朝，音韻學家之多、著作論述之豐、研究之獨特，均爲漢語音韻學史上所罕見。究竟是何種因素點燃了這股音韻研究的熱潮呢？蕭所、涂良軍（1994）剖析云：「雲南明代掀起音韻研究熱，主要有以下原因：一是詩律學的發展，爲了研究詩律和節奏，需要語音分析的構造，發現聲調的特性；二是漢民族的大量遷入；三是佛經翻譯，雲南的音韻學家們認識了國外的語音學。」

鍾之龠；權者，銖、兩、斤、鈞、石也，所以稱物平施、知輕重也，本起於黃鍾之重。」此種硬將音律牽合於度量衡的作法，今日看來是不科學的，[註34] 卻在古人心目中卻形成牢不可破的思維定勢，故葛中選《泰律篇》非但屢次論及「度量衡生於律」的概念，且在韻圖之中特別標立「四規」（周之度）、「四衡」（直之度）兩個音韻術語，更顯見音律與度量衡的關係對韻圖本身所造成的影響。

二、韻圖形制與編排體例

　　葛中選《泰律》首先依照陰陽動靜，將語音區隔爲「專氣」（陽之靜專）、「直氣」（陽之動直）兩類；[註35] 其中「專氣」一類，又可再細分爲「和音」與「應聲」二次類。爲了能從不同角度闡發「聲氣同原」的思想與理念，葛中選將聲氣關係作不同的歸類，進而編製出形制有別的韻圖，計有：〈專氣音十二圖〉、〈專氣聲三十二圖〉、〈直氣聲音定位十二圖〉三種。雖說三種韻圖的體例各自不同，但均不外乎是以「觀陰陽六氣之變」、「盡括天地自然之聲」作爲最終的目標，即如《泰律》卷八〈泰律問・標問〉云：

> 聖人制律考聲與畫卦演疇同一妙用，操術雖簡，必有以總陰陽之會，而神旁通曲貫之用者，特後世失其傳也。今余《泰律》以宮商角徵羽別出華，「華」爲音母，即淮南所謂和也。一一從其類以叶之，韻無一不括；以「黃」「大」「太」「夾」等字爲母，一一從其類以切之，聲無一不統。四聲合矣，四等歸矣，重者刪之，離者併之，缺者補

〔註34〕劉復〈從五音六律說到三百六十律〉從科學文化史的一般規律斷言：「尺起源於黃鍾之長亦許可以說得過去，然而量與權雖然都是量物的東西，而就人類的進化知識上說，程度顯然不同，斷斷不能同時發明，而且斷斷不能全起於黃鍾。律呂與度量衡，無論當初有關係也好，沒關係也好，到了現在，總應當認爲是兩件絕不相干的事。譬如要研究度量衡，若把律呂的話頭拉過來糾纏，一定是自討苦吃；要研究律呂，若拘泥著古今度法之異同，也一定要走入魔道。」（轉引自戴念祖，1994：498～99）

〔註35〕《泰律》卷一〈泰律音・專氣音〉云：「陽之靜專，陰正翕也，于時爲摶圓，宮得爲長，華紐角以和于中，中各具四規四衡，其步皆減半爲節，是體圓而用則方也。」《泰律》卷三〈泰律直氣位・直氣聲音定位〉云：「陽之動也，變專爲直，陰亦變翕爲闢。于時形之，正圓者爲臑圓矣。」

之，橫豎曲直，截然整齊，以聲求律，以律求聲，呼之而自應，不
約而自會，此豈出於人爲？試觀「黃」「大」「太」一十七字盡括諸
母，不多不少，有應有約，則（聖？）人不徒用以名律，實用以取
聲。昭昭矣，由此以觀陰陽六氣之變，與造化訴合，聖人復起不易
吾言矣。

由於《泰律》所附載的各式韻圖並非客觀分析實際語音，且雜糅《易》理象數
的概念，是以本文依照韻圖功能屬性，將之劃歸於「援以說《易》」的論著。以
下即分別論述韻圖的形制及其編排體例：

（一）〈專氣音十二圖〉

〈專氣音十二圖〉依照六音——宮、商、角、徵、羽、華分韻，每韻之中
又各自分爲「內運」、「外韻」二圖，故總爲十二圖。各圖橫列二十五聲類，以
十二律統之，且依照聲類標目用字之差異而區隔成「正聲」、「側聲」二大類（以
「太簇」爲例，「太」爲正聲，「簇」爲側聲）；各律之下則又可細分成「疾」（清
音）、「遲」（濁音）二類，分別以○、●標示之。各圖縱分四欄，依序排入正音、
昌音、通音、元音四呼，藉以區分不同的介音；一欄之內，則又分出四格，列
入平、上、去、入四聲。此外，各圖之末均附有「應聲」（零聲母字），與「無
射」、「應鍾」二律所下轄的字母（影、喻、疑）相應。（參見本文【附錄書影
23-1】p.419）如此，以「應聲」作爲標領，下轄十正聲、五側聲，則「聲音
全備，雖九夷五土之談，歌喉宛轉之變，一切過耳之音，盡可以譜之矣。」（卷
八〈泰律問・輕重〉）

先就聲母系統的辨析言之，《泰律》聲類標目仍舊是沿用三十六字母，但經
過葛中選的刪併、離析之後，聲母數目已被歸納成二十五類，且於十二律之中
擇取聲母相合者統領之，例如：正聲之「黃鍾」統轄曉、匣二類，「太簇」則下
轄透、定二類；側聲之「太簇」統領清、從二類，「姑洗」則下轄心、邪二類。
〔註36〕茲將《泰律》聲母系統的歸類情形表列如下：

〔註36〕十二律之名目恰無「溪」、「泥」二母之字，葛中選爲能恰切標示聲類，主張將「姑
　　　洗」改讀爲「枯洗」，將「夷則」改讀成「尼則」，並且從經傳註疏中搜尋論證。《泰
　　　律》卷八〈泰律問・輕重〉云：「問："夷音尼，姑音枯，何所據耶？"曰："夷
　　　古作尼，其音與尼同也。……沽枯古通作姑，則姑古亦音枯也"。」

【圖表 5－14】

	正聲		側聲	
	疾	遲	疾	遲
黃鍾	曉	匣		
大呂	端	○		
太簇	透	定	清	從
夾鍾	見	○		
姑（枯）洗	溪	群	心	邪
仲呂	照穿知徹	床澄		
蕤賓	審	禪日	幫滂	並
林鍾	○	來		
夷（尼）則	○	泥孃	精	○
南呂				
無射	影	喻疑	非敷	明微奉
應鍾				

　　由【圖表 5－14】所列，觀察聲類的分合情形，其中有兩項特出之處值得特別注意：

　　1、全濁聲母平聲字與送氣清音相配

　　全濁聲母清化之後，原本聲母帶音、不帶音的區別特徵被轉嫁到聲調之上，因而形成陰陽調類的殊別。【圖表 5－14】中，葛中選將透／定相比、溪／群相配，表面看來《泰律》似仍保存著全濁聲母，實則定、群等全濁聲母下僅列平聲字，可見語音區別特徵業已由聲母之帶音與否，轉換成聲調之陰陽。試觀《泰律》〈泰律問・輕重〉所云：

　　　問：等韻四聲俱有全形，今濁仄何爲借之清哉？曰：聲之必四，有
　　　如四時陰陽皆具。惟等韻布置未妙，全濁俱無正仄，故余歸其眞於
　　　純清下而仍用之，爲其近耳！試觀《指南》中，全濁上去入三聲皆
　　　呼如純清之去入，無別也；至邪與心比，而邪之上去入皆呼如心之
　　　去入，無別也。曉與匣、審與禪亦然。……周德清《中原音韻》於
　　　平聲分陰陽，於仄則否。李士龍《音義便考》於群定並從禪澄床匣
　　　數濁母下，仄聲皆去之。俗書《韻略易通》於溪群、透定等清濁相

比者，皆出兩平而以仄統之，正謂此也。濁雖借仄，原有正仄，第
以濁平直下呼之，亦自渾然全具。仄聲清濁相配，相近而實相別，
人特未易舉耳。

由是可知：葛中選《泰律》全濁聲母已經清化，仄聲字混入不送氣清音；平聲字
則併入送氣清音，且在調類上形成陰平、陽平的區別。是故韻圖所反映的聲調，
實際上有陰平、陽平、上、去、入五類，正與李登《書文音義便考私編》相合。

　　2、送氣清音與不送氣清音混列

　　葛中選為使聲類均能與十二律之名目相應，除了改易律呂標目之音讀外
（「夷」改讀「尼」，「姑」改讀「枯」），更不惜將原本應當截然分立的聲類，混
列於一處，其中最為明顯的，莫過於送氣清音與不送氣清音之並置，諸如：幫
／滂、知照／徹穿。此外，明／微二母之並列，亦不排除是葛中選為顧及聲類
標目而扭曲實際語音的結果。是以，耿振生（1992：195）認為：「書中包含的
實際聲母有二十個，和《韻略易通》的"早梅詩"二十母相等。」

　　其次，就韻母系統言之。葛中選於宮商角徵羽五音之外，別立「華」音，
以之與六氣相應，〔註37〕而韻圖亦即依照此六音分韻，務使能指之六音標目―
宮〔əŋ〕、商〔aŋ〕、角〔au〕、徵〔ï〕、羽〔u〕、華〔a〕，得以同所指之韻部音
值相同或相近；至於各韻列圖則是仿造早期韻圖之內、外轉格式，依照韻尾收
音的差別而分成「內運」、「外運」二圖，故總成十二圖。以下即參考林平和（1975）
與《指南》、《正韻》對敆的結果，並配合李新魁（1983）、耿振生（1992）之音
值擬測，將十二韻部之音韻內涵表解如下：

【圖表 5－15】

專氣音十二圖	《切韻指南》十六攝	《正韻》二十二部	擬音
宮音內運第一	通攝內一、曾攝內六、深攝內八	東董送、庚梗敬（半）、侵寢沁	〔əŋ〕
宮音外運第二	臻攝外三、梗攝外七	眞軫震、庚梗敬（半）	〔ən〕
商音內運第三	江攝外一、宕攝內五	陽養漾	〔aŋ〕

〔註37〕《泰律》卷六〈泰律分・六氣分〉論述六音與六氣之相應關係，指出：「宮音一，
　　　　其氣沈；商音二，其氣浮；角音三，其氣上；徵音四，其氣暢；羽音五，其氣鬱；
　　　　華音六，其氣散。」

商音外運第四	山攝外四、咸攝外八	寒旱翰、山產諫、先銑霰、覃感勘、鹽琰豔	〔an〕
角音內運第五	果攝內四（一等）	歌哿箇	〔o〕
角音外運第六	效攝外五	蕭篠嘯、爻巧效	〔au〕
徵音內運第七	止攝內二（開口）、遇攝內三（一等）、蟹攝外二（開口四等）	支紙寘、魚語御、齊薺霽	〔ï〕／〔i〕〔ʮ〕／〔y〕
徵音外運第八	蟹攝外二（開一二三、合二）	皆解泰	〔ai〕
羽音內運第九	遇攝內三（一等）流攝內七	模姥暮、尤有宥	〔əu〕／〔u〕
羽音外運第十	止攝內二（合口）、蟹攝外二（合一四）	灰賄隊	〔ei〕
華音內運第十一	假攝外六（三、四等）	遮者蔗	〔ɛ〕
華音外運第十二	假攝外六（三等）	麻馬禡	〔a〕

根據【圖表 5－15】所示，並參照近代漢語語音演化的常軌，不難看出以下幾項特出之處：

3、深攝字劃歸「宮音內運」

中古深攝諸韻字收雙唇鼻音韻尾〔-m〕，若是依照近代漢語的演化常軌，此類閉口韻字多與收舌尖鼻音〔-n〕之臻攝字相混，宜將之歸入「宮音外運」。葛中選卻將深攝字歸入收舌根鼻音韻尾〔-ŋ〕之「宮音內運」。

4、部份梗攝字歸入「宮音外運」

中古梗攝字收舌根鼻音韻尾〔-ŋ〕，本當歸屬於「宮音內運」，但卻有部份字如「亨行丁頂形澄庭卿」……等，被歸入「宮音外運」而與「申勤根」……等收舌尖鼻音韻尾〔-n〕相混。

由3、4可知：葛中選對於〔-ŋ〕、〔-n〕韻尾的辨析不甚精確，因而產生淆亂不分的情形。觀察現今西南官話的鼻音韻尾，〔-ŋ〕、〔-n〕亦多混而不分，〔註38〕或許《泰律》呈現出〔-ŋ〕、〔-n〕不分現象，正如實地反映出晚明雲南地區

〔註38〕袁家驊《漢語方言概要》比較官話方言鼻音韻尾的變化與分混，指出：「西南方言區一律不分"陳"和"程"、"金"和"京"，多半是有 ən，in 而無 əŋ，iŋ，但昆明、雅安是ɘ̃，ĩ。」

自然口語音讀的眞實狀況。

5、遇攝字分別歸入「徵音內運」與「羽音內運」

若是依照語音演化常軌，中古遇攝字現代官話方言中當讀爲〔u〕或〔y〕。葛中選《泰律》亦將中古遇攝字區分爲兩類：一類與中古流攝字相混而歸入「羽音內運」〔əu〕，可將此類音值擬爲〔u〕，正因〔əu〕／〔u〕音值相近，故可劃歸同韻；另有部分遇攝字則歸入「徵音內運」，其音值顯然與舌尖元音較爲貼近〔ɿ〕，其中知、照系字如「諸煮書署恕蜍」等，其音值可擬爲舌尖圓唇元音〔ʮ〕，而見系、精系字如「虛許居舉去渠魚與」等，則不妨參照《西儒耳目資》第十六攝之「iu 中」，將音值擬爲處在〔iu〕與〔y〕過渡階段之〔iʉ〕。

對於遇攝字之分派，葛中選《泰律》與金尼閣《西儒耳目資》十分近似。（詳見本文第三章）《泰律》歸入「羽音內運」者，《西儒耳目資》歸入第五攝之「u甚」；而《泰律》歸入「徵音內運」者，《西儒耳目資》則分別劃歸第五攝之「u中」（知照系）與第十六攝之「iu 中」（見精系）。爲何兩者歸類如此近似？這應當是晚明口語共同語的如實呈現吧！

至於入聲韻字則與陰聲韻相配，顯現《泰律》入聲韻雖仍自成一類，但塞音韻尾顯然已經弱化，甚至完全失落了。

（二）〈專氣聲三十二圖〉

比較〈專氣聲三十二圖〉與〈專氣音十二圖〉在編排體例上的差異，最爲顯著的不同在於：〈專氣聲三十二圖〉改以聲母分圖，改以聲調分欄。葛中選先依照十正聲、五側聲、一應聲之序排列韻圖，而各聲再依「疾」、「遲」之殊別而分爲兩圖，如此總爲三十二圖。各圖橫列宮商角徵羽華六音，各音再細分成「出」、「入」兩類，藉此以統攝十二韻部；縱分四欄，依序列入平上去入四聲，各欄之內又分正音、昌音、通音、元音四呼。（參見本文【附錄書影 23－2】p.420）。

〈專氣聲三十二圖〉雖列三十二圖，但末尾二圖無字，形同虛設。《泰律》卷二〈泰律聲·專氣聲〉解釋虛設二圖的原因，云：「側聲有六，用僅于五，其一爲○律，母與切俱不出，幾無聲也。今以實譜之，與專音交也。」

（三）〈直氣聲音定位十二圖〉

〈直氣聲音定位十二圖〉與〈專氣音十二圖〉較爲近似，同樣是依韻列圖，

分成十二圖；橫列十正聲、五側聲與應聲；縱分四欄以納四呼，一欄之內再細分四聲。（參見本文【附錄書影23－3】p.421）然而，仔細比較之下，兩圖仍有幾處不同：

1. 韻部排列次序與標目不同。〈直氣聲音定位十二圖〉改以角音居首（首圖爲「出（外）運」〔au〕，次圖爲「內運」〔o〕），而以宮音居中；又將華音改爲和音，與角音首尾相應。

2. 聲調排列次序與分類的不同。〈直氣聲音定位十二圖〉改以上聲居首，而以平聲居次；且僅平聲清濁分立，其餘上去入三聲則是清濁無別，形成陰平、陽平、上、去、入的聲調格局。

爲何葛中選要如此調整韻圖結構呢？李新魁（1983：360）認爲：「這個圖是用來表示聲調分化與聲母刪併之間關係的。從此圖的排列，可以體會到作者所要表明的意思：聲母之有全濁音，事實上是把陰平、陽平的分野當成聲母清濁的不同而來的。」李新魁的見解純粹是從現代音韻學的角度出發，是否眞是葛中選所要表達的意思呢？頗值得懷疑。蓋古人編製韻圖並非純爲記錄實際語音，是以韻圖結構的調整、更易，往往與作者所要傳達的哲學思想有關。試觀以下幾則引文，即可深入體會葛中選更動運圖形制的原始動機：

> 陽之動也，變專爲直；陰亦變翕爲闢。……直氣者，形分首末也。角今出爲首，以爲之長，乃得宮之數。宮今退居中，以爲之中，乃得角之數。華盡中端，以爲之和，與角正相諧應。……惟四衡者，昔爲正圓之步，至此上衡亦出爲首，以爲之長，乃得平衡之數。平衡退入爲中，乃得上衡之數。入入中端，以爲之收。故此之宮乃昔之角也；此之角乃昔之宮也。此之平乃昔之上也；此之上乃昔之平也。（《泰律》卷三〈泰律直氣位・直氣聲音定位〉）

> 問：依四時五行，又以角徵宮商羽爲次者何也？曰：此乃陰陽糾盤以出用也。……靜則首居中央，尾纏正北，抱而不脫；動則首出正東，爲纏中央，以爲內守。龍蛇之蟄藏也，胎卵之化生也，皆由此矣！（《泰律》卷八〈泰律問・標問〉）

葛中選以陰陽、動靜來區分「直氣」與「專氣」。「專氣」爲靜，〈專氣音十二圖〉、〈專氣聲三十二圖〉均以宮音居首；「直氣」爲動，故〈直氣聲音定位十

二圖〉改以角音爲首。由此可見，韻圖的形式、體例明顯地受到作者主觀意識的制約。

　　本文一再強調：韻圖並非只是描寫現實語音的形式框架，更是作者對於音韻結構的主觀詮釋。葛中選《泰律》編製三種形制不同的韻圖，並非專爲客觀紀錄實際語音而設，而是想要藉由不同形制韻圖，從不同的角度來闡發「聲氣同原」的哲學思想。因此，解釋韻圖形制及編排體例時，切不可將韻圖從原本的文化語境中抽離，一廂情願地以今日觀點強附在古人身上，否則不僅扭曲作者的原意，更在無形中淹沒了韻圖本有的特色。

三、音韻術語與音學理論

　　葛中選《泰律》滿紙盡是陰陽、風氣、干支……等抽象的概念，過渡比附易理象數的結果，致使內容顯得格外玄奧晦澀、難以通解。李新魁（1983：116）即直指《泰律》音學理論的缺失，曰：「在明清各等韻學者中，葛氏的論說，可算是最爲玄奧和玄學氣氛最爲濃厚的了」。下文中，透過梳理《泰律》幾個重要的音韻術語，冀能藉此以管窺葛中選的音學理論。

（一）「聲主舌說」

　　在發音過程中，口腔的作用有如共鳴箱，腔室的形狀與大小則可藉由舌位的前後、高低來加以調整。發輔音聲母時，舌頭與口腔會形成一定程度的阻滯，而當氣流通過阻滯之處時，自然會激發出不同的聲響；由於阻滯部位與發音方式的不同，因而形成音色有別的輔音聲母。若就發音部位的能動性觀之，唇、舌是可動的發音器官（或稱「積極的發音器官」active articulator），而上齒、齒齦、上顎、軟顎……等則是不動或少動的發音器官（或稱「消極的發音器官」passive articulator）。前人向來多以唇舌牙齒喉區分聲母類別，乃是將能動與不動的發音器官混同齊觀；而現行的國際音標（IPA）則主要是以不動的部位作爲輔音分類的基準；至於葛中選則是關注舌頭的能動性在發音過程中所起的作用，因而力倡「聲主舌說」。《泰律》卷十一〈泰律通·聲主舌說〉云：

> 夫牙與齒何能爲音，若爲音則齦顎等亦皆有之，不知聲音妙用惟有
> 一舌。彼牙齒顎齦皆舌轉便之地；唇喉爲口體，應舌出聲，而實非
> 牙齒之列也。余直以諧聲求五音之類而復其舊，不主牙舌唇齒喉七
> 音之說。十二律之節，一以舌之經歷分位辨之，不徒求之截管；音

與律相交，四聲與四規相交，一以舌之進退，應口之開合。天下必
有聞而悟者矣！反音切韻之妙，一歸之于舌，乃爲舌讚曰：大哉舌
乎！可伸可縮、可傴可仰、可動可靜，可大可小、可曲可直、可銳
可圓。遊于牙、齒、唇、喉之中而無所礙；行於齗、顎、玄雍之間
而各有節。有舌端、舌腹、舌本之用而不滯于一，又能應口竅之開
合，以爲氣之迎隨，而無窮之聲音出焉。

舌頭無疑是最重要的發音器官。葛中選分析聲母發音，特別留意舌頭靈動性及
其所造成的各式音響特徵，藉此以批判前人聲母分類標準之駁雜、淆亂，稱得
上是一項進步的創舉。

（二）增設「華」音

歷來音律學家多以「宮商角徵羽」標示五種不同的音階，稱之爲「五音」
（五聲）。葛中選力主六氣之說，且在「聲氣同原」思想的制約下，特意於五音
之外，增立「華」音，蓋如《泰律》卷一〈泰律音・專氣音〉所云：「音實有六，
厥用惟其五，其一以爲和，淮南言其義矣。古今未能別出，今並譜之，立音爲
華，視五音如黑白可辨，用則名爲和，實五音之中也。」

面對此一「空前絕後」的音類，不禁令人感到懷疑：增設「華」音的客觀
依據爲何？若實有「華」音存在，爲何古人不立呢？對於這些令人困惑的疑問，
葛中選《泰律》卷八〈泰律問・標問〉已有詳細論述：

> 問：音用五，今《泰律》有六何也？
>
> 曰：天有陰陽、地有剛柔，陰陽剛柔各有中，是爲六也。……五味
> 者，鹹苦酸辛甘，中則有淡矣；五色者，青黃赤白黑，中則有
> 玄矣；五臟者，心肝脾肺腎，中則有心胞絡矣；五行者，水火
> 木金土，中則有動物矣；則宮商角徵羽之中實有華之一音矣。
>
> 問：既有華音，古人爲何不立爲六，但名爲五耶？
>
> 曰：音之有和，如風之於空，無所不有，無跡可握。如舉「車」之
> 一音而「稱昌○鵐抽」之五音具矣；舉「稱昌○鵐抽」之五音
> 而「車」自和矣。淡離爲五味，五味形而淡隱；玄離爲五色，
> 五色行而玄藏。方其無五味也，可以淡名，但有一味則淡已離，
> 不可以淡名；方其無五色也，可以玄名，但有一色則玄已離，

　　　　不可以玄名也。此古人但名五音而已矣。

根據葛中選的描述，當可以約略感知到：「華」音具有「無所不有，無跡可握」的特徵；且「華」音與其他五音分屬不同的結構層次，故無法並存共現。觀察【圖表 5－15】，則可進一步掌握「華」音的實質內涵：「華」音爲中古假攝字〔a〕，而此一後低元音〔a〕是人類自然的、基本的元音，矢口呼氣即成〔a〕音。或許正是因〔a〕較諸其他元音自然，致使葛中選特意將「華」音提升至不同的層次，而與其他五音區分開來。

　　然而，「華」音與宮商角徵羽處在不同的層次，如何能夠相互作用呢？葛中選認爲「華」音（假攝）與「角」〔o〕音（果攝）近似，於是將「華」音附於「角」音。《泰律》卷八〈泰律問・標問〉指出：

　　　　問：華音無成名矣，豈無專屬耶？曰：附於角也。……五味以酸爲
　　　　中，淡附之；五色以青爲中，玄附之；五臟以肝爲中，胞絡附之；
　　　　五行以木爲中，動物用之，則五音以角爲中，華實附之矣。華嚴以
　　　　「茶沙迦」附「阿多波」，《指南》《經世》合果假爲一，是角與華
　　　　併……。

葛中選《泰律》對於標示聲類、韻類的符號有極爲嚴苛的限定。一方面堅持以十二律之名來標示聲類，以「宮商角徵羽華」六音之目來標記韻類；一方面又要求標目（能指）音值必須與所標記（所指）的音值相合。在如此嚴苛限定下，現有的符號勢必無法完全滿足需求，如此只得採取某些權宜性的措施，例如：在聲母方面，區分出「正聲」（以律名上字標目）、「側聲」（以律名下字標目），又改動某些律名的讀音（「夷」讀爲「尼」、「姑」讀爲「枯」）；在韻母方面，則增設「華」音以補苴五音之不足。由是可知，葛中選增立「華」音實際上只是增補的記音符號，以滿足標記韻類的需求。無奈《泰律》過渡比附象數玄理，贅加太多虛無、空洞的論述，反而使人墜於迷霧之中，反倒模糊了增設「華」音的根本用意。

　　（三）「四規」與「四衡」

　　基於「度量衡生於律」的聲學思想，葛中選刻意以「四規」、「四衡」來取代舊有「四呼」、「四聲」之名。以下即分別論述「四規」、「四橫」的命名理據及其實質內涵與相互關係：

1、四規

何以稱爲「四規」？《泰律》卷六〈泰律分・四規分〉云：「一氣四規，以氣之充詘爲大小之差，周之度也。」至於「四規」的實質內涵及其相互關係爲何？則如《泰律》卷八〈泰律問・標問〉所云：

> 問：宮商角徵羽主大小矣，復有四規之大小何哉？曰：六氣匡廓也。四規者，匡廓中，氣之翕闢也。正規者，本氣之最大，一動而約半爲昌規；再動而約半爲通規；再動而約半爲元規。四規以衡爲則，口之充詘應之，如商之大呂，其四規「單顛端○」也。「單顛端○」皆舌點前齒，但「單」則張口點齒，「顛」則解口點齒，「端」則合口點齒，「○」則撮口點齒，相次而翕，以成四規。音皆諧叶，此自然之數也。餘可類推。

根據葛中選的論述，可將各規之內涵及彼此間的相互關係概括如下：

正音：開之開，張口呼，形最大。

昌音：開之合，解口呼，大減正音之半。

通音：合之開，合口呼，大減昌音之半。

元音：合之合，撮口呼，大減通音之半。

2、四衡

何以稱爲「四衡」？《泰律》卷六〈泰律分・四衡分〉云：「一息四衡，以息長短爲疏密之節，直之度也。」至於「四規」的實質內涵及其相互關係爲何？即如《泰律》卷八〈泰律問・標問〉所云：

> 問：四衡之於十二律，其長短之辨又何如？曰：十二律部位也。四衡者，部位中，氣之進退也。平衡者，本息之最長，一呼而退半爲上規；再呼而退半爲去規；再呼而退半爲入規。四衡以規爲則，氣之伸縮應之，如大呂商之太規，其四衡「單亶旦○」也。「單亶旦○」皆張口呼，其分位在齒，但「單」則舌重，氣自膛中達齒；「亶」則舌少重，氣自喉達齒；「旦」則舌少輕，氣自舌腹達齒；「○」則舌輕，氣自舌面達齒，相次而退，以成四衡。韻皆諧叶，此亦自然之節也。餘可類推。

總結上文論述，亦可將各衡之內涵及彼此間的相互關係概括如下：

　　平聲：伸之伸，其氣平，形最長。

　　上聲：伸之縮，其氣中，長減平聲之半。

　　去聲：縮之伸，其氣短，長減上聲之半。

　　入聲：縮之縮，其氣促，長減去聲之半。

至於「四規」與「四衡」二者，則是彼此互為基準。如欲判定「四規」之差異必先確定聲調，所謂「四規以衡為則」；而欲區分「四衡」之殊別則必先確認介音，即所謂「四衡以規為則」。

第六章　明代等韻學的開展

第一節　等韻學歷史研究的兩個側面

　　若試著從宏觀的角度來看，漢語等韻學的歷史研究不單只是漢語音韻學史的重要環節，更是中國文化史上一個極具民族特色的分支。吾人欲從事等韻學史的研究應當從何種路徑切入？如何才能從累世的文獻材料中，眞切地抽繹出學理演化的軸線，清晰地重構歷史發展的脈絡呢？如何能夠避免史實論述不至於淪爲文獻的鋪排羅列與資料的堆棧陳積呢？這些疑惑不啻爲有志於從事等韻學史研究者所應念茲在茲的關鍵性問題。筆者以爲：積極地從史學方法論上汲取有益的養分，進而拓展觀察歷史現象的角度與視野，對於改革傳統等韻學史的寫作方式是極爲迫切、需要的。

　　所謂「他山之石，可以攻錯」，晚近歐美史學界對思想史方法論之討論進展可觀、勝意紛披，對於思索等韻學史的研究徑路頗有可參考者。〔美〕海姆（John Higham）在「思想史及其相關學科」（intellectual history and its neighbors，1954）一文中，剖析「觀念史家」與「思想史家」在研究方法上的分歧，指出：

　　　　觀念史家所採取者乃係一種「內在的研究途徑」（internal approach），

　　　　所重視者係思想與思想之間的關係，爲求對觀念的分析更趨細密，

他們甚至不惜把思想從史實的脈絡中抽離出來；思想史家所運用的是一種「外在的研究途徑」（exteranl approach），彼所側重者在於思想與行爲或事件之間的關係。……內在研究法比較守人文學科之學術傳統；外在研究法則頗沾社會科學研究上功能主義的色彩。（轉引自黃俊傑 1977：296～97）

爲何會導致兩種不同的研究取向呢？此當與理論背後所預設的哲學基礎有關。黃俊傑（1977：243）剖析「觀念史」、「思想史」方法論的哲學基礎，認爲對人心與環境關係的不同看法是兩者分歧的關鍵所在，指出：「注重"觀念史"研究者多有一共同之哲學假設，即以爲人心有其自主，不受外緣因素之影響而變動，人心僅係反映現實世界之明鏡；傾向"思想史"研究立場者多以爲人心與環境之間有互動關係存在，人心可相應於客觀環境而發生作用，人心係一有作用之心。」

因爲預設的哲學基礎不同而造成研究取向歧異的情形，同樣也展現在現代西方語言學「客觀主義」（objectivist）與「非客觀主義」（non-objectivist）的對比上。以喬姆斯基爲代表的客觀主義典範，傾向於主張語言能力是一種人類與生俱來的天賦本能，認爲人腦中存在著一個心理客體—內在性語言（internalized language），而此一內在性語言是個獨立的模組（modular），不與其他心理系統產生交互作用，是以語言結構被視爲任意的、自主的、自足的抽象符號系統，導致語言研究側重於尋繹語言形式的衍生規律及其操作程序，並追求以數學的精確模式來加以表述，但卻忽略外在條件對語言形式所可能造成的影響（詳見徐烈炯，1993）。認知語言學家則多本持著「非客觀主義」的哲學觀點，主張：語義結構並非直接等同於外在世界的結構，而是與人在和客觀現實互動過程中形成的身體經驗、認知策略乃至文化規約……等密切相關的概念結構相對應，是以認爲語言結構在相當程度上不是全然任意、自主、自足的，而是有其內在理據（motivation）可茲論證，即語言外在形式常由心理認知、社會功能、文化語境……等外在因素所促動。（詳見張敏，1998）

再就音韻學史的研究成果觀之，美國音韻學家 Stephen R. Anderson 著有《二十世紀音系學》（Phonology in Twentieth Century），書中全面回顧自 1880～1979 百年間，西方音系學理論的發展歷史，詳實地介紹各派音系理論的內容、特點

及其歷史地位，是一本具有代表性的音系學史專著。然而，若將目光移回國內，漢語等韻學是在漢民族獨特的文化土壤中所培育出來的音韻分析理論，或可將其定位成「中國傳統的理論音系學」，經過千餘年來先哲努力澆灌，也曾經花團錦簇、碩果累累，〔註1〕但為何至今仍尚未有以「音韻理論」作為主軸的等韻學史專著問世呢？此實與等韻學史的研究取向有關。

　　面對等韻學這門既新穎又陳舊的學科，當從採取何種研究取向方能準確地勾勒出歷史演化的軌跡呢？當然也可以從「內在」與「外在」兩個不同的側面來加以思索。然而，回顧二十世紀世紀以來等韻學史的研究成果，不難發覺：多數學者在高本漢的研究典範引領下，將擬測音值、建構音系視為等韻學研究的主要課題，無形中將韻圖定位成描寫實際語音的音節總表，是以傾向於採取「內在的研究途徑」來架構等韻學史，尤以李新魁《漢語等韻學》、耿振生《明清等韻學通論》最具有代表性。此二書均是以韻圖所反映的音系作為主軸，凡是能夠反映實際語音者通常被賦予較高的地位；至於那些雜糅《易》理象數、陰陽律呂的等韻圖式，則多被貼上「綜合性」、「混合型」的標籤，其歷史地位明顯受到貶抑。

　　以「內在的研究途徑」來架構等韻學史，顯然是將韻圖從舊時的文化語境中單獨抽離出來，無視於作者的哲學思想、社會環境與文化背景……等外在因素對韻圖形制、韻學理論所可能造成的制約，如此焉能確切理解等韻學家編撰韻圖的真正動機與意涵？是以，本文改採「外在的研究途徑」，並參照認知語言學「非客觀主義」的論點，重視外在因素對韻圖的影響，冀能由此釐清古人對於漢語音韻結構的認知、瞭解韻圖編撰的內在理據、掌握韻學理論發展遞嬗的過程……等相關課題。

〔註1〕 薛鳳生（1985：38）論述等韻學的歷史地位，指出：「在漢語音韻學的研究中，等韻學是最值得大書特書的輝煌成就。它的重要性不僅在於為中古漢語提供了許多極寶貴的資料，更重要的是它為漢語音韻學的研究提供了巧妙的新方法，所以有人說（按：王力所說的）等韻學就是中國的理論音韻學，這是極有見地的看法。事實上，有關漢語音韻的任何有意義的研究，不論是上古、中古或現代方言，也都離不開等韻學。在世界語言學史上，這也是我們可以自豪的了不起成就，只可惜湮沒太久，其重要性遂鮮為世人所知。」

第二節　韻圖的社會功能與文化屬性

　　明代韻圖如雨後春筍般的蓬勃發展，各種不同體式的韻圖相繼而生。爲何同一時期（特別是晚明時期）會有如此多樣的韻圖產生呢？〔註2〕各家韻圖爲何在形制、體例上多有不同呢？〔註3〕等韻學家設計出不同體式的韻圖，除了反映音系性質的殊異外，是否還有其他的考量呢？這些疑難均是等韻學史研究無可規避的問題。然而，前人多從「內在的研究途徑」切入，通常只將目光集中韻圖所反映的音系上，不知不覺中忽略其他更關鍵性的問題，如此「漢語等韻學史」常被混同於「漢語語音史」，無法真切地釐清學術演化的內在理路。

　　因本文採取「外在的研究途徑」，故判別等韻類型不同於以往之以韻圖所反映的音系爲考量依據，而改以韻圖的社會功能與文化屬性作爲首要的標準。前面各章，已從類型學的角度依序分論明代等韻圖的三種主要類型：1.拼讀反切、辨明音值的音表；2.雜揉象數、闡釋音理的圖式；3.假借音韻、證成玄理之論著，以下則是從發生學的觀點出發，依照韻圖的社會功能與文化屬性，建構出各類韻圖的發展譜系。茲選取各類具有代表性之典型韻圖作爲節點，以圖解方式表示如下：（實線粗細表示同系相承關係之遠近；虛線表示未來之開展趨向；箭頭表示來自於不同支系的影響）

〔註2〕耿振生（1992：15～18）將明清等韻學劃分成前期（明初～1572）、中期（1573～1722）、後期（1723～1911）三大階段。中期是最富活力、最具光彩的階段，其間有兩次高峰：一是明萬曆年間（1573～1620），另一則是清康熙中後期（1670～1722）。耿氏評述第一個高峰的盛況，云：「這時期的等韻學驟然崛起，一反前期的冷落狀態，湧出大量等韻學家和等韻著作，表現出強烈的革新意識和創造精神。雖然各個作者的宗旨不同，但沒有因襲古人、墨守舊說的，大都自立門戶、獨闢蹊徑、更新法度，造成百家爭鳴、色彩繽紛的熱烈局面。」此外，耿振生（1999）剖析此一時前音韻蜂出的原因，指出：「音韻學風氣的轉變，是整個社會主流思想轉變所引起的結果，是文化開放、經學開放的結果。」

〔註3〕明代韻圖體式爲何如此多樣？耿振生（1992：28）循著「內在的研究路徑」加以解釋，指出：「韻圖體制多樣化，並非僅僅是形式上的花樣翻新，也有一定的實質性意義。首先，這體現了作者在審音時對綱、目、主、次的不同看法。……其次，有的韻圖體裁還隱含著語音系統的特徵。」至於爲何不同作者審音時會對綱、目、主、次產生不同的看法呢？耿氏並未進一步追問。

【圖表6-1】

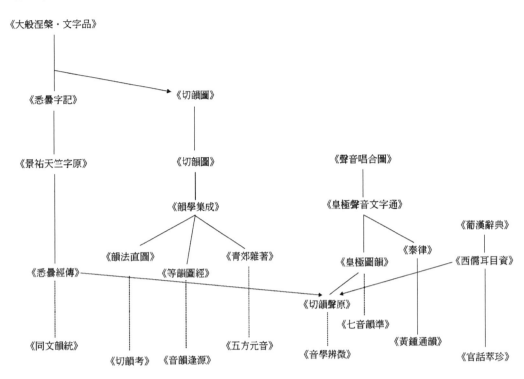

　　儘管【圖表6-1】開枝散葉、紛披橫陳，但仍可明顯地看出四個主要的枝幹，由左而右，可依照韻圖的社會功能與文化屬性將其定位為：1.僧徒轉唱佛經的對音字圖；2.士子科舉賦詩的正音字表；3.哲人證成玄理的象數圖式；4.西儒學習漢語的資助工具。茲將各支派的發展源流梳理於下：

一、僧徒轉唱佛經的對音字圖

　　「悉曇」原本是指印度古代梵文或梵字的拼寫及其相關規則；然而在密教的教義中，梵字悉曇不僅具有辨讀字音的功用，更被視為本尊的象徵（稱之為「種字」）、修法時觀想的對象，因而衍生出許多神秘的宗教意涵。趙宧光《悉曇經傳·字母總持引》「轉變」論述梵字悉曇的形制（參見本文【附錄書影 24-1】p.422）、功用及其影響：

　　　字母者，梵書之原也，一切梵字皆從此生。有五十字，初阿阿引等
　　　十六字為聲，次迦佉等三十四字為母，母與聲合相因而轉之。母，
　　　經也、體也，故陰而靜；聲，緯也、用也，故陽而動。體靜，故形
　　　同；用動，故音異。體用合、經緯變而文字生焉、音聲出焉。……
　　　以字母統梵字，如海納流，故亦名般若波羅密門；以從此悟入慧門，

故論云字。陀羅尼爲諸陀羅尼門，故知天竺諸陀羅尼五部文句，皆
從此出；乃至震旦等韻七音之學，亦原出於此。

　　梵字悉曇隨佛典而傳入中土，早在〔北涼〕曇無讖所翻譯的《大般涅槃經・
文字品》（421）中已經提及梵語字母。降至李唐之世，神秘力量在其中起著主
要作用的佛教密宗，在當時上層相當流行（詳見周一良，1944），而密宗經典多
數雜有眞言、咒語（陀羅尼），譯師以漢文音譯梵語專有名詞或咒語時，多半採
用梵漢對照並列的新式譯法，如此則更進一步地帶動起學習悉曇的風尚。八、
九世紀之時，不僅密教僧人將修習梵字悉曇視爲必修的科目、悟道之慧門，就
連當時的文人學士亦以能書寫悉曇梵字爲時尚，〔註4〕〔唐〕智廣所編撰的《悉
曇字記》（780～804）即爲當世闡明梵漢對音的代表性論著；日本「入唐八家」
〔註5〕亦在此一時期自唐攜回許多悉曇資料，對日本天台、眞言兩密教的發展具
有極大的貢獻，也使得日後在中國逐漸失傳的悉曇之學得以繼續存留在異邦。
悉曇學自晚唐以後逐漸衰微，有關梵字相關論著僅零星偶見，較具代表性的專
著則有〔宋〕法護、惟靜《景祐天竺字原》（1035）、〔明〕趙宧光《悉曇經傳》
（1606）與〔清〕章嘉胡土克圖《同文韻統》（1749）。

　　儘管悉曇之學如何傳入中國？在何種情形下傳入中國？如何與漢語音韻結
構相互對應、結合？均仍存有許多疑義有待深入釐清，但悉曇學對漢語等韻學
所造成的深刻影響卻是確切不移的。潘文國（1997：26）考證韻圖產生的歷史
過程，指出：「《悉曇章》完全是梵文的聲韻相配格局，要使這種悉曇變成中國
的韻圖，首先需要"漢化"。所謂"漢化"就是把悉曇運用到漢語上來，即（1）

〔註4〕王維有詩題爲〈苑舍人能書梵字兼通梵音皆曲盡其妙戲爲之贈〉，詩中讚賞苑咸善
　　　書梵字，詩曰：「名儒待詔滿公車，才子爲郎典石渠。蓮華法藏心懸悟，貝葉經文
　　　手自書。楚詞共許勝揚馬，梵字何人辨魯魚。故舊相望在三事，願君莫厭承明廬。」
　　　苑咸則作〈酬王維〉，詩曰：「蓮華梵字本從天，華省仙郎早悟禪。三點成伊猶有
　　　想，一觀如幻自忘筌。爲文已變當時體，入用還推間氣賢。應同羅漢無名欲，故
　　　作馮唐老歲年。」（轉引自王邦維《梵字悉曇入門・序》）文人相互酬唱亦論及梵
　　　字，由此即可窺見當時學習梵字風氣之興盛。

〔註5〕日本佛學史上有所謂「入唐八家」，指：最澄（766～882）、圓仁（794～864）、圓
　　　珍（814～891）；空海（774～835）、常曉（？～866）、圓行（799～852）、慧運（798
　　　～871）、宗叡（809～884）八人。（林光明，1999：16）

聲韻相配的格局,其聲與韻必須是漢語的,(2)要考慮到漢語中有聲調這一因素。二者加起來,也就是悉曇形式必須和漢語的韻書和反切系統結合起來。」【圖表 2-1】所列之《切韻圖》,即是標指悉曇初步漢化後的產物,爲韻圖最早之雛形,由此而得以派衍出《韻鏡》一系科舉賦詩的正音字表。

二、士子科舉賦詩的正音字表

漢語等韻圖何以濫觴於八、九世紀之時?解答這問題當從不同角度思索。在密教盛行的時代風尚之下,唐代僧徒、文士基於唱念佛經眞言咒語的實際需求,掀起了研習梵字悉曇的風潮,普遍提升審音辨韻的能力,此時應已初步具備了編製漢語等韻圖的基本條件;然而,若是缺乏外在條件的觸發,此種內隱的能力終究是無法眞正地顯露出來。激發出漢語等韻圖的外部因素何在?以自應考試爲特點的科舉制度於此時成形,無疑是最爲重要的關鍵。科舉所試之詩賦對於格律通常有一定的限制,有何工具可以協助各地舉子能在考場上查檢到正確的韻字,甚至是資助閱卷者審定「犯式」與否的呢?

陸法言等人折衷於古今南北之音,「剖析毫釐、分別黍累」,秉持著從分不從合的原則來審辨韻部,建構出韻類龐大的《切韻》音系,以此作爲不同方言區域讀書人詩文押韻的共同標準,或能達到「欲廣文路,自可清濁皆通;若賞知音,即須輕重有異」的目的,但《切韻》是雜湊而成的綜合性音系,任何人均無法依照自身方言來一一辨讀《切韻》的所有韻類。因此,士子創作詩賦若只憑任自身方言,便很難完全押準《切韻》所規定的韻部。唐代進士科應試詩賦,對於用韻的限定尤爲嚴苛,爲使操持不同方音的學子皆能迅速地從《切韻》查得試題中的限韻字,亟需一種能以口語聯繫韻書的便捷工具,而韻圖正是因應科舉考試的實際需求所產生的。〔註6〕自此之後,無論是韻書的增補修訂、韻

〔註 6〕王兆鵬(1999a:13)察覺唐代科舉試題限韻字多直接取自《韻鏡》一類的韻圖,
　　　　指出:「我們曾對寶應二年(763)至乾寧二年(895)間 24 個賦題的限韻字進行
　　　　統計,24 個試題共限韻字 181 個,其中在《韻鏡》中能查到的有 154 個,約佔總
　　　　數的 85%。不能查到的有 27 個,約佔總數的 15%,這些字有的還可以在《七音
　　　　略》中查到,如果將兩者相加,能在韻圖中查到的考試限韻字,將近佔總數 95
　　　　%。……這進一步說明《韻鏡》一類韻圖是服務於進士科考試的,而且主司命題
　　　　也是以《韻鏡》一類的韻圖爲根據的。」

圖的調整更革，或多或少皆與科舉賦詩有著同步互動的關係。〔註7〕

明代初期獨尊程朱之學，嚴格限定科舉考試的形式與內容，藉此以箝制思想、籠絡人心，進而達到強化政權的目的。太祖為將其一統天下的功業擴展到文化領域，遂命詞臣編纂《洪武正韻》作為詩文用韻的標準，雖因其音切釋義多有疏漏，未能撼動《平水韻》的主流地位，但此書作為皇權的象徵，其至高無上的地位則與明王朝共始終，在此期間文人對它總是懷持著誠惶誠恐、膜拜頂禮的姿態。職是之故，嘉靖（1522～1566）以前韻圖並不多見，且多為輔翼《正韻》而作，如：章黼《韻學集成》（1460）、陶承學、毛曾增訂之《字學集要》（1561）。嘉靖、萬曆年間，世局風起雲湧，由於思想解放、社會思潮的激盪，呈現出翻天覆地的新局面，而韻圖編撰亦因此展現出百家爭鳴的局面。

若按照韻圖所反映的音系性質，可將其分成以下三個次類：

1、書面語讀書音

明代書面語讀書音蓋以《洪武正韻》音系為基準，而反映書面語讀書音的韻圖多為「輔翼聖制、敷宣教化」所作，與實際口語音讀差距較大，其中尤以明初章黼《韻學集成》（1460）最為典型，而《字學集要》（1561）、濮陽淶《韻學大成》、葉秉敬《韻表》、呂維祺《音韻日月燈》均可歸屬於此一支派。然而，隨著社會動盪、市民階層興起，口語音讀的演變速度日益加劇，若書面語仍舊停滯不前，與實際口語的落差勢必逐漸擴大，終至完全脫節而終至無法理解、溝通。是以，自明代中葉以降，若干等韻學家參酌實際口語音讀，改革韻圖形制藉以拉近書面語與自然口語間的差距，此類革新韻圖可取《韻法直圖》作為代表，而王應電《聲韻會通》、吳元滿《切韻樞紐》、李世澤《韻法橫圖》均可

〔註7〕 〔日〕平田昌司（1996：13）認為《集韻》編纂動機出於閱卷的需要，指出：「《廣韻》基本沿襲唐代韻書，預先沒有考慮到處理多樣答案、辨別犯式等問題，無論異體字的數量或音讀的根據，都指示得不夠。假如諸州試院把不易判斷的疑問都送到禮部請示，肯定造成困擾。為了解決舉人上請的問題、正確處理答案，禮部需要給諸州提供一部窮盡式的正字正音手冊。《集韻》素來以異體字多、網羅經史音讀而著稱，其中一個原因就在這裡。」王兆鵬（1999b）則是追蹤韻圖在宋、元時期刊刻與流傳的情形，察覺：「進士科考試中詩賦的廢除與再用，導致了韻圖的消失與重刊」，再次地印證了韻圖與科舉考試間存有同步互動的密切關係。

歸入此類。

2、口語共同語標準音

晚明時期社會政局的激烈動盪、經濟結構的快速變遷，致使市民階層得以猛然崛起而成爲社會的中間份子。爲了滿足市民階層在商業貿易、官府訴訟、藝文欣賞……等方面的實際需求，自然而然地凝聚出一種超越各地方音的口語共同語，以此作爲交際溝通的主要用語。此種自然凝結成的口語共同語與現今的國語（普通話）相比，顯然缺乏嚴格、明確的人爲限制，是以常因使用者本身母語的干擾而產生各種不同的「方言變體」，即所謂「藍青官話」，然而方言變異大多只出現在某些邊緣性的語音成分上，例如：微母〔v-〕、疑母〔ŋ-〕的存廢上，至於口語共同語的核心部分則仍是相對穩定的。

晚明等韻學家在時代風氣的導引下，紛紛改以口語共同語作爲編撰等韻圖的依據，並以此作爲正音的基準，諸如：桑紹良《青郊雜著》、李登《書文音義便考私編》、蕭雲從《韻通》均劃歸於此一支系。降至清代，以口語共同語爲基礎的韻圖更加滋生繁多，且因受到共同語標準音系的轉移〔註8〕及滿文十二字頭的分類影響，在韻圖形制上有了較大的調整，傾向於將韻母劃分成十二大類，具代表性的韻圖則有清初樊騰鳳《五方元音》；此外，嘉慶、同治年間，閩粵一帶爲推行官話所編撰的正音書，如高靜亭《正音撮要》（1810）、沙彝尊《正音咀華》（1853）、《正音切韻指掌》（1860）、潘逢禧《正音通俗表》（1867）……等，基於社會功能與文化屬性上的共通點，亦可將其併入此一支系。

3、某地之方音

古代知識份子讀書、作文多使用雅言，而一般百姓日常所使用的方言俗語，則多被視爲下里巴人的象徵，難登大雅之堂。長久以來，中國傳統語文研究在「雅言中心觀」思想的宰制下，明顯地存有「重雅輕俗」的傾向，知識份子所關注的是「正音」與「官話」，對於區區一地之方音則多棄而不論，或以爲訛謬

〔註 8〕口語共同語標準音並非決定於人們的主觀願望，而是主決於經濟、政治、文化……
　　　等客觀條件。共同語基礎方言常隨著政治文化中心的轉移而有所變易，拙文（1994）
　　　曾將宋元以來共同語標準音的轉移情形概括爲：〔宋〕—汴洛方音→〔元〕—大都
　　　音→〔明〕—南京音→〔清〕中末葉—北京音。在不同音系轉移的過渡階段，則
　　　常會出現音系疊置的現象。

而欲予以正之。因此，即便當時曾經存有過許多紀錄方言的韻書、韻圖，但在歷史傳承的過程中也會被學者加以剔除而淹沒不傳。

　　檢視今日尚存的明代等韻圖，罕見有純粹反映某地方音者，「金臺布衣」徐孝所編撰的《重訂司馬溫公等韻圖經》，可算是碩果僅存的一部，或許是韻圖附載在張元善《合併字學篇韻便覽》中，以爲童蒙識字之用，幸而得以免去被汰除的命運；降至清代，則有滿人裕恩《音韻逢源》（1840）據滿文十二字頭的拼切方法，參合華嚴字母，如實地紀錄北京方音，〔註9〕在音系上與《等韻圖經》具有相承的關係。除此之外，由於滿清時代距今較近，至今仍然存有許多專爲尋常百姓識字而編撰的方言韻書、韻圖，尤以閩語方言最多，如：《戚林八音》（1749）、黃謙《彙音妙悟》（1800）、謝秀嵐《雅俗通十五音》（1818）……等。

三、哲人證成玄理的象數圖式

　　明清等韻學家編製各式韻圖並非僅是用以拼讀反切、辨析音值，更爲深層的目的在於詮釋音韻結構的系統性與規律性。是以，韻圖不單只是客觀描寫語音的形式框架，更是表達主觀認知的詮釋系統；而今日學者剖析韻圖形制、體例，當可發覺到此中蘊含著獨特的漢語音韻分析方式、潛藏著先民對音韻結構與語音生成原理的認知。

　　就學術專長而言，不少明清等韻學家同時兼擅著多種不同領域的學問，例如：呂坤、方以智是精研《易》理象數的思想家；朱載堉、葛中選則是深黯音律的樂律家。因此，當他們進行音韻結構的分析與詮釋時，經常在有意、無意之間將其他學科範疇的概念嫁接到音韻結構上，從而對韻圖形制與體例產生某種程度的影響：或以「天地交泰」、「聲氣同源」的思維定勢作爲解釋語音生成、

〔註9〕禧恩《音韻逢源・序》：「五弟容齋以手訂《音韻逢源》一書見貽，公餘多暇，反復推求其法，以國書十二字頭參合華嚴字母，定爲四部、十二攝、四聲、二十一母，統一切音，編成字譜，凡四千零三十二聲。生生之序，出於自然，經緯錯綜，源流通貫，雖向之有音無字者，亦可得其本韻，天地之元聲於是乎備矣！惜其不列入聲，未免缺然。問之則曰：五方之音清濁高下各有不同，當以京師爲正。其入聲之字，或有作平聲讀者，或有作上去二聲讀者，皆分隸於三聲之內。」《音韻逢源》將入聲派入平上去三聲，顯然與《中原音韻》、《等韻圖經》具有直線相承的關係。

演化的理論依據；或是根據「天聲地音」、「律呂風氣」的特定數理模式，作爲編排韻圖的預設框架；甚至反客爲主而將韻圖視爲論證玄理的憑藉。以下即根據等韻圖中所雜糅的學科概念類型，將此類韻圖分爲兩個支系：

1、雜糅《易》理象數

明代等韻學家將音韻比附於象數，提出"音有定位、定數"的觀念，實質上與結構主義學派所強調的音韻理論是暗合的，顯示出當時的等韻學家已能隱約地認識到漢語音位結構的對稱性與系統性，只不過等韻學家未能夠完全根據語言的現實狀況，反倒是以陰陽五行、《易》理象數等先入之見爲主，錯誤地把"音有定位、定數"的觀念與玄理術數之說結合起來，即如薛鳳生（1992：22）所云：

> 自邵雍《皇極經世・聲音唱和圖》起，都常把聲韻跟所謂"天聲地音"等術語的觀念牽強配在一起，或以"天地龍虎"等湊成十二個數目（如樊騰鳳《五方元音》），引起不少糾葛，也加深了聲韻學的神秘性。這是很不幸的。但從另一個角度看，他們這樣做，既有可以理解的原因，也有相當大的用處（全看我們如何利用）。音韻結構有一通性，即總是簡約的、對稱的、系統化的。當古人研究他們自己的語言時，自然會隱約地感覺到這個對稱結構的存在，驚詫之餘，自然便以爲這是"天造地設"的神物，是與四時萬物相表裡的，因此作出了許多玄學性的臆測。

邵雍《皇極經世書》建構出一套闡釋宇宙生成、變化的數理模式，後世將音韻結構比附《易》理象數者，多是以邵雍的數理模式作爲立論的基礎、效法的標竿，蓋如桑悅《韻學集成・序》所言：「厥初天地未生，聲韻具於太極；天地既判，聲韻寓於天地。一陽之復，聲韻萌也；四陽之豫，聲出地也。聲韻既生，形象亦著，蒼頡之制字不過因其跡耳，然制其一遺其十，理之必然也。千古而後，惟邵子有獨詣之識，其著《皇極經世書》以天聲唱而地聲和之……。」

明代是象數易學發展的高峰，邵雍《皇極經世書》的象數思想在明代頗具影響力。等韻學家以完備天地之元聲爲職志者，紛紛援引邵雍的數理模式來編製韻圖，其中最爲典型的則首推趙撝謙《皇極聲音文字通》，趙氏之分圖列字完

全承襲邵雍「天聲地音」的數理模式，簡直可說是《聲音唱和圖》的翻版。而後，陳藎謨《皇極圖韻》、方以智《切韻聲原》均明顯受到邵雍的影響；至於呂坤《交泰韻》、袁子讓《字學元元》、喬中和《元韻譜》雖未直接套用邵雍象數模式，但卻也沾染上了象數之學的色彩。

　　明清之際掀起了實學的新思潮，致使易學的發展出現了較大的轉折。黃宗羲、毛奇齡、胡渭等人從文獻考證和文字訓詁的角度，批判宋易中的圖書之學和邵雍的先天易學，易學發展自此由象數之學轉向復興漢易的道路。清代等韻學家能承繼方以智之徑路者，則非江永（1681～1762）莫屬。江永的學術背景與方以智十分相近，同時精通象數、樂律、天文曆算之學，且深受西學影響，是以在等韻學理上亦多本持“音有定位、定數”的思維模式，例如：在《河洛精蘊》、《音學辨微》二書中均提出「圖書為聲音之源」的主張；〔註10〕參照邵雍《皇極經世·聲音唱和圖》之四十八聲，合有字無字者定為五十音，以〈五十音圖〉表之；又以能制字之三十六母與《河圖》之數相對應，另撰〈字母配河圖圖〉。（參見本文【附錄書影　25－1】p.423）凡此皆可嗅出其中所摻雜的象數氣味。

　　特別值得一提的是，江永將等韻學理論導入古韻研究中，開創出所謂的“審音”派，無形之中已將等韻學的開展引領至一個新的境域。平田昌司（1979）注意到象數學與“審音”派間的內在聯繫，指出“審音”派的內在基礎是邵雍《皇極經世書》、悉曇學、西學，以至朱子學的影響；並且循著此一內在聯繫，進一步繫聯出“審音”派、“考古”派的發展譜系，即如下圖所示：（單直線為“考古”系，雙直線為“審音”系，加＊表示等韻圖作者，曲線表籍貫為安徽）

〔註10〕江永《音學辨微》十二「論圖書為聲音之原」：「人之所以能言者，肺居心上，火金交而舌能掉也，而《河圖》《洛書》已具此理。河圖一六水居北，二七火居南，三八木居東，四九金居西，五十土居中，五行之有正位也。《洛書》《河圖》三同而二異，四九金居南，二七火居西，是為金乘火位，火入金鄉，故心肺交而能言。《河圖》五十五點，《洛書》四十五點，合之得百，半之五十，是為大衍之數，而聲音亦應之，故圖書者，聲音之源也。陽侵陰而缺其七濁，陰侵陽而缺其七清，故能制字之音止於三十六也。」

【圖表6-2】

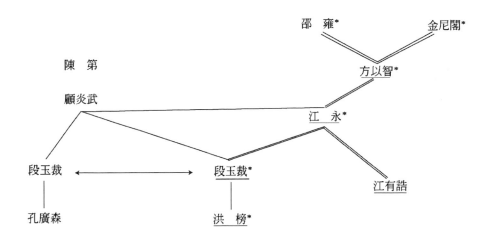

平田昌司（1979：60）從思想理路的內在連繫來解釋"審音"的發展源流，指出：「"審音"派濫觴於方以智，正式成立于江永，這兩人都接受象數學與西學，而與拒絕象數學、等韻學的顧炎武、段玉裁等的"考古"派，有很大的距離。至於"審音"派的戴震，他一方面利用西學的成就，一方面在思想上否定西學比中學優越，而他與宋學（包括了象數學）持不同意見，而建立起自己的體系，卻由此"審音"派的兩個基礎都被戴震從內部破壞了，"審音"派也漸漸式微。」

　　現今音韻學者辨析"考古"派與"審音"派，多是從語音層面尋求判別的標準，而持「運用等韻學理來分析古韻」、「入聲獨立，形成陰陽入三分格局」作爲"審音"派必備的兩項基本條件。雖是如此，但學者對於江永、江有誥（？～1851）是否歸屬於"審音"派？卻仍存有爭議。爲何會這樣呢？只因各人對於兩項條件的實質內涵有寬嚴不同的詮釋。〔註11〕筆者以爲：若是參照作者的韻學思想來作爲繫聯的輔助條件，或可芟除不必要的糾葛，而能更加精確地直指"考古"派與"審音"派的差異所在。

〔註11〕唐作藩（1994）採取較寬鬆的標準，認爲江永、江有誥均精通等韻與今音，且能運用等韻原理進行古今音比較，從系統上觀察古韻，分立陰陽入三類韻部，故宜將二人歸入"審音"派。陳新雄（1995）則是側重王力《漢語音韻》的說法，而持較爲嚴苛的檢驗標準，認爲：江永拿陰聲第二部支脂與三部陽聲（眞淳、耕清、蒸登）、三部入聲（質術、昔錫、職德）相配，顯得不夠理想；江有誥雖通等韻但未能充分將等韻學理運用在古韻分析上，且入聲除緝、葉兩部外，皆附於陰聲韻部而未能獨立，更沒有以陰陽入三聲相配的理論來分析上古韻部系統，是以江永與江有誥不應列入"審音"派。

2、比附律呂風氣

語音與樂律均是聲波震動所產生的物理現象，由於彼此具有相同的物質屬性，古代音韻學家多借用音樂的術語、概念來闡釋音韻現象，是以音韻與樂律向來有著極為密切的關聯。明代象數之學興熾，等韻學家之欲窮竟天地元聲者，大抵本持著「聲氣同源」的思維定勢，編排韻圖、離析聲韻多比附律呂、風氣，例如：吳繼仕《音聲紀元》以六十六母對應十二律，並特意分出二十四韻部，以求切合二十四節氣；葛中選《泰律》則將聲母分成十二大類，以牽合十二律之數。降至清代，韻圖體式依附於律呂、風氣的現象非但未曾稍熄，反倒更加昌旺，諸如：都四德《黃鍾通韻》（1744）、龍為霖《本韻一得》（1750）、周贇《山門新語》（1863）（又稱《周氏琴律切音》）……等，分圖列字亦皆比附宮商律呂，故宜將此類韻圖歸屬於同一支系。

明清等韻學家雖將韻部比附於律呂，但普遍缺乏嚴格、統一的劃分標準，單憑自己主觀意志而定，是以各家所分參差錯落、互有差異。耿振生（1992：105）對比喬中和、林本裕、龍為霖、都四德所列韻部及其與十二律之對應關係，茲將其徵引如下，由此可見諸家分韻之異同：

【圖表6-3】

	《元韻譜》	《聲位》	《本韻一得》	《黃鍾通韻》
黃鍾		光	公	咿
大呂		官	孤	唉
太簇	奔	宮	光	哦
夾鍾	般	昆	關	暗
姑洗	褒	高	高	嬰
仲呂	幫	乖	鍋	嘔
蕤賓	博	鉤	瓜	嗚
林鍾	北	圭	規	嗷
夷則	百	鍋	乖	
南呂	八	國	居	
無射	孛	沽	鉤	啊
應鍾	卜	汩	昆	哀
閏		瓜		

四、西儒學習漢語的資助工具

耶穌會士於十六世紀初抵華，最初只能在澳門、廣州一帶活動，然而傳教士們卻不斷地藉由各種管道，想開啓中國緊閉的大門，企圖深入內地傳播教義。再幾經挫敗之後，深知欲至內地傳教首先必須融入中國社會，進一步取得知識分子的認同，於是改採「學術傳教」的策略，一方面努力學習漢語、改著儒服，一方面則引介西學，吸引士大夫階層的注意。但如何能夠迅速地精熟華語呢？這無疑是傳教士們首先必須解決的問題，艾儒略《大西利先生行述》曾紀錄利瑪竇學習漢語的進程，云：「初時，言語文字未達，苦心學習，按圖畫人物，倩人指點，漸曉語言，旁通文字，至於六經子史等篇，無不盡暢其意義。」

在「按圖畫人物，倩人指點」的學習階段，勢必會有某些輔助學習的圖書，而考察西儒所留存下來的文獻資料，可以發現幾種協助學習漢語的工具，按照時代的先後，依序為：羅明堅、利瑪竇合編的《葡漢辭典》──「賓主問答釋疑」（1583～1588）、郭居靜、利瑪竇合編的《西文拼音漢語字典》（1598～1599）、四篇利瑪竇所撰寫且標注羅馬字母的文言文──《西字奇蹟》（1605），但其中架構最為完整、內容最為豐贍的，則當首推金尼閣所編撰的《西儒耳目資》（1626）。

西儒原本操持印歐語言、使用拼音文字，正因語言、文字類型的差異，致使西儒在音韻結構的分析與描寫上，具有先天的優異性，從而顯得比中國學者更加敏銳、細膩。因此當《西儒耳目資》刊行之後，對於明清之際的音韻學家造成了不小的衝擊，諸如：方以智《切韻聲原》、楊選杞《聲韻同然集》、劉獻廷《新韻譜》……等，均或多或少受到此書的啓發。[註12] 然而，奇怪的是，降至滿清時期，卻有若干學者開始對西儒的音學理論提出批評與質疑，因而大大地削弱了《西儒耳目資》的影響力，其中尤以熊士伯《等切元聲‧閱西儒耳目資》最具代表性，茲將相關的評論引述於下：

> 《耳目資》者，泰西金尼閣字四表者所著也。以泰西而詳於音韻，見
>
> 絕域人心之靈；以西儒而精攷中華之文，見四表用心之巧。惟是切韻

[註12] 劉獻廷《新韻譜》今已散佚，但從《廣陽雜記》的記載中，仍可約略勾勒出韻圖的整體形制。此外，劉獻廷本人並未直接言明是否曾經受到《西儒耳目資》的啓發，羅常培（1930a）根據：1.韻譜曾參考「泰西臘頂語」；2.韻譜以"父""母"之稱謂來標指音韻成份，與金尼閣相似；3.韻譜呈現出的樣式與《西儒耳目資‧音韻經緯全局》相當，因而推斷：《新韻譜》同《西儒耳目資》必定有相當的關係。

一道，經中華歷代賢哲之釐定，固有至理寓乎其中，知者絕少，因其
不知遂出私智以相訾謷，過已！予潛心有年，頗識其理，不敢沒所長，
亦不敢狥所短，為之平心一一論定，惜不能起四表而面質之。

現代的音韻學研究者對於《西儒耳目資》的歷史評價，大多持肯定的態度，羅
常培（1930：317）即從文化交流角度高度褒揚曰：「從中國音韻學演進的歷程
上看，絕不能否認牠（按：指《西儒耳目資》）同梵文化的守溫字母，滿文化的
"合聲"反切，具有鼎峙的地位。」站在當代語言學的立場加以檢驗，《西儒耳
目資》的音韻理論顯然要比同時期中國學者的論著更為先進，但是清儒為何對
於先進的理論反而加以抨擊？知識應當是隨著時間累積而不斷精進，為何呈現
出知識倒退的情形？是什麼因素阻滯知識前進甚至造成了逆流的異象？清儒若
能在西儒音學理論的基礎上繼續精進，漢語標音符號又豈會延遲至二十世紀方
才誕生？這些問題至今仍罕有學者注意，但對於音韻學史的建構卻有其重要性。

筆者認為清儒對於《西儒耳目資》的批判，除了未能真正領悟西儒音學理論
的實質內涵及其真髓要義外，更重要的是「西學東源」的主張在背後作祟所致。
面對傳教士所引進的西學，明清之際的科學家，如徐光啟、李之藻、方以智、王
徵……等人，普遍懷持著「會通以求超勝」的思想，試圖融通中西文化的精華，
從而達到超越西方科學的目的。清初以後，隨著崇經復古的風氣盛行，學者多以
經學的立場來研治科學，傳統「華夷之辨」的僵化思想又逐漸開始復甦，清儒唯
恐人們將西學奉為圭臬、鄙薄中國傳統科學，而喪失民族自信心，於是盡可能為
西學披上中國傳統文化的外衣，而如何將西學納入傳統的經學體系，如何為西學
在傳統學術中找尋可能的源頭，便成為清儒處理西學的主要態度。

籠罩在崇經復古風氣中，清儒紛紛從汲取西學優點的道路上倒退下來，而反
向中國傳統學術轉進，原本「會通以求超勝」思想也逐漸被扭曲成「西學東源」
主張。清儒對待西學態度的轉易，充分體現在江永、戴震師徒身上：江永《翼梅》
仍秉承梅文鼎會通中西的精神，不贊同將西學「創始之勞」歸於中國古人；反觀
戴震的治學態度，則是已逐漸轉變成「以中學為主體，以西學為註腳」的態勢。
（詳見陳衛平，1992）是以，王國維（1877～1927）〈聚珍本戴校水經注跋〉云：
「其（戴震）平生學術出於江慎修，故其古韻之學根於等韻，象數之學根於西法，
與江氏同；而不肯公言等韻、西法，與江氏異。」（《觀堂集林》卷十二）

在古音學的研究上，江永與戴震對西學態度的殊異，正突顯出“審音”派與“考古”派分歧的關鍵所在。就等韻學研究而言，熊士伯、周春……等人以「西學東源」的立場來評議金尼閣《西儒耳目資》，終因敝帚自珍而無法正視西方音學理論的長處，致使明清之際中西學者所激盪出的音韻學火花，旋即又迅速地消失在無垠黑夜中，直至二十世紀初，〔法〕馬伯樂（H.Mapero）、〔瑞典〕高本漢……等西方漢學家，才又在高度崇尚西方科學的時代風氣下，對漢語音韻學產生根本性的影響，進而樹立起新的研究典範。

由於清廷對外採閉關自守的策略，西方傳教士被阻絕於門外，是以像《西儒耳目資》這類以羅馬字拼記漢語的工具書亦隨之消失，直至十九世紀，傳教士在列強堅船利炮的護送下，再度進入中國內地傳教，而如〔美〕富善（Chauncey Goodrich）《官話萃珍》這類協助傳教士學習漢語的工具書，才又再度因應實際需求而開始大量出現。

第三節　變革形制與改良反切

雖說韻圖具有特定的社會功能與文化屬性，但就符號本質而言，韻圖同時也是一個展現漢語音韻結構的形式框架。明代韻圖在形制、體式上有何特色呢？等韻學家在語音標注上有何創新呢？這些同樣是等韻學史上不可漠視的課題。在下文之中，主要著眼於韻圖形式框架的調整、標音方式的演變，冀能由此進一步檢視明代韻圖的特色與缺漏之所在，並試著探查其內在成因。

一、韻圖形制的轉變

（一）論韻圖形制多樣化

韻圖的形制並非任意為之，多有其內在理據可言。等韻學家構思韻圖的形制、體式，除了考量現實的音韻結構之外，更與個人主觀的音學思想有著極為的密切關係。晚明是個翻天覆地、風起雲湧的時代，在這市民階層逐漸抬頭、人與人交往日益密切的環境中，連帶使得口語音韻結構產生了劇烈的變化，由於宋元韻圖的形式框架再也無法完全收納自然口語的音韻結構，致使新式的韻圖有如雨後春筍般地紛紛攢露；再者，若干明代等韻學家同時兼具多種學科專長，基於不同的動機與目的來編製韻圖，更能從多元的角度來思考、審辨音韻結構。是以，將明代韻圖與宋元韻圖相較，不僅數量大幅提昇，且在形制、體

式上更顯得繁複、多樣。而更值得注意的是：不少等韻學家在同一等韻論著中，同時編撰或收錄多種韻圖，〔註13〕若作者純粹只爲記錄語音、離析音韻，似乎無需多此一舉，顯見等韻學家排設韻圖當有其非音韻層面的考量。

耿振生（1992：24～28）依照等韻學家審音時所側重綱目主次之不同，將明清韻圖分成七種類型。參照耿氏所論，將明代等韻圖的形制概括如下：

1. 按韻部分圖，把每一韻部的全部音節編爲一張圖，各圖內再以縱格橫格、縱行橫行區分介音聲調和聲母，如：方以智《切韻聲原》、吳繼仕《音聲紀元》。

2. 將同一韻部分爲開、合二圖，各圖再分出上下二等以成四呼，每呼之中再區分聲調，如：徐孝《重訂司馬溫公等韻圖經》、喬中和《元韻譜》之〈十二佸圖〉。

3. 按韻（韻基與聲調相同）分圖，如葉秉敬《韻表》、李登《書文音義便考私編》、呂坤《交泰韻》。

4. 按韻母（韻頭、韻腹、韻尾相同）分圖，如：王應電《聲運會通》、無名氏《韻法直圖》、金尼閣《西儒耳目資》、蕭雲從《韻通》。

5. 按聲調分圖，如：李紹嘉《韻法橫圖》、陳藎謨《皇極圖韻》之〈四聲經緯圖〉。

6. 按四呼分圖，桑紹良《青郊雜著》之〈創立一十八部七十四母縱橫圖〉。

7. 按聲母分圖，圖內再以格、行區分韻類、聲調。葛中選《泰律》之〈專氣聲三十二圖〉。

觀察以上幾種韻圖的編排類型，並結合作者的音學理念，可以看出其中隱含著某種微妙的趨向：明代等韻圖據韻基、韻母分圖者佔絕大多數，此類韻圖多爲「拼讀反切、辨明音值」而作，然以韻基分圖者多與韻書相輔而行，以韻母分圖者則多直接參照實際口語音讀。據韻部分圖者，通常是爲了應合某種特定的數理模式，如吳繼仕《音聲紀元》分成二十四韻部，恰與二十四節氣之數

〔註13〕韻圖若專爲「拼讀反切、辨明音值」而設，作者只需編製一個韻圖即可；但若是雜糅象數、證成玄理的韻圖，在古代樸素「全息思想」的制約下，則作者通常會收錄兩個以上的韻圖，俾使能從易卦、律呂、風氣……等多元的角度來加以驗證，如此就不難理解爲何方以智《切韻聲原》、袁子讓《字學元元》、吳繼仕《音聲紀元》、葛中選《泰律》要同時編製或收錄多種韻圖了。

相契合。按聲母分圖者，則多與依韻分圖者相互參照，冀能從不同的面向來證成天道玄理，如：葛中選《泰律》之〈專氣聲三十二圖〉即與〈專氣音十二圖〉（依韻部分圖）相互闡發、彼此映照。明代韻圖依照四呼分圖者尚不多見，或許是因爲四呼格局正處在逐漸成型的過渡階段。

（二）排設韻圖與審音辨韻之間的互動關係

誠如耿振生（1992：53）所言，明清等韻學家審音辨韻的成果通常藉由兩種方式表現出來：一爲結構分析法；一爲描述法。「結構分析法」與現代音韻學的音位分析法大致雷同，即首先分析漢語音節的內部結構，進而離析出基本的語音單位—音位，再透過縱橫交錯的圖表，尋繹出音位的分佈關係與組合規則；而所謂「描述法」則韻學家以敘述方式來形容發音的生理狀態、摹擬語音的聽覺感受，在學科性質上較偏向於發音語音學或聽覺語音學。

漢語等韻圖是展現音節結構的字表，等韻學家按照音位的區別特徵分類排比，屬於同一自然類（natural class）的音位，在韻圖中則被排置於相同的行列，藉以揭示音位間的聚合關係，而通過不同行列音位的相互對比，即可確認音位本身所具備的特徵及其在音韻系統中的定位；韻圖除了可展現音位的內部特徵外，更可透過聲、韻、調的交相拼切，顯示出音位間的組合關係，展現漢語音節的生成模式。既然韻圖架構與音韻結構的辨析有著如此密切的連動關係，觀察韻圖形制的變易情形，不僅可對比等韻學家在審音觀念上的異同，更可勾勒出音學理論的發展軌跡。

扣除掉非音韻層面的因素的影響，明代韻圖形制的多樣、繁複，一方面反映出漢語音韻結構的演化，一方面則透顯出等韻學家審音能力的提升。從以下論述即可見一斑：

1、聲母的發音方法

發音部位與發音方法是界定聲母發音生理特徵的兩個基本向度。就發音部位言之，宋元韻圖多以唇舌牙齒喉五音區分聲類，明代等韻圖仍大抵承之，變化不大，唯獨葛中選特別強調舌頭的靈動及其發音功能，因而提出「聲主舌說」。至於聲母的發音方法，則可從氣流受阻狀態、聲帶震動與否來加以區分，宋元韻圖多採取全清、次清、全濁、次濁四分的格局，但隨著全濁聲母的日益清化，此一格局在明代業已逐步崩解，多只保存在反映書面語讀書音的韻圖上；而所

謂「清濁」對立亦原本之聲母帶音與否，轉而指向聲調之「陰陽」有別。茲將聲母清濁之相關論述彙整如下：

【圖表6-4】

	全清		次清	全濁		次濁
《韻學集成》	清	次清次	次清	濁	次濁次	次濁
《韻表》	陰			陽		
《音韻日月燈》	純清		次清	半濁		全濁
《耳目資》	清			濁		
《交泰韻》	陰			陽		
《字學元元》	獨清		分清	分濁		獨濁
《元韻譜》	清		清濁半	濁		
《皇極圖韻》	純清		次清	純濁		次濁
《音聲紀元》	全清		次清	清濁半／全濁		次濁
《泰律》	疾			遲		

除「帶音與否」之外，「氣流阻滯狀態」亦是區分聲母類別的重要依據。在宋元韻圖中，「氣流阻滯狀態」、「帶音與否」這兩個特徵是混而不分的，共同含攝在全清、次清、全濁、次濁的四分格局中。但隨著審音能力的不斷精進，明代等韻學家更能體悟到這兩個特徵間的差異性，因而自覺地將它們離析開來，分別以不同的術語標記之，如：葉秉敬《韻表》以「陰／陽」區分聲母清濁，而以「出口／納口」來標示氣流的阻滯狀態。茲參照羅常培《漢語音韻學導論》所列，將明清等韻學家之相關論述彙整於下：

【圖表6-5】

	不送氣清音	送氣清音	擦音	流音	鼻音／半元音
《韻表》	納口	出口	半出口	半納口	
《青郊雜著》	啓	承	衍（唇齒擦音）、止	進	
《耳目資》	輕	重			
《交泰韻》	輕	重			

《字學元元》	吸	呼		
《切韻聲原》	初發聲	送氣聲	忍收聲	
江永《音學辨微》	發聲	送氣	收聲	
江有誥《等韻叢說》	發聲	送氣	收聲	
陳澧《切韻考外編》	發聲	送氣	收聲	
錢大昕《十駕齋養新錄》	出聲	送氣	收聲	
洪榜《四聲韻和表》	發聲	送氣	外收聲	內收聲
勞乃宣《等韻一得》	戞類	透類	轢類	捺類
邵作舟	戞類	透類	拂類　轢類	揉類

　　從【圖表 6－5】可看出，方以智《切韻聲原》依照發音方法的殊別而將聲母區分成「初發聲」、「送氣聲」、「忍收聲」三類，此一聲母三分的模式爲江永、江有誥……等人所繼承，由此亦可窺見方以智對清代審音派古音學家所產生深遠的影響。

　　2、韻母的內部結構

　　漢民族對於語音模素感知的單位是音節；漢魏六朝以來，反切之法通行，學者咸能將漢語音節切分爲聲、韻二部份；而唐宋之後，透過等韻圖開合、等第之形式框架，音韻學家得以初步窺見漢語音節的組成單位—聲母、介音、韻基、聲調。雖說唐宋等韻學家排設韻圖顯見其已初步具備解析韻母結構的能力，但卻尚未能將具體實踐的成果提煉、昇華成普遍性的音學理論，必得遲至晚明時期，陳藎謨、沈寵綏方纔自覺地揭櫫字頭、字腹、字尾三分的主張。

　　A. 字頭——介音

　　明代等韻圖對於音節結構的分析，尤以介音的辨識最爲深刻、細膩，何以如此？根本原因在於漢語音韻結構的自我調整。中古一二等、三四等間的界線隨著時空推移而漸次模糊，至明代口語音讀中則多已泯滅不見，取而代之的是二等四呼的架構；等韻學家爲切合實際的音韻結構，不得不捨棄宋元韻圖四等二呼的格局，紛紛創設各式呼名用以標記介音的細微差異。茲將各家所立呼名與介音間的對應關係，表列於下：（閉口呼、混呼……等非指稱介音之呼名，下表剔除不列）

【圖表 6-6】

	開口		合口	
	開口呼	齊齒呼	合口呼	撮口呼
《韻表》	麤而滿	細而尖	圓而滿	圓而尖
《韻法直圖》	開口呼、舌向上呼	齊齒呼、齊齒捲舌呼、咬齒呼	合口呼	撮口呼
《韻法橫圖》	開口呼	齊齒呼、齊齒捲舌呼	合口呼	撮口呼
《青郊雜著》	輕科	極輕科	重科	次重科
《書文音義便考私編》	開口呼	捲舌呼、正齒呼、抵顎呼	合口呼、開合	撮口呼
《等韻圖經》	開口上等	開口下等	合口上等	合口下等
《字學元元》	上開	下開	上合	下合
《元韻譜》	剛律	剛呂	柔律	柔呂
《皇極圖韻》	開口	齊齒、齊齒捲舌	合口	撮口
《泰律篇》	正音	昌音	通音	元音

由上表可知，等韻學家對於介音的區別尚未凝聚出普遍的共識，非但各家所設之稱號分歧不一，且其中有許多只是因前後組合音段不同而滋生出語音上的（phonetic）細微差別（如：舌向上呼、齊齒捲舌呼），而非音位上的（phonemic）相互對立。對於明代等韻學家之淆亂四呼，〔清〕潘耒（1646～1708）《類音》卷二「等韻辨淆圖說」批評曰：

> ……後之明音韻者，多苦等韻之煩碎而別為圖譜，如《字彙》之末有〈橫〉〈直〉二圖，陳氏《皇極統韻》有〈經緯圖〉，皆不用門法，直捷明了，賢於等韻數倍。所遺憾者，不知每類之各有四呼，不可增減，而僅就有字之呼敘次之。〈直圖〉則各類各呼隔別不貫，〈橫圖〉貫矣，而每類或二呼、或三呼，則減於四，又附「金」於「昆君根巾」之下，附「兼」於「官涓干堅」之下，又以「肱肩」、「姜」為混呼，而別立捲舌之名，則增於四。〈經緯圖〉大概與之雷同，不去知徹澄娘，而併昆根為一格，家瓜為一格，迦靴為一格，肱綱為一格，以湊縱橫三十六之數，牽合補苴，亦多可議。

正因四呼格局已大致成型，致使明代等韻學家往往將不同的介音附加在聲類之上，形成所謂「聲介合符」的現象，使得聲類的標目急速膨脹，諸如：葉秉敬《韻表》之「百六祖宗」、桑紹良《青郊雜著》之「七十四母」、袁子讓《字學元元》之「一百一十九小母」、喬中和《元韻譜》之「七十二母」、方以智《切韻聲原》之「切母四十七狀」、吳繼仕《音聲紀元》「六十六聲」……等。

B. 韻腹與韻尾——韻基

明代等學家多將韻腹與韻尾視爲緊密連結的整體—韻基，以描摹其整體的聽覺感受與發音狀態，〔註14〕鮮少能將兩個音段截然分開。唯有曲韻家爲了舞台演唱的實際需要，特別講究音節收尾的音響效果，於是首先注意到韻尾的細微差別，如沈寵綏《度取須知・收音總訣》即以《中原音韻》十九部爲準，將韻尾區分爲七類：「鼻音」〔-ŋ〕、「抵顎」〔-n〕、「閉口」〔-m〕、「收噫」〔-i〕、「收嗚」〔-u〕、「收于」〔-y〕、「有音無字」〔-e，-a，-ï〕。（蔡孟珍，1999：58）

C. 聲調

歷來音韻學家取漢字以標示調類，諸如：「天子聖哲」、「平上去入」、「天朝統萬國」……等，至於各調類間的實質差異爲何？則罕有能深入剖析者。羅常培（1982：60）剴切地指出聲調辨識不易之原因有二：「一曰調值紛錯，自古已然；二曰清濁演變爲陰陽，每因方言而異類。」

然則，明代等韻學在調值的描述與標記上有了較大的突破，這主要得歸功於西方傳教士的貢獻。由於聲調是西儒學習漢語的難點所在，是以傳教士不僅特別著力於聲調調型的描寫，更積極地仿效拉丁文的附加符號，進而發展出一套標記漢語調類的特殊標號。（參見王松木，1994）此外，明代等韻學家不乏精通音律者，基於聲調與樂律有著共同的物理基礎—皆是聲音高低升降的變化所致，因取

〔註14〕《字學集要》仿效《玉篇》附載的「五音之圖」，分別將宮商角徵羽的韻基描摹爲：「宮—土音，舌居中；商—金音，口開張；角—木音，舌縮卻；徵—火音，舌拄齒；羽—水音，纔口聚。」葉秉敬《韻表》憑恃個人主觀的聽覺感受與發音生理狀態，將韻基分爲：「向外合口」、「向外開口」、「向內開口」、「居中開口」四類。沈寵綏《度曲須知・出字總訣》則是一一描摹《中原音韻》十九韻部之發音特徵，曰：「一東鍾，舌居中；二江陽，口開張；三支思，露齒兒；四齊微，嘻嘴皮；六魚模，撮口呼；……。」

「琴聲驗之」，具體地描摹各個調類間的差別，如袁子讓《字學元元》即是一例。

二、廢除門法、改良反切

韻圖縱橫交錯的表格具體呈現韻書所內涵的各個音節，人們由是得以「依切求字、按字求音」，韻圖無疑是拼讀反切的津筏、通樑；然而，隨著時空的推移，舊時創製的切語卻逐漸凝固、僵化，以致於再也無法精確地反映實際語音，於是等韻學家紛紛增設各式門法，冀能引導讀者透過各種權宜、變通的方式尋獲正確音讀。試觀李嘉紹《韻法橫圖》所設立的「標射切韻法」，以切語上字為「標」、切語下字為「箭」，立標射箭即可尋字切音，此為切字之正例；但尋字切音若是僅憑此一正例，則可能會射中空格或切出他音，於是不得已又另增「隔標」、「隔列」、「濁音」三項活法，以補苴正例之疏漏。

然則，隨著切語與時音之間的罅隙不斷擴大，門法也就隨之日益繁瑣，如此不斷地惡性循環，等韻之學終將逐漸淪為眾人望之生畏的艱澀學科。明代等韻學家普遍意識到欲革除此種弊端，唯有廢除門法、重新改造反切，但能進一步提出具體解決方案者則僅有：桑紹良《青郊雜著》、呂坤《交泰韻》與金尼閣《西儒耳目資》。儘管各種切字新法在細部規定上互有歧異，但其總體目標卻是一致的，即如耿振生（1992：79）所言：

> 學者們改良反切的目的不外乎三條：其一，要使切上字與被切字的
> 聲母一致，切下字與被切字的韻母和聲調一致，符合時音而不是因
> 循古音；其二，反切上下字要有統一規則，消除用字紛繁現象；其
> 三，選用的反切上下字要易於拼切，即容易把兩字連讀成一個音節。

筆者以為，傳統反切標音方式之所以不夠精確、簡捷，主要原因有二：一是，漢字屬於音節—語素文字，若依照「上字取聲、下字取韻」的原則，取二字以拼切成一音節，則上字之韻、下字之聲無端橫阻其中成為贅餘成分，不利於拼讀；二是，切語用字與所指音節成分並無一對一的固定相應關係，一個音節成分卻可用多個不同的切語標示之，不利於辨識。因此，如何能消除贅餘成分的干擾？如何能設定簡易的標音符號？便成為反切改良者共同一致的目標，以下即以此兩項共同目標作為決斷標準，評述各式新法之良窳優劣。

（一）消除贅餘成分的干擾

桑紹良《青郊雜著》取音（切語上字）、取韻（切語下字）分別設立「定法」

（基本方法）與「活法」（變通方法）。

　　1. 切語上字必須與被切字同韻部。

　　2. 在聲調上，切語上字必須與被切字構成入聲與非入聲的交錯形式（沈、
　　　　去⇆深入；浮、上⇆淺入），若同一韻部無入聲字者，則可從古韻相叶
　　　　的韻部中借其入聲用之。

　　3 切語下字須與被切字的韻母、聲調相同。

　　4. 下字聲母須與被切字聲母的發音部位相同；若同一韻母無相應之字，則
　　　　可借用發音部位相近之字，但聲調必須相同。

　　呂坤《交泰韻・凡例》「辨體裁」中，闡述創製反切的基本原則，茲將其整
理如下；

　　1. 上字表聲母與介音，下字表主要元音與韻尾。

　　2. 平、入互爲反切上字。

　　3. 反切上、下字之陰陽調類相同。

　　金尼閣《西儒耳目資》「四品切法」，訂立切字子、字母之法則各爲四品，
茲將其細目、條例表述如下：

　　1. 字子　本父本母切──黑 b+藥 io=學 bio

　　　　本父同母切──黑 b+略〔lio-l〕=學 bio

　　　　同父本母切──下〔bia-ia〕+藥 io=學 bio

　　　　同父同母切──下〔bia-ia〕+略〔lio-l〕=學 bio

　　2. 字母　代父代母切──衣 i+惡 o=藥 io

　　　　代父同代母切──衣 i+褐〔ho-h〕=藥 io

　　　　同代父代母切──堯〔iao-ao〕+惡 o=藥 io

　　　　同代父同代母切──堯〔iao-ao〕+褐〔bo-b〕=藥 io

　　較諸傳統反切，桑紹良的反切條例增設了許多附加條件，俾使切語連讀時
能更加流暢、明快，但是切語上字之韻、切語下字之聲尚未被剔除，仍會造成
拼讀切語時不可免去的滯礙。較諸桑紹良之切法，呂坤同樣是以平、入聲字互
爲切語上字，但卻只選取零聲母作爲切語下字，初步刪除贅餘成分的干擾，顯
然是比桑紹良更爲簡省、明確，是故〔清〕朴隱子深受呂坤切法的啓發，曾於
《反切定譜》中提及：「……而于用母之法，終難考其定理。及得呂坤《交泰韻》，

乃以其法參之，三年豁然有悟。」

至於金尼閣「四品切法」則是中西合璧的產物，以西號與漢字切語相互參照、對比，並藉由摘頭去尾的方式去除掉羨餘成分的干擾，實質上比桑紹良、呂坤所創設的切法更加淺易、明確，只可惜當時中士多不諳西號，故對於此法未能豁然貫通。〔清〕楊選杞有感於傳統反切過於難拗，上下切語用字不定，見《西儒耳目資》而「頓悟切字有一定之理，因可為一定之法」，遂仿效金尼閣〈中原音韻活圖〉的體式，編撰《聲韻同然集》（1659）一書，書中針對漢語音韻結構而設立各式字父、字母，並列成圓盤，使之遞相磨盪，藉以衍生出無數音節，但因囿於漢字且又不諳西號，故顯得捉襟見肘、漏洞百出。羅常培（1982：92）評述曰：

> 楊氏籀讀金書，會心不遠。初欲"字父"分收於孤觜基三韻，"字母"盡起於匣影喻三聲，俾所作各切，聲後減除韻障，韻前無復聲隔，上下調融，怡然理順。徒以囿於漢字，動則拘牽，復無"西號"對照，以效金氏，"減首省末"之法。於漢字所不能狀者，非勉強假借，乖戾初旨；即譬況擬象，使人默會其意。……按其所論，於聲音之道，未嘗不略有所窺。惜為工具所限，自得於心者，終不能宣諸楮墨！

（二）設定簡易的標音符號

桑紹良對於切語用字與音素之間對應，並沒有統一、嚴格的規定，致使反切上下字數目眾多、龐雜無序。呂坤以零聲母字作為反切下字，且同一韻類只用一個固定的切語下字，雖較諸舊法簡省、明確，但卻經常出現無字可以用作切語的窘境，除了添加辨音記號以濟漢字之窮外，亦多取冷僻難識之字充當切語，無形中造成切語拼讀上的困難。由於受到漢字類型的先天限制，古人以漢字標音，或失之龐雜無序，或失之冷僻艱澀，唯有仿效西儒羅馬拼音符號，創立出一套適合漢語的音素標音符號，方能真正掃除漢字標音所帶來的糾葛。

羅常培曾追溯漢語標音的演進過程，在〈《聲韻同然集》殘稿跋〉一文中，羅氏一方面檢討楊選杞的缺失，一方面則點出由反切演進為拼音乃是必然的發展趨向，文中指出：

楊氏（楊選杞）際乎呂（呂坤）李（李光地）之間，讀金尼閣書有
所悟入，亦以漢字不適標音，終不免“宛轉旁求”、“勉而又勉”，
“存其彷彿”，不愜於心：方諸二子，未能獨軼！厥後李汝珍《音
鑑》，劉熙載《四音定切》，張行孚《切字要例》，酈珩《切音捷訣》
等，亦欲變易舊法，有所更定，而與前哲相較，其失惟均：是以知，
苟欲廓清舊切之弊，易以新法，使百年萬里之人，視而可識，聞而
共喻。捨廢棄漢字，易以音標外，其道無由！

雖說清代有學者如李光地、潘耒、劉熙載……等人，企圖接續前人未竟的志業，
挖空心思想要創造出完美的切音法則，可惜多未能從根本的標號上著眼，依舊
是以漢字標音，如此勢必無法完全攘除舊切的弊端。

第四節　音系性質與音變規律

　　韻圖是等韻學家展現音節結構的形式框架，而今人根據韻圖的形式框架則
可大致勾勒出音系的整體樣貌。然而，等韻學家編撰韻圖並非純遂只是為了紀
錄本身母語，因此不能只憑作者的籍貫或居住地，就直接判定韻圖是以該地方
音為基礎音系，那要如何才能判定韻圖所反映的音系究竟是讀書音？或是口語
音呢？是共同語標準音？抑或是某地之方音呢？在缺乏相關文獻佐證的情況
下，或可仿效方言分區畫等語線（isogloss）的方式來確認韻圖反映的音系性質。
具體的作法是：參照漢語語音歷時演化的規律，從而選取某些具有典型性、代
表性的音變現象來作為判斷特徵；再根據各個特徵在韻圖中隱現的情形來加以
驗證、分析，並藉由各韻圖間的相互對比，藉以凸顯對外的差異性與對內的一
致性。如此，就其一致性觀之，則可繫聯出幾個性質相近的族群；就其差異性
觀之，則可管窺同性質音系之漸進演化的過程。

　　然則，如何選擇具有典型性、代表性的音變特徵呢？薛鳳生（1986）曾為
檢測官話方言而設立十條音變規律，黎新第（1995：7）為考察近代漢語共同語
語音各個變體與表現形式的互動與演進，則又進一步將音變規律擴展為二十
項。茲將黎氏所訂立的二十項變規律羅列如下：

A. 輕重唇分化否　　　　　　　B. 微母消失否

C. 疑母消失否　　　　　　　　D. 全濁清化否

E. 知莊章系合流否　　　　　F. 影云以合流否

G. 精見二系在細音前合流否　H. 同攝重韻合流否

I. 一、二等韻相混否　　　　J. 三、四等韻相混否

K. 二等開口喉牙音轉為細音否　L. 支思韻〔ï〕產生否

M. 車遮韻產生否　　　　　　N. 桓歡與寒山合口相混否

O. 捲舌韻母〔ɚ〕產生否　　P. 閉口韻消失否

Q.〔-n〕〔-ŋ〕兩類韻尾相混否　R. 濁上變去否

S. 入聲消失否　　　　　　　T. 平分陰陽否

　　在本文前面各章分論的基礎上，筆者參考音韻學者對明代韻圖音系的研究成果，一一檢視二十項音變規律在韻圖的隱現情形，藉此推斷韻圖的音系性質。

　　【圖表6－7】則是仿效鄭再發〈漢語音韻史的分期問題〉文中附表的體式，橫列二十音變規律，縱列本文所探討的各種明代韻圖，成一縱橫交錯的圖表，並以不同標記顯示各韻圖所經歷的音變規律——已經顯現的音變規律則以"○"標示之；若音變規律尚未發生則以"×"標示；若音變已經顯現但尚未完成，即正處在過渡階段者，則以"△"；至於某些格位空缺不填（即無任何標記者），乃因暫無相關研究資料可茲參證，或文獻本身無法顯現，或仍有待進一步深入探索，暫時付之闕如，留待日後再行補足。

【圖表6－7】

韻圖	年代	籍貫	A	B	C	D	E	F	G	H	I	J	K	L	M	N	O	P	Q	R	S	T
韻學集成	1460	江蘇	○	×	△	×	○	×		○	○	○		×	○	×	×	×	×	×	×	×
字學集要	1561	浙江	○	×	△	×	○	×		○	○	○		×	○	×	×	×	×	△	×	×
韻學大成	1578	安徽	○	×	△	×	○	×		○	○	○		○	○	×	×	×	×	△	×	×
韻表	1605	浙江	○	×	○	×	○	×		○	○	○	×	○	×	×	×	×	×	△	×	×
日月燈	1632	河南	○	×	×	×	×	×		○	○	○		×	×	×	×	×	△	×	×	×

韻書	年代	地域																				
聲韻會通	1540	江蘇	○	×	×	×	○	×		○	○	○	○	○	○	×	×	×	×	○	×	×
切韻樞紐	1582	安徽	○	○	×	×	○	×	○	○	○		○	○	×	×	○	×	○	×	×	
韻法直圖	1612	安徽	○	×	×	△	○	○	×	○	○	○	○	○	○	×	×	×	×	△	×	×
韻法橫圖	1614	江蘇	○	×	×	×	×	×	×	○	○	○	○	○	○	×	×	×	×	△	×	△
青郊雜著	1581	河南	○	×	○	○	○	○		○	○	○	○	×	○	○	×	×	○	×	○	
音義便考	1587	江蘇	○	×	×	○	○	×		○	○	○	○	×	○	○	×	×	△	×	○	○
耳目資	1626	南京	○	△	△	○	○	○	×	○	○	○	○	○	○	△	×	○	×	○	○	
韻通	明末	安徽	○	×	○	○	○			○	○	○	○	○		×	×	△	×	○	×	○
等韻圖經	1602	河北	○	○	○	○	○	○	△	○	○	○	○	○	○	○	○	○	×	○	○	○
交泰韻	1603	河南	○	×	○	○	○	×	○	○	○	×	○	○	×	○	○	○	×	○		○
字學元元	1603	湖南	○	×	×	×	×	×		○	○	○	×	○	×	×	×	×	×			
元韻譜	1611	河北	○	○	○	○	○	○	○	○	○	○	○	○	○	○	×	○	×	○	×	○
切韻聲原	1641	安徽	○	△	△	○	○	○	○	○	○	○	×	○	×	△	○	○	○			
聲音文字通	明初	浙江	○			×														○	×	×
皇極圖韻／元音統韻	1632	浙江	○	×	×	×	×	×		○	○	○		○	○	×	×	×	×	×	×	×
音聲紀元	1611	安徽	○	×	×	×	△	○		○	○	○	○	×	×	×	×	×	×		×	×
泰律篇	1618	雲南	○	×	○	○	○	○		○	○	○		○	○	×	○	○	×		○	

　　由於音值擬構並非本篇論文的重點所在，故對於各韻圖所展現的各項音變規律，筆者未及親自一一仔細攷校，幸而學者們在這方面已經累積豐碩的成果可供作參考，是以【圖表6－7】所列多數參考前人研究所得，故表中不免存有許多空缺尚待補足，亦可能存在某些問題有待細部釐清。儘管上表並非絕對精確無誤，但某些細微的誤差對於判斷音系性質與語音整體演化趨向尚不至於產生太大的影響。

　　觀察【圖表6－7】可從橫向、縱向兩個角度著眼。就橫向觀之，以韻圖為主軸，對比各韻圖間所展現的音變規律，進而依據音變規律的一致性，將韻圖繫連成幾個性質相近的族群－讀書音、口語音、方音；若就縱向著眼，則是以音變規律為基點，考察特定音變規律在明代韻圖中的隱現情形，藉以描繪出語音歷時演化的軌跡。茲將觀察所得簡述如下：

一、韻圖所反映的音系性質

　　從橫向角度著眼，依照韻圖反映的音變規律，可將明代韻圖的音系性質概括為以下三大類：

1、書面語讀書音

　　明代韻圖反映書面語讀書音者，尤以章黼《韻學集成》、呂維祺《音韻日月燈》最為典型。此類韻圖存古的氣味最為濃厚，具有以下幾項特徵：仍保存全濁聲母、影云以三母尚未合流為零聲母、支思韻猶未能自成一韻、桓歡與寒山分立、閉口韻〔-m〕尚未併入〔-n〕、仍存有入聲、平聲未分陰陽調。

2、共同語標準音

　　明代韻圖反映口語共同語標準音者，當以金尼閣《西儒耳目資》為代表。此類韻圖具有以下幾項特徵：全濁聲母清化、疑母已有失落的趨向、影云以三母合流為零聲母、支思韻多自成一韻、閉口韻〔-m〕漸次併入〔-n〕、出現舌尖後元音〔ɚ〕、入聲尚未失落、平聲分出陰陽調類。

3、某地方音

　　純粹反映某地方音的韻圖在明代並不多見，徐孝《重訂司馬溫公等韻圖經》堪為代表。此一韻圖的音韻特色是：全濁聲母清化、疑母與微母俱已失落、出現舌尖元音〔ï〕〔ɚ〕均已產生、閉口韻〔-m〕併入〔-n〕、入聲併入平上去、平聲分出陰陽調。

二、韻圖所彰顯的音變規律

以下則從縱向角度著眼，揀擇幾項具有代表性的音變規律，觀察其在明代韻圖中隱現的情形：

1、疑母、微母的失落情形

在明初章黼《韻學集成》所反映的音系中，疑母〔-ŋ〕已出現鬆動的現象；明代中葉以後，疑母字在多數韻圖中已失落成為零聲母（少部分併入泥母〔n-〕）。微母的地位似乎較為穩固，明代多數韻圖均存留微母，唯獨徐孝《重訂司馬溫公等韻圖經》微母已不復存在。

2、見、曉、精系聲母是否顎化

如何確認見、曉、精系聲母顎化的起始源頭？可說是近代漢語音韻研究的一項難題，主要原因在介音所造成的干擾。由於明代等韻學家常以「聲介合符」標示聲類，將〔ki-〕與〔tɕ-〕以同一字符標示，因而使人無從判定究竟見、曉、精系聲母已經產生顎化現象？抑或只是介音洪細的差別？

依照語音演化的邏輯順序：見、曉、精系顎化音聲母出現，當晚於支思韻的形成、知章的合流，以及部份三四等韻字前高元音的消失……等歷史音變規律；而十七世紀初期以羅馬字母標記聲類的《西儒耳目資》，亦未見有顎化現象。鄭錦全（1980：86）考察十六世紀以來明清韻書字母顎化的現象，所得到的結論是：「北方音系見曉精系顎化大約全面形成於十六、十七世紀。到了十八世紀前半葉，《團音正考》（按：《圓音正考》）對尖團的分析，正表示顎化已經完成。此後的韻書，對顎化的現象有的有紀錄，有的完全不涉及，那時傳統的正音或方言的影響。至於十六世紀以前，對各種記載的解釋，見仁見智，各人不同，但都沒有發現全面顎化的現象。」

3、舌尖前元音〔ï〕

關於舌尖元音的演化過程，已有不少學者深入探究，如：薛鳳生（1980）、竺家寧（1994）、金有景（1998）……等人，但學者對於舌尖前元音的起始點為何？卻有不相同的見解，〔註15〕但明代反映口語音系的韻圖，支思韻多已存在

〔註15〕薛鳳生（1980）將支思韻源頭推至北宋時期，認為《切韻指掌圖》已可見支思韻存在的蛛絲馬跡；竺家寧（1994）認為支思韻首見於南宋朱熹《詩集傳》；金有景則將舌尖前元音產生的年代延至清初，認為樊騰鳳《五方元音》（1654～1664）將「地」〔ï〕、「蛇」〔ə〕兩韻分立，這才是舌尖前元音成立的標誌。

卻是不爭的事實。竺家寧（1994）指出：「南宋初（十二世紀）的精系字後，已有舌尖前韻母產生。朱子《詩集傳》是最早呈現舌尖韻母痕跡的史料……十五世紀的明代，念〔ʅ〕韻母的字和國語念〔ʅ〕而當時仍讀〔i〕的比例爲130：49，〔ʅ〕韻字的範圍大得接近國語了。」

4、舌尖後元音〔ɚ〕

就音韻的層面而言，舌尖後元音〔ɚ〕源自於中古止攝開口二等字，在周德清《中原音韻》中與舌尖前元音〔ï〕同樣歸屬於新派生出的支思韻，直至十七世紀初期，徐孝《重訂司馬溫公等韻圖經》、金尼閣《西儒耳目資》方才正式轉型爲〔ɚ〕，是以可將語音演化的軌跡擬構爲：〔nʑi〕→〔ʐ〕→〔ɚ〕。

就詞彙的層面而言，儿〔ɚ〕同時也是個構詞後綴（suffix），通常用以表示「微小」、「可愛」的語法意義。至於，儿〔ɚ〕後綴起於何時呢？學者則有較多的爭議，李思敬《漢語儿〔ɚ〕音史研究》認爲儿〔ɚ〕產生於明代初期，至《金瓶梅》時期（十六世紀中葉）已臻於成熟。季永海（1999）則是考察宋代諸宮調、話本及遼、金、元、明、清時期北方民族語言的對音資料，認爲儿〔ɚ〕後綴源始於宋代，且〔ɚ〕音的產生很可能有來自到阿爾泰語言的影響。

5、閉口韻失落

閉口韻尾的如何發展演化？又在何時失落呢？楊耐思（1981：60）爲解答這些問題，考察了宋元以來各式韻書、韻圖、曲韻及對音資料，描摹出整體演化的趨向，得到的結論是：「近代漢語-m的轉化是逐步進行的，先是首尾異化，後來整個失去，跟-n合流了。-m的部分轉化不晚於十四世紀，全部轉化不晚於十六世紀初葉。這是就"通語"、"官話"而言，至於在漢語的方言裡，這種演變的發生要早得多。可以說，-m的轉化先是從方言裡發生，由方言逐步擴展，然後影響到共同語，也發生了這種演變。」

而從【圖表6−7】更可以明顯看出：雙唇鼻音韻尾〔-m〕的失落與否，乃是隨著不同的語體風格而有所差異。凡是反映書面語讀書音系的韻圖，大多仍保存著閉口韻；至於反映口語共同語標準音系的韻圖，則多已取消閉口韻母，而將之併入收舌尖鼻音〔-n〕的韻母中。這正顯示：書面語讀書音的保守性格，阻絕了來自方言的影響，是故閉口韻仍然維持不變；至於口語共同語則是在日常往來交際的需要，不斷地吸收來自方言中的若干成分，使得語音演化的速率要比讀書

音快上很多，-m 韻尾也就在與方言交融的過程中逐漸與-n 韻尾混而不分。

6、入聲消失與平聲分陰陽調

　　觀察【圖表 6－7】，可以看到一個截然分明的現象：凡是反映書面語讀書音系的韻圖皆具有入聲，且平聲不分陰陽；凡是反映口語共同語標準音系的韻圖亦皆具入聲，但平聲已分出陰陽二調；至於入聲失落而派入平上去三聲者僅有徐孝《重訂司馬溫公等韻圖經》，充分展現出明代北京一帶的方音特色，亦反證明代共同語標準音並非當時的北京音，而是仍保存入聲的南京音。

第七章　結語——
一場蓄勢待發的 "典範轉移"

第一節　學術發展演進的歷史順序

科學是不斷持續進步的嗎？科學又是如何取得進步的呢？這些看似平常的問題，卻是近代西方科學哲學所關注的焦點。依照孔恩的論點，科學的發展有其一定的歷史順序，就如同生命演化有其固定的循環週期一般。是以，任何學科的發展，絕非不斷持續向上推升的高仰角直線，而是一條起伏曲折的連續曲線；就如同生命不可能永遠持續，必然會有生死興滅的變化。

孔恩的典範理論將科學發展的模式設定為：原始科學→常規科學→科學革命→新常規科學。簡單的說，「典範」即是一種世界觀、一種科學共同體的共同信仰，在典範尚未形成以前，研究者處於各自為政的狀態，此為「原始科學」時期；當典範樹立之後，研究者歡然從之，成為一股難以遏抑的潮流，此時則進入「常規科學」階段；但久而久之，許多典範理論所無法解決的問題一一浮現，研究者因面臨危機而紛紛突破舊有典範，另闢路徑，因而產生所謂的「科學革命」；革命之後，新的典範再度誕生，新常規科學於茲生焉……科學發展即循著此一歷史順序不斷循環。

儘管孔恩觀點仍然存有許多的缺陷與誤差，但對於漢語音韻學史的研究卻

不無裨益。觀察傳統語文學的研究範疇,「典範轉移」的現象在音韻學領域表現得最爲鮮明,何以如此?蓋因音韻研究同時兼具科學性與人文性,[註1]且研究對象相對較爲簡單明確,因此理論最爲完備、體系最爲精密,故能走在潮流尖端,較諸訓詁學、詞彙學、語法學……等更能直接吸收西方語言學理論,首開風氣之先,最早從傳統語文研究蛻化成現代語言學。

從典範轉移觀點來檢視漢語音韻學的開展,可看出:儘管在顧炎武之前已有〔宋〕吳棫、〔宋〕鄭庠、〔宋〕朱熹、〔明〕陳第、〔明〕楊愼……等人論及古韻的相關概念,但多是各自爲政、異說紛紜,尚未有人眞能獨領風騷、掀起熱潮,故只能算是古韻研究的「原始科學」階段。降至清初,在顧炎武的引領下,江永、戴震、段玉裁、孔廣森、嚴可均、江有誥、朱駿聲、章炳麟、黃侃……等碩儒彥士,前撲後繼地從事古音研究,「前修未密,後出轉精」,展開一場古韻分部的接力賽,正式宣告古韻研究跨入「常規科學」階段。

時序進入二十世紀,顧炎武樹立典範至此時也已有三百年之久,而在章太炎、黃季剛之後,便很難再提出新穎的問題了。民國初年,當時社會風氣崇尚西方的"民主"與"科學",歷史比較語言學正於此時傳入,立刻吸引音韻學研究者的目光,高本漢的鉅著——《中國音韻學研究》爲漢語音韻研究樹立起新的典範,建構古代漢語音系、擬測古音音值很快就取代古韻分部,成爲音韻研究的首要任務。一時之間,羅常培、李方桂、趙元任、陸志韋、王力、李榮、周祖謨、周法高、董同龢……等,「才力學識既比得上清代的大師如顧炎武、段玉裁、王念孫、俞樾、孫詒讓、吳大澂,同時又能充分運用近代文史語言的新工具」(高本漢《中國音韻學研究·贈序》)的學者,莫不依循著高本漢的典範

〔註1〕現代音韻學是一門科學性與人文性兼容并蓄的學科。薛鳳生(1992:11)指出:「當代歐美學者所謂的聲韻學(phonology)是一個兼容並蓄的多元性術語,一方面涵蓋著一般的實驗語音學(experimental phonetics),做音量與聲波的分析;另一方面也涵蓋著自然語言的特定音位系統(phonemic system)的分析,因此它的研究目標也是多元的。約略言之,包括下列幾個方面:1.口舌等器官的發音功能;2.聽覺神經的辨音功能;3.語音的合成與辨認;4.語音相互間的生理與聲學關係;5.語音轉變的原因與規律;6.自然語言的音位分析;7.音位區別的共同基礎;8.聲韻與語法及語義等等。……上述的1、2、3、4等項,基本上是物理學、心理學與認知科學(cognitive science)的問題,而5、6、7、8等項,則與人文科學的研究較有關係。」

來建構古漢語音系，爲中古音、上古音的研究奠定了堅實的基礎。直至今日，這些卓越的學者雖然早已功成身退，但其研究成果仍然爲現代漢語音韻研究者所廣泛引用。

　　然而，在跨入二十一世紀之後，我們不禁也要回顧以往，瞻望未來。高本漢研究典範至今已近一世紀，近百年來，以書面文獻爲研究對象的傳統聲韻學稱得上是結實盈盈、碩果累累，但這一世紀是否依舊能保有這種卓越的成績呢？在上古音以及《切韻》、《中原音韻》、《韻略易通》、《等韻圖經》、《五方元音》……等關鍵性韻書、韻圖的音系已大致擬定之後，傳統聲韻學除繼續尋找其他文獻加以「擬音」之外，是否能再提出其他新穎的問題？在以實際口語爲對象的現代音韻學迅速勃興之後，傳統聲韻學是否會因此逐漸失去吸引力，終而步上清儒古音研究的後塵呢？是否可能會誕生新的典範來取代高本漢典範呢？下一個新的典範可能會從何處產生？這些都是我們亟需面對，且無從閃避的問題。

第二節　傳統聲韻學所面臨的瓶頸

　　「危機就是轉機」，這句話運用在學術演進的過程上眞是極爲貼切，依照孔恩的典範理論，危機浮現乃是新典範即將誕生的先兆。但如何知道危機是否已經浮現了呢？從科學社會學的立場來看，論文的數量、研究者的多寡均是可供判斷的客觀資料。以下即從這兩方面觀察，藉以凸顯傳統聲韻學所可能面臨的危機：

一、論文篇數的增長率逐漸下降

　　美國科學社會學家克蘭（Diana Crane）在《無形學院》一書中，主張從科學出版物的增長來考察科學知識的增長情形，指出：「和絕大多數自然現象一樣，科學知識的增長採取了邏輯性曲線（logical curve）的形式。在科學學內，每年出現的新出版物的累積數量和邏輯性曲線相吻合。這就意味著，新出版物數量的增長經歷了以下幾個階段：（1）增長的最初階段，在這個時期，增長的絕對值是小的，儘管增長率是高的（這種增長率是逐步下降的）；（2）指數增長的階段，在這個時期，一個領域內的出版物數量每隔一個時期成倍數增長，這是恆定增長率的結果（這種恆定增長率使得增長的絕對數量日益增加）；（3）每年的增量仍然接近於一個常數，但是增長率下降的時期；和（4）最後時期，增

長率和絕對值的增長都下降了，最後接近於零。」

克蘭進一步透過孔恩的典範理論，解釋四個不同階段所分別代表的意義：

1、第一個階段應該是科學某領域中發現了提供未來研究工作的典範，開始吸引新的科學家投身於這個領域；此時科學家之間沒有（或者很少有）社會組織的存在。

2、在第二階段中，該領域少數高產的科學家取得研究優先權，他們可以吸收、訓練學生，使其成為研究的合作者，並且透過各種形式與這個領域的其他成員保持非正式的接觸。這些優秀科學家的這些活動，使得科學出版物呈現按指數增長的情形；此時科學便是處於常規科學的時期，科學家之間有許多合作團體和無形學院存在。

3、到了第三、四階段，該領域中的知識體系已充分被說明，而且因為將常不能解釋異例而陷入困境；此時，新的科學家不會喜歡進入這個領域，而舊的成員也逐漸離開，導致這個領域論文和成員數目的下降和衰落。此時科學便是處於危機時期，科學家之間的合作團體和無形學院陷入解體的地步。（轉引自李英明，1989：35）

若依照克蘭的論點來看，當前傳統聲韻學應當是處在那個發展階段呢？至今未見有人嚴肅地正視這個的問題。下則嘗試著舉出若干統計數據來加以檢證，雖然未能絕對精確，但仍可從中看出些許端倪。〔註2〕

唐作藩、耿振生〈二十世紀的漢語音韻學〉大致統計 1901～1996 年間各時期傳統聲韻學的論文篇數，茲將其列舉如下：

【圖表 7-1】

時間　發表文章篇數

時間	發表文章篇數
1901～1922 年	25
1923～1937 年	397
1938～1949 年	206

〔註2〕其實，科學社會學的研究有著嚴密、精細的操作程序，以確保統計數據的可信度。然則，這非本文重點所在，亦非本人能力所及，下文所列舉之相關數據，大多援用前人統計的結果；由於資料非出自一人之手，而個人所認定的標準又不盡相同，是以誤差在所難免，但仍可從中窺探出某些明顯的趨向。

1950～1954 年	3
1955～1964 年	118
1965～1977 年	3
1978～1987 年	787
1988～1996 年	1280

　　唐作藩、耿振生（1998）解釋【圖表 7－1】所傳達的意義，指出：「從 1978 年到 1996 年共十九年，發表的論文總數共計 2067 篇（按：其中有小部分是 1977 年以前未發表的成果），爲前七十七年的 2.8 倍。其中 1991 年一年的文章就有 263 篇，是 1950～1977 年二十八年的總和的兩倍多。這個數字對比充分顯示了漢語音韻學在近年的輝煌成就。」此外，李葆嘉（1998：228）則是統計 1952～1991 四十年間所發表的傳統聲韻學論文篇數：

【圖表 7－2】

時間	大　陸		台　灣		合　計	
1952～1959	30		16		46	
1960～1965	61	92	48	84	109	176
1966～1972	1		20		21	
1973～1977		1		24		25
1978	6					
1979	19					
1980	49	212		56		268
1981	56					
1982	82					
1983	85					
1984	134					
1985	101	600				
1986	101			141		741
1987	84					
1988	95					
1989	120		28			
1990	106	450	15	191		521
1991	224		19			
合計	1355		367		1722	

李葆嘉（1998）根據【圖表7－2】所列數據，將大陸與台灣地區聲韻學的發展分成幾個不同時期，所得到的結論是：「當代40年漢語音韻學的發展經歷了從培養後進、辛勤耕耘，到開花結果、學術繁榮的這一過程。」

但若仔細思索，不難發覺：唐作藩、耿振生（1998）與李葆嘉（1998：228）的看法存在著某些數字上的盲點，即單憑「論文篇數的多寡」來判定聲韻學的發展階段。事實上一個學科的發展趨勢如何，應當主要取決於「論文篇數的增長率」而非絕對篇數的多寡，就如同判斷一家公司的前景如何，不是只看營收總額的多寡，而是要看毛利率、營益率是否提升，是否能高於同業的平均值。就【圖表7－1】、【圖表7－2】觀察大陸地區聲韻學發展趨向，可知：1930、1940年代乃是常規科學時期，此時論文增長速度驚人——由1902～1922年時的25篇暴增至397篇，絕對篇數增長不多，但成長率卻達16倍之多；而後曾因政治環境影響而一度中輟，1980年代又形成另一個高峰，1990年代以後論文篇數雖仍不斷攀升，但增長率卻已出現下降的趨勢。

以下則依據何大安（1983）、姚榮松（1989）、王松木（1995）、江俊龍（2000）所列的統計數據，說明近二十年來台灣地區傳統聲韻學的研究現況：

【圖表7－3】

年代	上古音	中古音	近代音	聲韻學／總篇數	所佔比例
1977～1982	18	22	16	56／88	63.6％
1983～1988	19	41	29	89／216	41.2％
1989～1993	22	28	30	78／251	31％
1994～1998	32	44	53	129／352	36.6％

從【圖表7－3】可以隱約看出：在整個漢語音韻的研究範疇中，雖然論文總篇數逐年增長（由88篇擴增至352篇），但以書面文獻為研究對象的傳統聲韻學－上古音、中古音、近代音，在其中所佔的比例卻呈現出逐漸退縮的趨勢（約由63.6％下降至36.6％）；相較之下，以實際口語為研究對象的方言音韻研究正日漸擴充版圖，儼然已成為當代漢語音韻研究的主流。傳統聲韻學與方言音韻研究之間呈現出此消彼長的態勢，無論是大陸或是台灣地區，傳統聲韻學表面看來或仍處於顛峰狀態，但實際上已經日漸顯露疲態。

何以如此呢？一方面因傳統聲韻學的研究資料有限，無法如現代方言研究

那般可以不斷從現實口語中取得新的研究素材，而多年來學者不斷地積極從事著古代音系的重建與音值擬構，如《切韻》、《中原音韻》……等具有代表性的重要文獻，前人實已多所闡發，後繼者若仍執著於舊有的材料，則已不易再提出超邁前賢的成果；再者，由於研究方法趨向於一元化，無形中也使得傳統聲韻學的發展喪失了向上推升的動力。

二、研究人員未能有效擴增

科學共同體是推動學術發展的關鍵，一門學科是否能持續有效地吸引新血加入十分重要。根據竺家寧（1993）的統計，台灣地區近四十年來（1949～1990）培育出 25 位以傳統聲韻學爲研究主題的博士生，若去除 8 位外籍生則只剩 17 位，非但數量不多，且不能持續穩定的成長；而聲韻學會於 1982 年成立，1990 年時已有 130 位會員，至於會員人數是否逐年成長呢？由於缺乏相關數據，暫時闕如。

近來中華民國聲韻學會設立了優秀青年學人獎、大專學生聲韻學論文優秀獎，積極鼓勵、培育新的研究人才，但在若干中文系將聲韻學由必修改爲選修的利空衝擊下，是否真能吸引研究者加入傳統聲韻學的行列，繼續維持住聲韻學的盛況呢？則有待時間來證明。

除了論文篇數、研究人員不斷持續成長外，新觀點、新方法的提出更是維繫學科發展的最佳保證。但何謂「新觀點」、「新方法」呢？個人見解不同，難以客觀判定。傳統聲韻學是否能不斷有新觀念、新方法呢？從以下引錄自何大安（1983：12）的一段話中，或可得到某些啓示：

> 我認爲以漢語史而言，無論是上古音、中古音或近代音，我們的研究多半是平面的。把一批語料整理出來後，就其音類，略擬音值，就算完事。其實這樣是不夠的。我們要進一步探討每一時期音韻音韻結構的內部是如何運作的；從前一時期到後一時期，音韻變化都有哪些，先後的次序是怎麼樣的；我們應該要能寫出一步一步的演化程序，並掌握這些程序的語言學上的意義。也就是說，漢語音韻史的研究要立體化起來，要把它當活的語言看。若是平躺在桌子上，擬音不擬音，根本沒有什麼兩樣。進一步說，漢語音韻的研究，不但要提升到語言學的層次，從漢語本身提煉出語言的知識來。這樣

才談得上承先啓後，才談得上領導風氣。

雖然音韻學研究不斷有新的理論產生，如：王士元的「詞彙擴散論」、羅杰瑞與余靄芹等人的「普林斯頓假說」、橋本萬太郎的「語言地理類型學」、徐通鏘與王洪君的「疊置式音變」，乃至於近來西方流行的「自主音段理論」（autosegmental phonology）、「優選論」（optimality theory）……等，但這些新興的音韻理論，大多是從實際口語中所提煉出來的，對於側重共時研究的現代音韻學助益頗大；反觀以歷時現象爲研究主軸的傳統聲韻學，囿於書面文獻所反映出的是早已僵化的音韻形式，故未能順利地與這些西方音韻學的新理論接軌，是以多數研究者依舊是堅持著高本漢的研究典範，視音值擬測爲最重要的任務。儘管何大安呼籲研究者應當注重音變的程序及其所傳達的意義，但這也只是將原本平躺的一維平面改換成縱向、橫向對比的二維平面罷了，若眞正要將語言三維（3D）立體化，筆者以爲必得跳脫語言層面，將文獻語料置回初始的文化語境中，考慮到文化、社會……等相關的外在因素對音韻結構分析可能造成的影響。

第三節　尋找另一個新典範

目前許多聲韻學家仍普遍看好傳統聲韻學的後勢發展，但本文卻認爲其中已潛伏著「危機」，這豈不是「杞人憂天」、「危言聳聽」嗎？其實，唯有正視問題的癥結所在，才能尋找出解決問題的方案，也唯有常保危機意識才能再創傳統聲韻學的另一個高峰。以下即從研究的觀點與方法著眼，探尋未來可能產生的另一個新典範。

一、共性與殊性的爭論

不同民族的語言，彼此之間既有共性亦有殊性，理論上共性與殊性應當同時顧及，但在實際的研究過程中，不同學派的學者常因各人所根據的哲學預設不同、研究目的有別而有所偏重。現代西方語言界恪守喬姆斯基研究典範的學者，多數著眼於語言的共性，主張從語言的心理、生理層面入手，以發掘出人類普遍的語言機制爲最終目的。王洪君（1994：303）觀察西方音系學發展的歷程，亦主張漢語音韻學研究宜放寬視野，不應只是片面強調漢語的特點，並認爲中西音系理論差距擴大的原因在於未將焦點放在語言共性上，指出：

多年來漢語研究中一直有兩種傾向。一種是簡單地搬用西方普通語

言學來處理漢語，外文系出身的語言學者多取此路。另一種是強調漢語的特點，強調西方理論不足以處理漢語，中文系出身的漢學者或明白宣示，或心內思忖，實以此路爲多。……兩種傾向在某種意義上看有通病，就是其立足點實際上都只限於如何處理漢語，而不把人類語言的共性當作自己的任務。放棄對語言共性的探索，不僅使中國語言學逐漸落後於西方語言學，差距越拉越大，而且也很難眞正搞清楚漢語的特點。

基於語言共性，漢語音韻學得以同西方音系學理論接軌，一方面可以援引西方語言中提煉出來的各式理論來研究漢語，一方面則可根據漢語的特點來修補西方語言理論的缺漏。此一研究趨向在現代漢語音韻學中已廣泛被採用，且逐漸形成一股潮流。

然則，傳統聲韻學研究者卻主張應側重漢語的殊性，薛鳳生（1992：19）對此體認尤爲深刻：

中國聲韻學一開始就走上了音系研究的路子。在這方面，比西方學者早了差不多一千年。可惜這個了不起的成就，迄今未能得到世界學術界的公認。爲什麼呢？語言的隔閡當然是一個原因，但更重要的原因，是研究的動機與目標。只有充分瞭解中國音韻學目標的人，才能讚賞中國音韻學的優點。中國音韻學始終是人文科學的一部份，它可以（而且應該）採用數理邏輯等方法，但它始終是與經史詩文等密切聯繫著的；而當代的西方聲韻學，則是研究人類“語言機能”的一部份。有些人不明白這種目標上的差別，往往把它們混爲一談，因而説傳統聲韻學保守落後，進而生硬地採用所謂“先進的理論與方法”來分析漢語，結果反而將傳統聲韻學所反映的系統打亂了。這對中國聲韻學來説，是既不幸又不公平的。

傳統聲韻學根植於中國文化土壤，雖亦可藉由數理邏輯的方法加以探究，但其始終是人文學科的一部份（在四部分類中，音韻學歸屬於經部小學類），與中國歷史環境、文化背景、思維模式有著密不可分的關係，若逕以西方音系學的理論模式套用在韻圖研究上，勢必要扭曲漢語聲韻學的眞實原貌。二十世紀以來，傳統聲韻學研究幾乎全盤接受高本漢的觀點，學者將韻圖視爲反映實際語音的

音節表，至於某些無法展現實際語音的韻圖，則常被冠上"不科學"的罪名，從研究的清單中予以剔除。

試想：在「頭痛醫頭、腳痛醫腳」的西方醫學尚未傳入之前，中國老早就有一套講究「血氣通暢、陰陽調和」的醫學體系；在面對相同的病症時，西醫與中醫無論在病因、診療、用藥……等方面都有不同認知，可見中醫與西醫是兩個不同世界觀所衍生出來的產物，今人豈可站在西醫的立場來否定中醫的價值？同樣的道理，等韻學是中國傳統的音韻分析理論，比西方音系學理論要早上千年；等韻學不只是個描述語音的形式框架，更是等韻學家對音韻結構的主觀詮釋，與社會文化、哲學思想息息相關，又焉能持西方音系學的觀點來批判雜糅《易》理象數的等韻圖呢？

行筆至此，當可看出：本篇論文寫作模式實與薛鳳生（1992）的理念較為相合，主要著眼於漢語等韻學的殊性，運用符號學的分析理論，一方面梳理韻圖所反映的音韻結構，一方面探究韻圖與古人心理認知、中國文化間的相互關係，既非拘泥於細微的音值擬測，亦不同於以探究人類共通的語言本能的為宗旨的衍生音韻學（generative phonology）。

二、不同學科的橫向整合

漢語等韻學是由中華文化土壤所培育出來的奇葩，有其獨特的民族氣味，但如何能解釋特殊氣味產生的原因？必得從多方設想，跨足於其他相關的學科領域。古代學術領域通常沒有明確的界限，且在「全息思想」的制約下，古人將不同性質的學科相互交融亦屬常態。平田昌司對比古代、近代語言研究方法論的差異，指出：

> 二十世紀的各個學科都希望自律地發展，擺脫舊學的框架。例如研究中國語言學的學者大部分都願意為普通語言學做出一點貢獻，把主要的精力集中在語言的研究，不再兼顧文史（據說史語所也有不少人希望能設獨立的語言所，正跟近代學術潮流相呼應）。當然，這樣的學術態度有很大的優點，至少在語言事實方面"通"。但也有缺點，往往忽略一個文化體系的特點（我曾戲說，語言研究可以容納在廣義的禮學中。因為說話的就是人，人離不開一個文化系統）。……我們今後需要發展的方向，也許是縱、橫兩向平衡發展。

不過，極難。（附載於何大安（1993：726））

平田所謂的「縱橫兩向的平衡發展」或可進一步解釋爲：立足於語言共性的基礎上，結合不同學科的相關知識，以論證語言殊性產生的內在理據。

第四節　結尾——總結本文的研究模式

回顧漢語聲韻學的發展歷程，高本漢的古音擬測取代了清儒古韻分部至今已近一世紀，昔日的康莊大道走到今日卻也逐漸成爲羊腸小徑，在步入二十一世紀之時，傳統聲韻學是否也面臨了典範轉移的關鍵時刻了呢？若是一味耽溺於高本漢所關設的典範，仍以音值擬測爲最終目的，等到現有的書面文獻都被擬上音值之後，則傳統聲韻學極有可能就會步上清儒古韻分部的後塵。有鑑於此，本文改換不同的視角來審視韻圖，重新賦予等韻圖不同的意義，強調韻圖並非僅是客觀描寫語音的形式框架，更是表達主觀認知的詮釋系統，經過此種「格式塔」（Gestalt）的整體轉換之後，所有語料自然呈現出不同於以往的全新面貌。

在分析模式上，本文主要參酌符號學的原理，從韻圖、作者、音系三方面著眼，並特別側重作者的文化背景、哲學思想、社會環境……等因素對韻圖形制所產生的影響、對音韻分析所造成的制約；在研究方法上，特別強調將等韻圖置回初始的文化語境之中，唯有如此方能眞切瞭解韻圖的編撰動機，以及韻圖形制、音韻術語的內在理據。就好比面對一個未知的漢字，我們可以拆卸它的部件，藉以觀察字形的結構方式，亦可辨析其音素，瞭解音節的音段組合，但若欲精確解讀該字的確切意義，則必得從宏觀的角度入手，將漢字置入語句、篇章中，配合上下文義，方能得知其恰切的意涵。

此外，由於本文將韻圖重新定位爲：等韻學家分析音韻結構的主觀詮釋系統，而非僅是客觀描寫語音的形式框架。是以，在韻圖的類型的區分上，並不沿循過往以音系爲基準的分類方式，而改以作者之編撰目的爲分類依據，將明代韻圖總成「拼讀反切、辨明音值的音表」、「雜糅象數、闡釋音理的圖式」、「假借音韻、證成玄理的論著」三大類型。對於明代等韻學的歷時開展，則是根據韻圖的社會功能與文化屬性，梳理出四大支系：「僧徒轉唱佛經的對音字圖」、「士子科舉賦詩的正音字表」、「哲人證成玄理的象數圖式」、「西儒學習漢語的資助

工具」。如此，分別從類型學（橫向）、發生學角度（縱向）觀察，當可對明代韻圖有更深一層的認識。

現今學者多將韻圖抽離原來的文化語境，改以今日所謂「科學」立場，從微觀角度來解剖圖，無形中將音韻學的研究逐漸導引到窄巷中，過份拘泥於音值細微擬測的結果，常使人耗費大量心力去探究枝微末節的細瑣問題，傳統聲韻學因此而顯得危機四伏。若能改換視角，重新確認韻圖的人文屬性，將韻圖重新回歸至當時的文化語境中，思索韻圖的社會功能、文化屬性……等根本性的問題，則傳統聲韻學仍有可能再次煥發出時代光彩，甚至進一步開展出屬於漢語音韻學獨特的研究模式，不必再捨棄原本已有的特色而亦步亦趨地依循著西方音韻學的腳步。

參考書目

一、古籍原典

1. 〔北宋〕邵雍《皇極經世書》，鄭州：中州古籍，1993 年。

2. 〔南宋〕張行成《易通變》，《文淵閣本四庫全書・子部術數類》，台北：台灣商務。

3. 〔南宋〕祝泌《皇極經世解起數訣》，《文淵閣本四庫全書・子部術數類》，台北：台灣商務。

4. 〔明〕章黼《重刊併音連聲韻學集成》（首都圖書館藏明萬曆六年維揚資政左室刻本），《四庫全書存目叢書・經部小學類》208 冊，台南：莊嚴，1997 年。

5. 〔明〕陶承學、毛曾《併音連聲字學集要》（浙江圖書館藏明萬曆二年周恪刻本），《續修四庫全書・經部小學類》259 冊，上海：上海古籍，1995 年。

6. 〔明〕濮陽淶《元聲韻學大成》（浙江圖書館藏明萬曆二十六年書林鄭雲竹刻本），《四庫全書存目叢書・經部小學類》208 冊，台南：莊嚴，1997 年。

7. 〔明〕葉秉敬《韻表》（北京大學圖書館藏萬曆三十三年刻本），《續修四庫全書・經部小學類》255 冊，上海：上海古籍，1995 年。

8. 〔明〕呂維祺《音韻日月燈》（天津圖書館藏崇禎六年楊文驄刻本），《續修四庫全書・經部小學類》252 冊，上海：上海古籍，1995 年。

9. 〔明〕王應電《同文備考・聲韻會通》中央研究院史語所傅斯年圖書館藏刻本。

10. 〔明〕吳元滿《萬籟中聲》國家圖書館善本書室藏明萬曆刻本。

11. 〔明〕不知撰人《韻法直圖》國家圖書館善本書室藏明江東梅氏刻本。

12. 〔明〕李世澤《韻法橫圖》 國家圖書館善本書室藏明萬曆四十三年江東梅氏刻本。

13. 〔明〕桑紹良《青郊雜著》（北京大學圖書館藏明萬曆桑學夔刻本），《續修四庫全書・經部小學類》255 冊，上海：上海古籍，1995 年。

14. 〔明〕李登《書文音義便考私編》(北京故宮博物院圖書館藏明萬曆十五年陳邦泰刻本),《續修四庫全書・經部小學類》251 冊,上海:上海古籍,1995 年。

15. 〔明〕金尼閣《西儒耳目資》(北京大學圖書館藏武林李衛藏本),《續修四庫全書・經部小學類》259 冊,上海:上海古籍,1995 年。

16. 〔明〕蕭雲從《韻通》(北京圖書館藏清抄本),《續修四庫全書・經部小學類》257 冊,上海:上海古籍,1995 年。

17. 〔明〕徐孝《重訂司馬溫公等韻圖經》(西北師範大學圖書館藏萬曆三十年張元善刻本),《四庫存目叢編・經部小學類》193 冊,台南:莊嚴,1997 年。

18. 〔明〕呂坤《交泰韻》(南京圖書館藏明末胡正言十竹齋刻本),《續修四庫全書・經部小學類》251 冊,上海:上海古籍,1995 年。

19. 〔明〕袁子讓《字學元元》(上海圖書館藏明萬曆三十一年刻本),《續修四庫全書・經部小學類》255 冊,上海:上海古籍,1995 年。

20. 〔明〕喬中和《元韻譜》(北京圖書館分館藏清康熙梅墅石渠閣刊本),《續修四庫全書・經部小學類》256 冊,上海:上海古籍,1995 年。

21. 〔明〕方以智《通雅・切韻聲原》(清康熙五年姚文燮浮山此藏軒刻本),北京:中國書店,1990 年。

22. 〔明〕方孔炤《周易時論合編》(北京大學圖書館藏清順治十七年刻本),《續修四庫全書・經部易類》15 冊,上海:上海古籍,1995 年。

23. 〔明〕釋真空《新編篇韻貫珠集》(北京大學圖書館藏明弘治十一年刻本),《四庫存目叢編・經部小學類》213 冊,台南:莊嚴,1997 年。

24. 〔明〕趙宧光《悉曇經傳》(南京圖書館藏刻本),台北:新文豐(饒宗頤 編著,1999)。

25. 〔明〕趙撝謙《皇極聲音文字通》(廣州中山大學圖書館藏明抄本),《續修四庫全書・經部小學類》254 冊,上海:上海古籍,1995 年。

26. 〔明〕趙撝謙《六書本義》,《文淵閣本四庫全書・經部小學類》228 冊,台北:臺灣商務印館。

27. 〔明〕陳藎謨《皇極圖韻》(河南省圖書館藏明崇禎五年石經草堂刻本),《四庫全書存目叢書・經部小學類》214 冊,台南:莊嚴,1997 年。

28. 〔明〕陳藎謨《元音統韻》(山東省圖書館藏清康熙五十三年范廷瑚刻本),《四庫全書存目叢書・經部小學類》215 冊,台南:莊嚴,1997 年。

29. 〔明〕吳繼仕《音聲紀元》(北京圖書館藏明萬曆刻本),《續修四庫全書・經部小學類》254 冊,上海:上海古籍,1995 年。

30. 〔明〕葛中選《泰律篇》(中國藝術研究院音樂研究所資料館藏明刻本),《續修四庫全書・經部樂類》114 冊,上海:上海古籍,1995 年。

31. 〔明〕熊人霖《律諧》,北京大學圖書館藏抄本。

32. 〔明〕沈寵綏《度曲須知》古典戲曲聲樂論著叢編第五種(傅惜華 編) 北京:人民音樂,1983 年。

33. 〔明〕李文利《大樂律呂元聲》（浙江圖書館藏明嘉靖十四年布政司刻本），《四庫全書存目叢書‧經部樂類》182 冊，台南：莊嚴，1997 年。

34. 〔清〕方中履《古今釋疑》（中國科學院圖書館藏清康熙汗青閣刻本），《續修四庫全書‧子部》99 冊，上海：上海古籍，1995 年。

35. 〔清〕潘耒《類音》（上海辭書出版社圖書館藏清雍正潘氏遂初堂刻本），《續修四庫全書‧經部小學類》258 冊，上海：上海古籍，1995。

36. 〔清〕潘咸《音韻原流》（上海圖書館藏清抄本），《四庫全書存目叢書‧經部小學類》220 冊，台南：莊嚴，1997 年。

37. 〔清〕劉獻廷《廣陽雜記》，北京：中華，1957 年。

38. 〔清〕江永《音學辨微》（湖北省圖書館藏清乾隆二十四年刻本），《續修四庫全書‧經部小學類》253 冊，上海：上海古籍，1995 年。

39. 〔清〕裕恩《音韻逢源》（北京大學圖書館藏清道光聚珍堂刻本），《續修四庫全書‧經部小學類》258 冊，上海：上海古籍，1995。

40. 〔清〕熊士伯《等切元聲》台灣師範大學圖書館藏康熙四十三年尚友堂刊本。

41. 〔清〕賈存仁《等韻精義》台灣師範大學圖書館乾隆四十年河東賈氏家塾定本。

42. 〔清〕李汝珍《李氏音鑑》台灣師範大學圖書館同治戊辰年重修木樨山房藏板。

43. 〔清〕陳澧《切韻考》，《續修四庫全書‧經部小學類》253 冊，上海：上海古籍，1995 年。

44. 〔清〕勞乃宣《等韻一得》，台灣師範大學圖書館藏光緒戊戌年吳橋官廨刻本。

45. 〔清〕謝啓昆《小學考》，台北：藝文，1974 年。

46. 中國科學院圖書館整理《續修四庫全書總目提要‧經部》（下冊），北京：中華，1993 年。

47. 〔日〕高楠順次郎 等編《大正原版大藏經‧悉曇部》（第八十四冊），台北：新文豐。

48. 藝文印書館編《等韻五種》，台北：藝文。

二、傳記資料

1. 王煜《明清思想家論集》，台北：聯經，1981 年。

2. 任道斌《方以智年譜》，合肥：安徽教育，1983 年。

3. 邢兆良《朱載堉評傳》，南京：南京大學，1998 年。

4. 金吾倫《托馬斯‧庫恩》，台北：遠流，1994 年。

5. 唐明邦《邵雍評傳》，南京：南京大學，1998b 年。

6. 馬濤《呂坤思想研究》，北京：當代中國，1993 年。

7. 陳高春《中國語文學家辭典》，新鄉：河南人民，1986 年。

8. 〔法〕費賴之（Aloys Pfister）《入華耶穌會士列傳》，台北：商務（馮承鈞 譯，1960，臺一版），1938 年。

9. 鄭涵《呂坤年譜》，鄭州：中州古籍，1985 年。

10. 劉君燦《方以智》，台北：東大，1988 年。

11. 戴念組《朱載堉─明代的科學和藝術巨星》，北京：人民，1986 年。

12. 羅熾《方以智評傳》，南京：南京大學，1998 年。

三、象數學、文化史與科學思想之相關論著

1. 〔美〕孔恩（Thomas Kuhn）《科學革命的結構》，台北：遠流（王道環等譯，1994年），1962 年。

2. 王存臻、顏春友《宇宙全息統一論》，濟南：山東人民，1988 年。

3. 王前〈李約瑟對中國傳統思維方式研究的貢獻〉，《自然辯證法通訊》2：52～57，1996 年。

4. 王前〈中國傳統科學中"取象比類"的實質和意義〉，《自然科學史研究》4：297～303，1997 年。

5. 王樹人、喻柏林〈論《周易》的整體思維特徵〉，《中國社會科學研究生院學報》4：23～32，1995 年。

6. 方豪《中西交通史》，台北：文化大學，1983 年。

7. 〔美〕F. 卡普拉（F. Capra）1991 年《物理學之"道"──近代物理學與東方神秘主義》，北京：北京大學（朱潤生 譯，1999 年）。

8. 朱伯崑《〈周易〉知識通覽》，濟南：齊魯書社，1993 年。

9. 朱伯崑《易學哲學史》，北京：華夏，1995 年。

10. 江曉原《天學真原》，瀋楊：遼寧教育，1991 年。

11. 呂理政《天、人、社會──試論中國傳統的宇宙認知模型》，台北：中央研究院民族學研究所，1990 年。

12. 李申〈邵雍的《皇極經世書》〉，《周易研究》2：22～30，1989 年。

13. 李申《易學與易圖》，瀋陽：瀋陽出版社，1997 年。

14. 李英明《科學社會學》，台北：桂冠，1989 年。

15. 〔英〕李約瑟（Joseph Needham）《中國古代科學思想史》，南昌：江西人民，1990年。

16. 李零《中國方術考》，北京：中國人民，1993 年。

17. 李醒民〈科學革命的語言根源〉，《自然辯證法通訊》4：11～19，1991 年。

18. 何丙郁〈易數與傳統科學的關係〉，《史語所集刊》60.3：493～505，1989 年。

19. 何炳棣〈儒家宗法模式的宇宙本體論──從張載的《西銘》談起〉，《哲學研究》12：64～69，1998 年。

20. 沈福偉《中西文化交流史》，台北：東華，1989 年。

21. 吳國盛〈自然哲學的復興〉，《自然哲學》1：10～49，北京：中國社會科學，1994年。

22. 余英時〈方中履及其《古今釋疑》——跋影印本所謂「黃宗羲《授書隨筆》」〉,《雜著秘笈叢刊》11:1～22,1971 年。

23. 余英時 1976 年《歷史與思想》,台北:聯經,1994 年。

24. 林德宏、張相輪《東方的智慧——東方自然觀與科學的發展》,台北:理藝,1995 年。

25. 季羨林〈關於"天人合一"思想的再思考〉,《中國文化》9:8～17,1994 年。

26. 季羨林〈對 21 世紀人文學科建設的幾點意見〉,《文史哲》1:7～16,1998 年。

27. 俞曉群、王前 1994 年〈兩種"萬物皆數"觀念及其對科學發展的影響〉,《自然辯證法通訊》4:45～51。

28. 胡化凱〈五行說——中國古代的符號體系〉,《自然辯證法通訊》3:48～57,1995 年。

29. 胡京國〈淺論邵雍宇宙系統論的哲學意義〉,《深圳大學學報》4:52～62,1996 年。

30. 〔美〕洛倫茲(Edward N. Lorenz)《混沌的本質》,北京:氣象(劉式達 等譯,1997 年),1993 年。

31. 〔德〕麥爾(Ernst Mayr)《看!這就是生物學》,台北:天下文化(涂可欣 譯,1999 年),1997 年。

32. 唐明邦〈科學家方以智的自然哲學〉,《武漢大學學報》5:41～46,1987 年。

33. 唐明邦〈象數思維管窺〉,《周易研究》4:52～57,1998a 年。

34. 孫宏安〈科學史研究的一個方法論原則〉,《自然辯證法通訊》5:62～65,1991 年。

35. 黃壽祺、張善文《〈周易〉譯註》,台北:漢京,1992 年。

36. 張祖貴《數學與人類文化發展》,廣州:廣東人民,1995 年。

37. 張善文《歷代易學與易學要籍》,福州:福建人民,1998 年。

38. 張德鑫《數裡乾坤》,北京:北京大學,1999 年。

39. 黃一農、張志誠〈中國傳統候氣說的演進與衰頹〉,《清華學報》新 23 卷第 2 期:125～147,1993 年。

40. 黃俊傑〈思想史方法論的兩個側面〉,《史學方法論叢》:243～301,台北:學生,1977 年。

41. 陳伉《東方大預言—邵雍易學研究》,西寧:青海人民,1999 年。

42. 陳進傳〈峰迴路轉—明代的科技〉,《格物與成器》:225～283,台北:聯經,1982 年。

43. 陳衛平《第一頁與胚胎—明清之際的中西文化比較》,上海:上海人民,1992 年。

44. 〔美〕郭穎頤《中國現代思想中的唯科學主義(1900～1950)》,上海:江蘇人民(雷頤 譯),1998 年。

45. 〔美〕普利高津(Ilya Prigogine)《混沌中的秩序》,台北:結構群(沈力 譯),1990

年。

46. 萬丹〈庫恩科學語言觀的轉變——對不可通約性的一種解說〉,《湘潭大學學報》3: 14～16,1998 年。

47. 舒煒光、邱仁宗《當代西方科學哲學述評》,台北:水牛(二版),1996 年。

48. 〔美〕葛雷易克(James Gleick)《混沌》,台北:天下文化(林和 譯,1985 二版), 1991 年。

49. 董光壁《易學科學史綱》,武漢:武漢出版社,1993 年。

50. 董光壁〈中國自然哲學大略〉,《自然哲學》1:254～300,北京:中國社會科學, 1994 年。

51. 董光壁《易學與科技》,瀋陽:瀋陽出版社,1997 年。

52. 楊樹帆《周易符號思維模型論》,成都:四川人民,1998 年。

53. 楊儒賓、黃俊傑《中國古代思維方式探索》,台北:正中,1996 年。

54. 翟廷晉《周易與華夏文明》,上海:上海人民,1998 年。

55. 蒙培元〈論中國傳統思維方式的基本特徵〉1988 年。,《中國哲學主體思維》:182 ～196,北京:東方,1993 年,

56. 鄢良《三才大觀——中國象數學源流》,北京:華藝,1993 年。

57. 蔣國保〈方以智《易》學思想散論〉1986 年。,《周易研究論文集》第三輯:489 ～503,北京:北京師大,1990 年,

58. 蔣國保〈方以智與《周易圖像幾表》〉,《周易研究》2:34～41,1990 年。

59. 潘雨廷〈邵雍與《皇極經世》的結構思想〉,《周易研究》4:5～16,1994 年。

60. 劉文英〈中國傳統哲學的名象交融〉,《哲學研究》6:27～53,1999 年。

61. 劉君燦《談科技思想史》,台北:明文,1986 年。

62. 劉長允《步入神秘的殿堂——從全息角度看〈周易〉》,北京:中國廣播電視,1991 年。

63. 劉長林《中國系統思維》,北京:中國社會科學,1990 年。

64. 〔美〕黛安娜・克蘭(Diana Crane)《無形學院》,北京:華夏(劉珺珺、顧昕、 王德祿 合譯,1988 年),1972 年。

65. 戴念組《中國聲學史》,石家莊:河北教育,1994 年。

66. 顏澤賢《現代系統論》,台北:遠流,1993 年。

四、現代音韻學及語言學相關論著

1. 丁邦新〈《問奇集》所記之明代方音〉,《中央研究院成立五十年紀念論文集》:577 ～592,1978 年。

2. 丁邦新〈十七世紀以來北方官話之演變 〉,《近代中國區域史研討會論文集》:5～ 15,南港:中央研究院,1986 年。

3. 〔日〕太田辰夫〈關於漢兒言語——試論白話發展史〉,《漢語史通考》:181～211,

重慶：重慶出版社（江藍生、白國維 譯，1991 年），1953 年。

4. 文旭〈國外認知語言學研究綜觀〉，《外國語》1：34～40，1999 年。

5. 王力〈三百年前河南寧陵方音考〉，1927 年，《王力文集》第 18 卷：588～597，濟南：山東教育，1991 年。

6. 王力《漢語語音史》，濟南：山東教育（《王力文集》第 10 卷），1987 年。

7. 王力《清代古音學》，北京：中華，1992 年。

8. 王平〈《五方元音》的韻部研究〉，《鄭州大學學報》5：40～43，84，1996 年。

9. 王兆鵬〈論科舉考試與韻圖〉，《山東師大學報》1：60～63，1991 年。

10. 王兆鵬〈試論唐代科舉考試的詩賦限韻與早期韻圖〉，《漢字文化》2：11～14，5，1999a 年。

11. 王兆鵬〈試論宋元科舉考試與韻圖〉，《漢字文化》3：28～30，1999b 年。

12. 王松木《《西儒耳目資》所反映的明末官話音系》，嘉義中正大學中文所碩士論文，1994 年。

13. 王松木〈台灣地區漢語音韻學研究論著選介 1989～1993〉，《漢學研究通訊》55：239～242，56：336～339，57：87～93，1995 年。

14. 王松木〈敦煌《俗物要名林》殘卷及其反切結構〉，第五屆國際暨第十四屆全國聲韻學研討會論文，pp.233～252，新竹：新竹師院，1996 年。

15. 王邦維〈鳩摩羅什《通韻》考疑暨敦煌寫卷 S.1344 號相關問題〉，《中國文化》7：71～75，1992 年。

16. 王邦維〈謝靈運《十四音訓敘》輯考〉，《國學研究》3：275～299，1995 年。

17. 王洪君〈漢語的特點與語言的普遍性——從語言研究的立足點看中西音系理論的發展〉，《綴玉二集》：303～314，北京：北京大學，1994 年。

18. 王洪君《漢語非線性音系學》，北京：北京大學，1999 年。

19. 王健庵〈論"内外轉"的真義與《切韻》音系的性質〉，《安徽大學學報》4：79～86，1989 年。

20. 王嘉齡〈優選論〉，《國外語言學》1：1～4，1995 年。

21. 王嘉齡〈音系學和認知科學〉，《國外語言學》2：1～4，1997 年。

22. 王勤學〈《心中之身：意義、想像和理解的物質基礎》評介〉，《國外語言學》1：24～27，1996 年。

23. 王顯〈等韻學和古韻〉，《音韻學研究》3：72～79，1994 年。

24. 孔仲溫《《韻鏡》研究》，台北：學生，1987 年。

25. 石毓智〈《女人、火和危險事物—範疇揭示了思維的什麼奧秘》〉，《國外語言學》2：17～22，1995 年。

26. 包智明〈從晉語分音詞看介音的不對稱性〉，《中國語言學論叢》第一輯：67～77，1997 年。

27. 史有為〈語言中的人和意義——語言的起點思考〉，《語文研究》2：1～8，1999

年。

28. 史存直《漢語音韻學論文集》,上海:華東師範大學,1997 年。

29. 〔美〕史迪芬·平克(Steven Pinker)《語言本能》,台北:商周(洪蘭 譯),1998 年。

30. 〔日〕古屋昭弘〈《賓主問答釋疑》的音系〉,《音韻學研究通訊》15:26～40(劉麗川譯,1990 年),1988 年。

31. 〔日〕平山久雄〈敦煌《毛詩音》殘卷反切的結構特點〉,《古漢語研究》3:1～11,1990 年。

32. 〔日〕平山久雄〈北京文言音基礎方言裡入聲的情況〉,《語言研究》1:107～113,1995 年。

33. 〔日〕平田昌司〈"審音"與"象數"——皖派音學史稿序說〉,《均社論叢》9:34～60,1979 年。

34. 〔日〕平田昌司〈《皇極經世聲音唱和圖》與《切韻指掌圖》——試論語言神秘思想對宋代等韻學的影響〉,《東方學報》56:179～215,1984 年。

35. 〔日〕平田昌司〈唐宋科舉制度轉變的方言背景——科舉制度與漢語史第六〉,《吳語與閩語的比較研究》:134～151,上海:上海教育,1995 年。

36. 〔日〕平田昌司〈《廣韻》與《切韻》——科舉制度與漢語史第五〉,語文、性情、義理——中國文學的多層面探討國際學術會議論文,台北:台灣大學,1996 年。

37. 申小龍〈論漢語史的研究傳統及其方法更新〉,《復旦學報》6:47～53,1985 年。

38. 申小龍〈關於語言本體論和語言學方法論的對話〉,《北方論叢》1:52～62,1989 年。

39. 申小龍《中國文化語言學》,長春:吉林教育,1990 年。

40. 申小龍《文化語言學》,南昌:江西教育,1993 年。

41. 申小龍〈佛教文化與中國語文傳統的理論與方法〉,《漢字文化》3:8～19,1995a 年。

42. 申小龍〈當代中國理論語言學的世紀變革〉,《華東師大學報》4:82～87,1995b 年。

43. 申小龍〈西學東漸與中國語言學范式變革〉,《杭州大學學報》4:44～54,1998 年。

44. 〔日〕吉田久美子年〈《合併字學集韻》的疑母〉,《漢字文化》2:15～20。

45. 江俊龍〈台灣地區漢語音韻研究論著選介 1994～1998〉,《漢學研究通訊》19.1:149～168,2000 年。

46. 朱永鍇〈"藍青官話"說略〉,《語文研究》2:56～60,1998 年。

47. 朱曉農〈古音學始末——關於漢語歷史音韻研究史的分期問題〉,《中國語言學發展方向》:58～90,北京:光明日報,1989 年。

48. 伍鐵平《語言學是一門領先的科學》,北京:北京語言學院,1994 年。

49. 伍鐵平《語言和文化評論集》，北京：北京語言文化大學，1997 年。

50. 何大安〈近五年來台灣地區漢語音韻研究論著選介 1977～1982〉，《漢學研究通訊》2.1：5～13，1983 年。

51. 何大安〈從中國傳統論漢語方言研究的過去、現在與未來〉，《史語所集刊》63.4：713～731，1993 年。

52. 何九盈《中國古代語言學史》，廣州：廣東教育，1995a 年。

53. 何九盈《中國現代語言學史》，廣州：廣東教育，1995b 年。

54. 束定芳〈試論現代隱喻學的研就究目標、方法和任務〉，《外國語》1：9～16，1996 年。

55. 呂朋林〈清代官話讀本研究〉，《古籍整理研究學刊》3：55～63，1986 年。

56. 李兵〈優選論的產生、基本原理與應用〉，《現代外語》3：71～91，1998 年。

57. 李幼蒸《理論符號學導論》，北京：中國社會科學，1993 年。

58. 李思敬《漢語"儿"〔ã〕音史研究》，北京：商務（增訂版），1994 年。

59. 李國華〈雲南省館藏音韻學著作綜述〉，《雲南民族學報》4：88～92，1992 年。

60. 李崇寧〈李朝初期之韻書刊行〉，《清華學報——慶祝李濟先生七十歲論文集》：65～73，1965 年。

61. 李開《漢語語言研究史》，南京：江蘇教育，1993 年。

62. 李葆嘉〈論漢語史研究的理論模式及其文化史觀〉，《混成與推移——中國語言的文化歷史闡釋》：65～112，台北：文史哲（1998 年），1994 年。

63. 李葆嘉〈論漢語史研究的理論模式〉，《語文研究》4：9～15，1995 年。

64. 李葆嘉〈中國語的歷史與歷史的中國語〉，《混成與推移——中國語言的文化歷史闡釋》：21～63，台北：文史哲（1998 年），1996 年。

65. 李葆嘉《當代中國音韻學》，廣州：廣東教育，1998 年。

66. 李新魁〈論近代漢語共同語的標準音〉，1980 年，《李新魁語言學論集》：146～162，北京：中華，1994 年。

67. 李新魁《漢語等韻學》，北京：中華，1983 年。

68. 李新魁〈漢語音韻學研究概況及展望〉，1984 年，《李新魁語言學論集》：459～493，北京：中華，1994 年。

69. 李新魁〈說內外轉〉，《音韻學研究》2：249～256，北京：中華，1986 年。

70. 李新魁〈漢語共同語的形成和發展〉，1987 年，《李新魁自選集》：266～295，鄭州：河南教育，1993 年。

71. 李新魁〈論明代之音韻學研究〉，1992 年，《李新魁音韻學論集》506～536，汕頭：汕頭大學，1997 年。

72. 李新魁 1993a 年〈四十年來的漢語音韻研究〉，《中國語文研究四十年紀念文集》：301～307，北京：北京語言學院。

73. 李新魁 1993b 年《韻學古籍述要》，西安：陝西人民（與麥耘合編）。

74. 李新魁 1994 年〈《起數訣》研究〉,《音韻學研究》3:1～41。

75. 李新魁〈梵學的傳入與漢語音韻學的發展〉,1996 年,《李新魁音韻學論文集》:461～505,汕頭:汕頭大學,1997 年。

76. 李智強〈生成音系學的音節理論〉,《外語教學與研究》4:4～11,1997 年。

77. 李榮《切韻音系》,台北:鼎文,1973 年。

78. 李榮〈漢語方言的分區〉,《方言》4:241～259,1989 年。

79. 李維琦《〈中國音韻學研究〉述評》,長沙:岳麓,1995 年。

80. 吳宗濟、林茂燦《實驗語音學概要》,北京:高等教育,1989 年。

81. 吳孟雪〈明清歐人對中國語言文字的研究〉,《文史知識》1:42～48,2:40～45,3:55～60,5:101～107,1993 年。

82. 吳聖雄〈《同文韻統》所反映的近代北方官話〉,《國文學報》15:195～222,1986 年。

83. 吳聖雄〈張麟之《韻鏡》所反映的宋代音韻現象〉,《聲韻論叢》8:245～274,1998 年。

84. 沈小喜〈"訓民正音"表音文字的創製與應用〉,《語苑擷英》:216～236,北京:北京語言文化大學,1998 年。

85. 沈家煊〈語言研究中的認知觀〉,《國外語言學》4:1～6（R. W. Langacker 著）,1991 年。

86. 沈家煊〈R. W. Langacker 的"認知語法"〉,《國外語言學》1:12～2,1994 年。

87. 宋韻珊《〈韻法直圖〉與〈韻法橫圖〉音系研究》,高雄師大國文所碩士論文,1994 年。

88. 〔日〕佐佐木猛《〈交泰韻〉的研究‧序說》,《均社論叢》14:5～17,1983 年。

89. 〔韓〕金薰鎬《〈西儒耳目資〉的成書及其體制》,《河北學刊》4:76～82,1994 年。

90. 林平和《明代等韻學之研究》,台北政治大學中文所博士論文,1975 年。

91. 林光明《梵字悉曇入門》,台北:嘉豐,1999 年。

92. 林書武〈國外隱喻研究綜觀〉,《外語教學與研究》1:11～19,1997 年。

93. 林華東〈關於歷史比較語言學在漢語史研究中思考〉,《中國語研究》35:13～17,1993 年。

94. 林慶勳〈試論合聲切法〉,《漢學研究》5.1:29～50,1987 年。

95. 林慶勳〈論《詩詞通韻》與《等切元聲》的合聲切〉,《第四屆清代學術研討會》:243～257,高雄:中山大學,1995 年。

96. 林燾〈日母音值考〉,《燕京學報》新 1:403～418,1995 年。

97. 林燾〈從官話、國語到普通話〉,《語文建設》10:6～8,1998 年。

98. 竺家寧〈《音學辨微》在語言學上的價值〉,1978 年,《音韻探索》:227～242,台北:學生,1995 年。

99. 竺家寧〈論皇極經世聲音唱和圖之韻母系統〉,《淡江學報》20：297～307,1983年。

100. 竺家寧《古今韻會舉要的語音系統》,台北：學生,1986年。

101. 竺家寧〈佛教傳入與等韻圖的興起〉,《國際佛學研究年刊》創刊號：251～263,1991年。

102. 竺家寧《聲韻學》,台北：五南（二版）,1992年。

103. 竺家寧〈台灣近四十年來的音韻學研究〉,《中國語文》1：23～32（北京）,1993年。

104. 竺家寧〈近代音史上的舌尖韻母〉,《近代音論集》：223～239,台北：學生,1994年。

105. 竺家寧《古漢語複聲母論文集》,北京：北京語言文化大學（與趙秉璇合編）,1998年。

106. 李永海〈清代滿漢音韻書三種〉,《滿語研究》2：64～71,1991年。

107. 李永海〈漢語儿化音的發生與發展〉,《民族語文》5：19～30,1999年。

108. 金有景〈漢語史上〔ï〕音的產生年代〉,《徐州師大學報》3：57～60,1998年。

109. 金基石〈朝鮮對音文獻淺論〉,《民族語文》5：9～18,1999年。

110. 侍建國〈官話德、陌、麥三韻入聲字音變〉,《方言》3：201～207,1996年。

111. 侍建國〈官話語音的地域層次及其歷史因素〉,《史語所集刊》69.2：399～421,1998年。

112. 〔日〕岩田憲幸〈清代後期的官話音〉,《中國語史的資料與方法》：389～433,1994年。

113. 邵榮芬《中原雅音研究》,濟南：山東人民,1981年。

114. 邵榮芬〈《韻法橫圖》與明末南京方音〉,《漢字文化》3：25 ～47,1998年。

115. 周一良〈中國的梵文研究〉,《唐代密宗》：141～156,上海：上海遠東（1996年）,1944年。

116. 周光慶〈二十世紀訓詁學研究的得失〉,《華中師大學報》2：32～44,1999年。

117. 周有光〈劉獻廷和他的《新韻譜》〉,《語言論文集》：261～267,北京：商務,1985年。

118. 周法高《論中國語言學》,香港：中文大學,1980年。

119. 周斌武《漢語音韻學史略》,合肥：安徽教育,1987年。

120. 周祖謨〈宋代汴洛語音考〉,《問學集》：581～655,北京：中華,1942年。

121. 胡奇光《中國小學史》,上海：上海人民,1987年。

122. 胡壯麟〈語言‧認知‧隱喻〉,《現代外語》4：50～57,1997年。

123. 胡樸安《中國訓詁學史》,台北：台灣商務,1982年。

124. 俞光中〈說內外轉〉,《音韻學研究》2：257～276,北京：中華,1986年。

125. 俞敏〈等韻溯源〉,《音韻學研究》1：402～413,北京：中華,1984年。

126. 侯精一〈清人正音書三種〉,《中國語文》1:64～68,1980 年。

127. 姚小平〈古印度語言文化二題〉,《外語教學與研究》1:30～35,1993 年。

128. 姚小平〈語言學史學基本概念闡釋〉,《外語教學與研究》3:8～14,1996a 年。

129. 姚小平〈西方人眼中的中國語言學史〉,《國外語言學》3:339～48,1996b 年。

130. 姚小平〈17～19 世紀的德國語言學和中國語言學——中國語言學史斷代比較研究〉,《外語教學與研究》3:71～73,1997 年。

131. 姚小平〈考據學與科學語言學——梁啓超、胡適論中國傳統語言研究方法〉,《外語教學與研究》2:17～22,1999 年。

132. 姚榮松〈近五年來台灣地區漢語音韻學研究論著選介 1983～1988〉,《漢學研究通訊》8.1:1～5:8.2:90～97,1989 年。

133. 姜聿華〈佛教文化對中國傳統語言學的影響〉,《古漢語研究》增刊:52～56。

134. 〔瑞典〕高本漢(Bernhard Karlgren)1940 年《中國音韻學研究》,北京:商務(趙元任 羅常培 李方桂 合譯,1995 年),1993 年。

135. 袁家驊《漢語方言概要》,北京:文字改革(第二版),1989 年。

136. 袁毓林〈關於認知語言學的理論思考〉,《中國社會科學》1:183～198,1994 年。

137. 袁毓林〈認知科學背景上的語言研究〉,《國外語言學》2:1～12,1996 年。

138. 袁毓林〈語言信息的編碼和生物信息的編碼之比較〉,《當代語言學》2:15～23,1998 年。

139. 孫天心〈語言的明晰性〉,《思與言》26.2:199～214,1988 年。

140. 孫汝建〈中國爲何沒有語言學流派?〉,《雲夢學刊》1:83～87,1991 年。

141. 桂詩春、寧春岩《語言學方法論》,北京:外語教學與研究,1997 年。

142. 徐烈炯〈Chomsky 的心智主義語言觀〉,《國外語言學》1:8～13,1993 年。

143. 徐通鏘《歷史語言學》,北京:商務,1991 年。

144. 徐通鏘《語言論——語義型語言的結構原理和研究方法》,長春:東北師範大學,1997 年。

145. 徐通鏘、陳保亞〈二十世紀的中國歷史語言學〉,《二十世紀的中國語言學》:225～294,北京:北京大學,1998 年。

146. 唐作藩〈《四聲等子》研究〉,《語言文字學術論文集》:291～312,上海:知識,1989 年。

147. 唐作藩〈關於"等"的概念〉,《音韻學研究》3:158～161,1994a 年。

148. 唐作藩〈論清代古音學的審音派〉,1994b 年,《北京大學百年國學文粹·語言文獻卷》:216～222,1998 年。

149. 唐作藩〈江永的音韻學與歷史語言學〉,第六屆國際暨第十七屆全國聲韻學學術研討會,台北:台灣大學,1999 年。

150. 唐作藩、耿振生〈二十世紀的漢語音韻學〉,《二十世紀的中國語言學》:1～52,北京:北京大學,1998 年。

151. 耿振生〈《青郊雜著》作者籍貫考〉,《中國語文》2：144～145,1987年。

152. 耿振生〈《漢語等韻學》讀後記〉,《中國語文》5：385～387,1989年。

153. 耿振生〈《青郊雜著》音系簡析〉,《中國語文》5：374～379,1991年。

154. 耿振生《明清等韻學通論》,北京：語文,1992年。

155. 耿振生〈論近代書面音系研究方法〉,《古漢語研究》4：44～52,21,1993年。

156. 耿振生〈傳統音韻學與中國古代哲學〉,《漢語言文化論叢》：66～79。

157. 耿振生〈明代學術思想變遷與明代音韻學的發展〉,第六屆國際暨第十七屆全國聲韻學學術研討會,台北：台灣大學,1999年。

158. 時建國〈《切韻聲源》列圖校字〉,《古籍研究》4：98～10,1,1995年。

159. 時建國〈《切韻聲源》術語通釋〉,《古漢語研究》1：8～11,7,1996年。

160. 崇岡〈漢語音韻學的回顧和前瞻〉,《語言研究》2：10,1982年。

161. 黃典城《漢語語音史》,合肥：安徽教育,1993年。

162. 黃坤堯《音義闡微》,上海：上海古籍,1997年。

163. 黃笑山〈《文泰韻》的零聲母和聲母〔v〕〉,《廈門大學學報》3：120～126,1990年。

164. 黃笑山〈利瑪竇所記的明末官話聲母系統〉,《新疆大學學報》3：100～107,1996年。

165. 黃學堂《方以智〈切韻聲原〉研究》,高雄師大國文所碩士論文,1989年。

166. 黃耀堃〈釋神珙《九弄圖》的“五音”——及“五音之家”說略〉,《均社論叢》11：29～63,1982a年。

167. 黃耀堃〈有關“五音之家”資料初編〉,《均社論叢》12：89～112,1982b年。

168. 黃耀堃〈有關“五音之家”資料初編（二）〉,《均社論叢》13：89～117,1983年。

169. 黃耀堃〈五口調音與納音——兼論「蒼天已死,黃天當立」〉,《經學研究論叢》6：147～164,1999年。

170. 麥耘〈《韻法直圖》中二等開口字的介音〉,《音韻與方言研究》：193～198,1987年。

171. 陸志韋〈記邵雍皇極經世的天聲地音〉,《燕京學報》31：71～80,1946年。

172. 陸志韋〈記徐孝重訂司馬溫公等韻圖經〉,《燕京學報》32：169～196,1947年。

173. 陸志韋〈古反切是怎樣構造的〉,《中國語文》5：349～385,1963年。

174. 張公瑾〈混沌學與語言研究〉,《語言教學與研究》3：61～65,1997年。

175. 張玉來《《韻略匯通》音系研究》,濟南：山東教育,1995年。

176. 張玉來〈《韻略易通》的音系性質問題〉,《徐州師大學報》2：49～51,148,1997年。

177. 張玉來〈近代漢語官話韻書音系的複雜性〉,《山東師大學報》1：90～94,1998年。

178. 張玉來〈近代漢語官話韻書音系複雜性成因分析〉,《山東師大學報》1：77～80,
85,1999 年。

179. 張世祿《中國音韻學史》,台北：臺灣商務（臺七版）,1986 年。

180. 張永綿〈略談李漁的"正音"理論〉,《浙江師院學報》1：66～69,1979 年。

181. 張昇余《日本唐音與明清官話研究》,西安：世界圖書,1998 年。

182. 張清常〈中國聲韻學所借用的音樂術語〉,1944 年,《語言學論文集》：209～228,
北京：商務,1993 年。

183. 張清常〈李登《聲類》和"五音之家"的關係〉,1956 年,《語言學論文集》：229
～239,北京：商務,1993 年。

184. 張清常〈比比看——"漢語拼音方案"跟羅馬字母斯拉夫字母幾種主要漢語拼音
方案的比較〉,1990 年,《語言學論文集》：249～268,北京：商務,1993。

185. 張清常〈移民北京使北京音韻情形複雜化舉例〉,《中國語文》4：268～271,1992
年。

186. 張敏《認知語言學與漢語名詞短語》,北京：中國社會科學,1998 年。

187. 張靜河〈西方漢學研究的豐碑——高本漢〉,《漢學研究》1：135～163,北京：
中國和平,1996 年。

188. 張黎、朱曉農〈語言研究方法論對話札記——兼論語言研究中"科學主義"同
"人文精神"之爭〉,《北方論叢》6：27～32,1991 年。

189. 張衛東〈試論近代南方官話的形成及其地位〉,《深圳大學學報》3：73～78,1998
年。

190. 都興宙〈沈寵綏音韻學簡論〉,《青海師大學報》4：87～92,1994 年。

191. 崔玲愛《《洪武正韻》研究》,台灣大學中文所博士論文,1975 年。

192. 郭力〈《重訂司馬溫公等韻圖經》图、敷、微三母試析〉,《漢字文化》4：67～72,
1989 年。

193. 郭力〈《重訂司馬溫公等韻圖經》體例辨析〉,《古漢語研究》4：37～43,63,1993
年。

194. 曹正義〈革新韻書《合併字學集韻》述要〉,《文史哲》5：67～68,63,1987 年。

195. 陳振寰〈關於古調類調值的一種假設〉,《音韻學研究》2：27～36,北京：中華,
1986 年。

196. 陳振寰《〈韻學源流〉注評》,貴州：貴州人民,1988 年。

197. 陳振寰〈內外轉補釋〉,《語言研究》增刊：11～13,1991 年。

198. 陳新雄《等韻述要》,台北：藝文,1991 年（五版）,1974 年。

199. 陳新雄〈怎樣才算是古音學上的審音派〉,《中國語文》5：345～352（北京）,1995
年。

200. 陳梅香《〈皇極經世解起數訣〉之音學研究》,高雄中山大學中文所碩士論文,1993
年。

201. 陳梅香〈《皇極經世解起數訣》「清濁」現象探析〉,《聲韻論叢》6:573～612, 1997 年。

202. 尉遲治平〈"北叶《中原》、南遵《洪武》"析義〉,《中原音韻新論》:198～210, 北京:北京大學,1991 年。

203. 程克江〈中國文化語言學的興起及其導向預測——評文化語言學的語言觀和方法論〉,《新疆大學學報》2:73～80,1990 年。

204. 〔蘇〕雅洪托夫(S. E. Yakhotov)〈十一世紀的北京音〉,《漢語史論集》:187～196,北京:北京大學(唐作藩、胡雙寶 編選,1986 年),1980 年。

205. 馮蒸〈北宋邵雍方言次濁上聲歸清類現象試釋〉,1987 年,《漢語音韻學論文集》:254～266,北京:首都師範大學,1997 年。

206. 馮蒸〈論漢語音韻學的發展方向〉,《湖南師大學報》2:81～841988 年。

207. 馮蒸〈漢語音韻學方法論〉,《語言教學與研究》3:123～141,1989 年。

208. 馮蒸〈趙蔭棠音韻學藏書台北目睹記——兼論現存等韻學古籍〉,《漢字文化》4:49～60,1996 年。

209. 馮蒸〈中國大陸近四十年(1950～1990)漢語音韻研究述評〉,《漢語音韻學論文集》:476～531,北京:首都師大,1997 年。

210. 甯忌浮《校訂五音集韻》,北京:中華,1992 年。

211. 甯忌浮〈《五音集韻》與等韻學〉,《音韻學研究》3:80～88,北京:中華,1994 年。

212. 甯忌浮《《古今韻會舉要》及相關韻書》,北京:中華,1997 年。

213. 甯忌浮〈《洪武正韻》支微齊灰分併考〉,《古漢語研究》3:3～8,1998 年。

214. 逸如、馮靭〈當代中國語言學的世紀變革〉,《走向新世紀的語言學》:646～673,台北:萬卷樓,1998 年。

215. 游汝杰〈宋姜白石詞旁譜所見四聲調形〉,1987 年,《游汝杰自選集》:288～300,桂林:廣西師大,1999 年。

216. 傅斯年〈歷史語言研究所工作之旨趣〉,《史語所集刊》1.1:3～10,1928 年。

217. 董同龢〈等韻門法通釋〉,《史語所集刊》14:257～306,1949 年。

218. 董同龢《漢語音韻學》,台北:文史哲(十版),1989 年。

219. 董宏樂〈論科技語言的隱喻性〉,《外語學刊》3:11～16,1999 年。

220. 董忠司〈沈寵綏的語音分析說〉,《聲韻論叢》2:73～110,1994 年。

221. 董忠司〈江永聲韻學抉微〉,《聲韻論叢》2:197～227,1994b 年。

222. 董明〈明代來華傳教士的漢語學習及其影響〉,《北京師大學報》6:90～95,1996 年。

223. 董紹克〈論《皇極經世書》的入聲〉,《中國語研究》35:56～60,1993 年。

224. 葉桂桐〈用古樂譜擬測古漢語調值論證〉,《山東師大學報》2:77～78,69,1987 年。

225. 葉寶奎〈《洪武正韻》與明初官話音系〉，《廈門大學學報》1：89～93，1994 年。

226. 葉寶奎〈談清代漢語標準音〉，《廈門大學學報》3：82～88，1998 年。

227. 鄒曉麗〈對講授、研究傳統音韻學的思考〉，《古漢語研究》1：22～26，1999 年。

228. 楊秀芳〈論《交泰韻》所反映的一種明代方音〉，《漢學研究》5.2：329～373，1987 年。

229. 楊秀芳〈論文白異讀〉，《王叔岷先生八十壽慶論文集》：823～849，台北：大安，1993 年。

230. 楊耐思〈近代漢語-m 的轉化〉，《近代漢語音論》：51～61，北京：商務，1981 年。

231. 楊耐思〈近代漢語語音研究中的三個問題〉，《中國語文研究四十年紀念文集》：251～256，北京：北京語言學院，1993 年。

232. 楊啓光〈中國傳統語文學緣起、發展的學術邏輯和歷史邏輯〉，《暨南學報》3：119～126，146，1996 年。

233. 楊啓光〈學術新範型：中國文化語言學的本質所在——兼論科學革命及其所依傍的＂學術生態環境＂〉，《漢字文化》1：21～26，1999 年。

234. 楊劍橋《漢語現代音韻學》，上海：復旦大學，1996 年。

235. 裴澤仁〈《韻法橫直圖》呼法初探〉，《漢字文化》4：73～77，1989 年。

236. 趙恩梴《呂坤〈交泰韻〉研究》，台灣師範大學國文所碩士論文，1999 年。

237. 趙蔭棠《等韻源流》，台北：文史哲，1985 年（再版），1957 年。

238. 趙艷芳〈語言的隱喻認知結構〉，《外語教學與研究》3：67～72，1995 年。

239. 黎新第〈試論《中原音韻》音系反映實際語音的二重性〉，《重慶師院學報》2：1～11，1989 年。

240. 黎新第〈南方系官話方言的提出及其在宋元時期的語音特點〉，《重慶師院學報》1：115～123，1995a 年。

241. 黎新第〈明清時期的南方官話方言及其語音特點 〉，《重慶師院學報》4：81～88，1995b 年。

242. 黎新第〈近代漢語共同語語音的構成、演進與量化分析〉，《語言研究》2：1～23，1995c 年。

243. 潘文國《韻圖考》，上海：華東師範大學，1997 年。

244. 潘悟雲〈＂輕清＂、＂重濁＂釋〉，《社會科學戰線》2：324～328，1983 年。

245. 魯國堯〈《盧宗邁切韻韻法》述評〉，《魯國堯自選集》：81～130，鄭州：河南教育，1994 年。

246. 鄧興鋒〈明代官話基礎方言新論〉，《南京社會科學》5：112～115，1992 年。

247. 鄭再發〈漢語音韻史的分期問題〉，《史語所集刊》36（下）：635～648，1966 年。

248. 鄭南國〈論漢語史研究的理論模式及其文化史觀〉，《走向新世紀的語言學》：633～645，台北：萬卷樓，1998 年。

249. 鄭錦全〈明清韻書字母的介音與北音顎化源流的探討〉，《書目季刊》14.2：77～

87，1980 年。

250. 蔡孟珍《沈寵綏曲學探微》，台北：五南，1999 年。

251. 劉大爲〈我們需要怎樣的語言觀〉，《華東師大學報》3：74～80，1995 年。

252. 劉文錦〈《洪武正韻》聲類考〉，《史語所集刊》3.2：237～249，1931 年。

253. 劉埜〈《西儒耳目資》與中法文化交流〉，《河北師院學報》1：51～55，1982 年。

254. 劉復〈〔明〕沈寵綏在語音學上的貢獻〉，《國學季刊》2 卷 3 期：411～435，1930 年。

255. 劉復〈從五音六律說到三百六十律〉，《輔仁學誌》2 卷 1 期：1～53，1930b 年。

256. 劉靜〈試論《洪武正韻》的語音基礎〉，《陝西師大學報》4：112～114，1984 年。

257. 劉靜〈《中原音韻》車遮韻的形成、演變及語音性質〉，《陝西師大學報》3：109～112，1989 年。

258. 劉靜〈中原雅音辨析〉，《陝西師大學報》1：66～70，1991 年。

259. 劉英璉《〈重訂司馬溫公等韻圖經〉研究》，高雄師大國文所碩士論文，1988 年。

260. 劉勛寧〈再論漢語北方話的分區〉，1995 年，《現代漢語研究》：56～72，北京：北京語言文化大學，1998 年。

261. 劉勛寧〈中原官話與北方官話的區別及《中原音韻》的語音基礎〉，《中國語文》6：463～469，1998 年。

262. 劉潤清《西方語言學流派》，北京：外語教學與研究，1995 年。

263. 〔日〕橋本萬太郎《語言地理類型學》，北京：北京大學（余志鴻 譯，1985），1978 年。

264. 賴江基〈《韻鏡》是宋人拼讀反切的工具書〉，《暨南學報》2：104～112，1991 年。

265. 龍莊偉〈《五方元音》與《元韻譜》〉，《河北師院學報》3：66～69，1996 年。

266. 龍晦〈釋《中原雅音》——論中原雅音的形成及其使用地域〉，《音韻學研究》1：383～393，北京：中華，1984 年。

267. 濮之珍《中國語言學史》，台北：書林，1990 年。

268. 應裕康《清代韻圖之研究》，政治大學中文所博士論文，1972 年。

269. 薛鳳生〈論支思韻的形成與演進〉，《漢語音韻史十講》：73～97，1980 年。

270. 薛鳳生〈徐孝的《重訂韻圖》：一次大膽的革新〉，《漢語音韻史十講》：127～134，1983 年。

271. 薛鳳生〈試論等韻學之原理與內外轉之含義〉，《語言研究》1：38～53，1985 年。

272. 薛鳳生《國語音系解析》，台北：學生，1986 年。

273. 薛鳳生〈傳統聲韻學與現代音韻學理論〉，《漢語音韻史十講》：10～23，1992 年。

274. 薛鳳生《漢語音韻史十講》，北京：華語教學，1999 年。

275. 鍾榮富〈論客家話介音的歸屬〉，《臺灣風物》40 卷 3 期：189～198，1991 年。

276. 鍾榮富〈優選論與漢語音系〉，《國外語言學》3：1～14，1995 年。

277. 蕭所、涂良軍〈雲南明代的音韻學研究〉,《雲南師範大學學報》5:70～75,1994年。

278. 饒宗頤〈《文心雕龍‧聲律篇》與(鳩摩羅什)《通韻》〉,《中印文化關係史論集‧語文篇——悉曇學緒論》:66～90,1985年。

279. 饒宗頤《中印文化關係史論集‧語文篇——悉曇學緒論》,香港:中文大學中國文化研究所,1990年。

280. 饒宗頤《悉曇經傳——趙宦光及其〈悉曇經傳〉》,台北:新文豐,1999年。

281. 譚世寶〈敦煌寫卷 S.1344(2)號中所謂"鳩摩羅什法師《通韻》"之研究〉,《中國文化》10:88～95,1994年。

282. 羅常培〈耶穌會士在音韻學的貢獻〉,《史語所集刊》1.3:263～338,1930a年。

283. 羅常培〈《聲韻同然集》殘稿跋〉,《史語所集刊》1.3:339～343,1930b年。

284. 羅常培〈釋內外轉〉,《史語所集刊》4.2:209～227,1933年。

285. 羅常培《國語字母演進史》,上海:商務,1934年。

286. 羅常培〈中國音韻學的外來影響〉,《東方雜誌》32.14:35～45,1935年。

287. 羅常培〈論龍果夫的《八思巴字和古官話》〉,《中國語文》12:575～581,1959年。

288. 羅常培《漢語音韻學導論》,台北:里仁,1982年。

289. 羅常培《北京俗曲百種摘韻》,天津:天津古籍,1986年。

290. 〔英〕羅賓斯(R. H. Robins)《簡明語言學史》,北京:中國社會科學(許德寶等譯,1997年四版),1967年。

291. 顧漢松、鄧少君《中國古代語言學資料彙纂‧音韻學分冊》,福州:福建人民,1993年。

五、英文參考資料

1. Anderson, Stephen R. 1985 Phonology in the twenty century. Chicago and London:The University of Chicago Press.

2. Kuhn, Thomas S. 1993 Metaphor in science. Metaphor and Thought. In:Ortony(1993), pp:533～542.

3. Lakoff, George & Mark Johnson 1980 Metaphors we live by. Chicago:Chicago University Press.

4. Norman, Jerry(羅杰瑞) & W. South Coblin (柯蔚南)1995 A new approach to Chinese historical linguistics. Journal of American Oriental Society. Vol.115. No.4,pp.243～247.

5. Ortony, Andrew(ed.)1993 Metaphor and thought. 2nd edn,Cambridge:Cambridge University Press.

6. Percival, W. Keith. 1976 The applicability of Kuhn's paradigms to the history of linguistics. Language 52.1:285～294.

7. Sebeok, Thomas A. （ed.）1975 Current Trends in Linguistics. Vol.13. Bloomington and London：Indiana University Press.

8. Ungerer, Friedrich ＆ Hans-JÖrg Schmid. 1996 An introduction to cognitive linguistics. London and New York：Longman.

1－1《重刊併音連聲韻學集成》卷之一

重刊併音連聲韻學集成卷之一
東董送屋　四聲
《東韻卷一》

一　角清音輕堅：公 古紅切｜贛 古送切｜穀 古祿切
二　角次清音輕牽：空 枯紅切｜孔 康董切｜控 苦貢切｜酷 枯沃切
三　羽清音固：翁 烏紅切｜瓮 烏貢切｜屋 烏谷切
四　羽次清音軒：烘 呼紅切｜嗊 虎孔切｜哄 呼貢切｜熇 呼木切
五　羽濁音刑賢：洪 胡公切｜澒 胡孔切｜鬨 胡貢切｜斛 胡谷切
六　商清音箋：宗 祖冬切｜總 作孔切｜糉 作弄切｜鏃 子六切
七　商次清音新仙：怱 倉紅切｜㧾 且勇切｜謥 千弄切｜蔟 千木切
八　商次清音仙：淞 息中切｜竦 息勇切｜送 蘇弄切｜速 蘇谷切
九　商濁音秦：從 徂紅切｜敪｜叢 才用切｜族 昨木切
十　商濁音前：叢 徂紅切｜松 詳容切｜誦 似用切｜續 似足切
十一　角清音堅：弓 居雄切｜拱 居竦切｜供 居用切｜菊 居六切
十二　角次清音牽：穹 丘弓切｜恐 丘隴切｜恐 欺用切｜麴 丘六切
十三　角濁音勍勤：窮 渠弓切｜恐｜共 巨用切｜局 渠六切

十四　羽清音因煙：邕 於容切｜擁 委勇切｜雍 於用切｜郁 乙六切
十五　羽次清音軒：凶 許容切｜洶 許拱切｜畜 許六切
十六　羽濁音刑：雄 胡弓切｜囿
十七　羽次濁音寅：融 以中切｜甬 余隴切｜用 余頌切｜育 余六切
十八　角清音知：中 陟隆切｜冢 知隴切｜仲 陟仲切｜竹 張六切
十九　角次清音稱：充 昌中切｜寵 丑隴切｜眾 之仲切｜柷 昌六切
二十　商清音神：春 書容切｜舂｜叔 式竹切
廿一　次商濁音陳：崇 鉏弓切｜重 直隴切｜孰 神六切
廿二　次商濁音：蟲 持中切｜重 直隴切｜仲 直眾切｜逐 直六切
廿三　次濁商音神：崇 組中切｜重 直隴切｜肉 而六切
廿四　半商半徵濁音人：戎 而中切｜冗 而隴切｜𩕳 而用切｜肉 女六切
廿五　次濁商音連：濃 尼容切｜齈 而用切｜衄
廿六　半商半徵濁音連：龍 盧容切｜籠 力董切｜弄 盧貢切｜祿 盧谷切
廿七　商半徵音零連：隆 良中切｜隴 力董切｜弄 盧貢切｜祿 盧谷切
廿八　徵清音丁：東 德紅切｜董 多動切｜凍 多貢切｜篤 都毒切

2−1《併音連聲字學集要・切字要法》

切字要法

因煙 即殷馬　於境切　於因煙影影因煙
人然 即神禪　石質切　石人然日日人然
新鮮 即新仙　思尋切　思新鮮心心新鮮
錫涎 即泰前　牆容切　牆錫涎從從錫涎
迎妍 即銀言　寧年　年題切　年迎妍泥泥迎妍
零連 即陟聯　郎才切　即零連來來零連
清千 即親千　七精切　七清千清清千
賓邊　　　　博旁切　博賓邊幫幫賓邊
經堅　　　　經電切　經經堅見見經堅
勻緣 即營員　俞成切　俞勻緣喻喻勻緣
征氈 即真氈　之笑切　之征氈照照征氈
娉偏 即繽偏　普郎切　普娉偏滂滂娉偏
亭田 即廷田　徒徑切　徒亭田定定亭田
澄塵 即陳纏　持陵切　持澄塵澄澄塵
平便 即頻駢　部茗切　部平便並並平便

擎虔 即勤虔　衢斤切　衢擎虔勤
輕牽　　　　牽奚切　牽輕牽溪溪輕牽
稱川 低延　昌緣切　昌稱川穿穿稱川
丁顛　　　　多官切　多丁顛端端丁顛
興掀 光喧　馨皎切　馨興掀曉曉興掀
精箋 即津煎　子盈切　子精箋精精箋
明眠 即民綿　眉兵切　眉明眠明明眠
聲氈 即身氈　式荏切　式聲氈審聲氈審
分番　　　　芳蕪切　芳分番敷敷分番
墳煩 即文補 樽音凡　父勇切　父墳煩奉墳煩奉
刑賢 即寅延　以一切　以刑賢逸逸刑賢
汀天　　　　通萬切　通汀天嘆嘆汀天

宮　土音　舌居中　發諸聲有清有濁
商　金音　口開張　發諸聲有清有濁

右學切法須用讀至千遍俟其口舌利便音和聲順自然能切矣讀切法於境於因煙影影石質石然日日人然入然日日人然餘倣此

字學集要綱目

2－2《併音連聲字學集要》卷一

併音連聲字學集要第一卷

宛陵後學周悋校正
越人賓山毛曾刪集
莆陽後學林大輔仝校

字學集要卷一

〔平〕
東 德紅切動也東方陽氣動於時爲春又姓又復姓鄭

東董凍篤 四聲

董

凍

竦

冬

空

督

篤

董

棟

毒

竺

零

凍

懂

（下半部分）

字學集要卷一

笠

空 苦紅切穴也又上去二聲

控

孔

崆

空

酷

鞚

翁

瓮

滃

翁

罋

甕

塕

罋

鑑

屋

郘

沃

烘

眮

叿

嗊

烘

頊

煹

洪

泖

澒

浜

鴻

鉷

鉷

3－1《元聲韻學大成・字母》

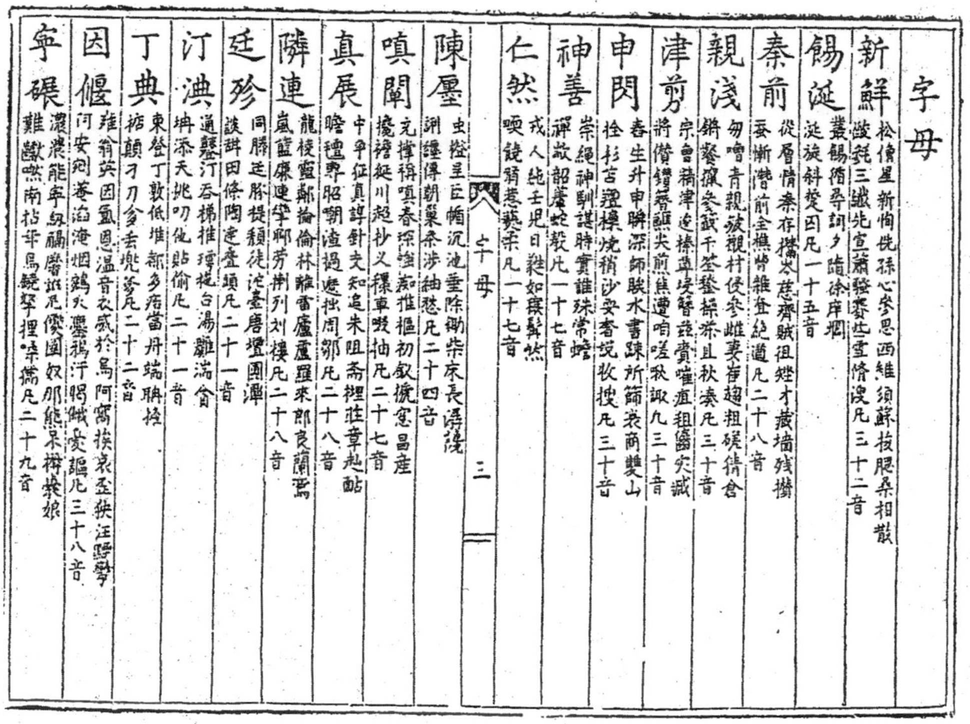

字母

新鮮 松僊星新恂跣孫心參思西維須蘇拔腮桑相散 潵毵三纖先宣蕭騷褻些雪脩洩凡三十二音

錫涎 叢錫循尋詞夕隨徐庠胭 涎旋斜燮囚凡一十五音

秦前 從層情秦存攢岑慈齊賊徂矬才藏墻殘攢 蚕慚潛前全樵背雜鑿絕遒凡二十八音

親淺 匆噌青親皴覷村侵參雌妻崔趨粗蹉猜倉 鏘鬖竄參鏃千荃鍫操悉且秋湊凡三十音

津剪 宗曾精津遵樽尊增簪菑貲嗺査租齒宍臧 將僭鑽簪譖尖煎焦遭啗嗟揫諏凡三十音

申閃 春生升申瞬深師朕水書疎所篩衰商雙山 栓衫苫羶槮燒稍沙耍奢說收搜凡三十音

神善 崇繩神馴諶時實誰殊常蟾 禪漱韶蓴蛇殼凡一十七音

仁然 戎人純壬兒日蕤如蕤髯然 嚷饒弱惹藝柔凡一十七音

字母　三

陳廛 虫蹤呈臣幡沉池垂除鋤柴床長潺饒 渊纏傳朝巢茶涉紬愁凡二十四音

嗔闡 充撐稱嗔春琛蚩痴推樞初叡攙窗昌産 攙禪梴川超抄叉穰車嗤抽凡二十七音

真展 中爭征真諄針支知追朱阻斋捶莊章札軲 瞻氈專昭嘲渣過遮拙周鄒凡二十八音

隣連 龍棱靈鄰掄倫林離雷盧廬羅來郎良蘭鸞 嵐籃廉連攣卿勞撂列刘樓凡二十八音

廷殄 同滕廷豚提頹徒沱臺唐壇團潭 談甜田條陶達疊頭凡二十一音

汀淟 通鼟汀吞梯推蹚拕台湯灘湍貪 坍添天挑叨佗貼偷凡二十一音

丁典 東登丁敦低堆都多痦當丹端聃拴 掂顛刁刀爹丟兜蔘凡二十二音

因偃 雍鶯英因氳恩溫音衣威於烏阿窩挨哀歪娃汪醉攣 阿安宛菴淹烟鴉火壅褐汗暍餓愛謳凡三十八音

寧碾 濃儂能寧紐禰嚀銀泥儺國奴那熊呆擰攮娘 難齉喃南拈年鳥鐃孥狸嬲孺凡二十九音

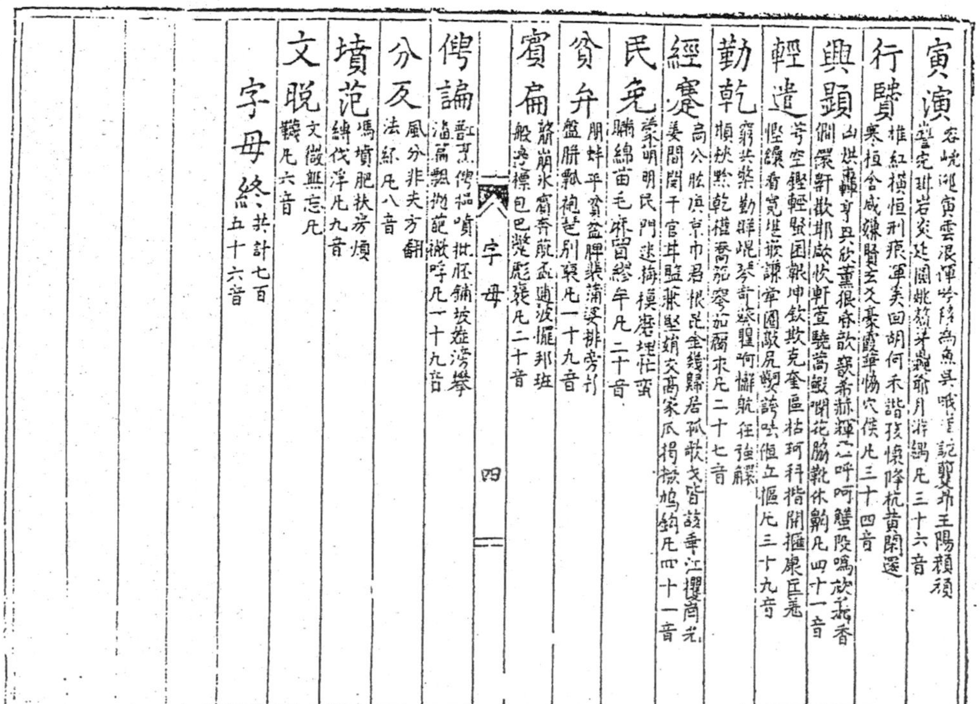

寅演 容峨洮寅雲痕渾吟移為魚吳哦崖訛顏冥昂王陽頹碩 營完垠岩炎延園姚熬牙鵝爺月游鍋凡三十六音

行賢 推紅横恒刑痕渾奚回胡何禾諧孩懷降杭黄閑還 寒桓含咸嫌賢玄爻豪霞華協穴侯凡三十四音

興顯 凶烘轟亨興欣薰很昏歆歡希赫輝灰呼呵鞋殷鳴欣義香 僩喧軒歇邪歊收軒萱驍蒿蝦鬧花脇靴休齁凡四十一音

輕遣 穹空鏗輕駁困穀坤欽欺克奎區枯珂科揩開攏康匡羌 慳謙看寬堪嵌謙牽圈敲尻礹誇呿佉丘摳凡三十九音

勤乾 窮共榮勤群峴琴奇葵瞿晌擀航往強穰 頎狀黔乾權喬茄瘸求凡二十七音

經蹇 扃公肱貞京巾君根昆金幾歸居孤歌戈皆該乖江鑾岡光 姜間閒干官耳監兼堅娟交高家瓜揭撅鳩鉤凡四十一音

民免 蒙萌明民門迷梅模磨埋花蛮 瞞綿苗毛麻留繆牟凡二十音

貧弁 朋蚌平貧盆脾裴蒲婆排旁彭 盤胼瓢袍琶別袌凡一十九音

賓扁 崩冰賓奔嵩巫逋波擺邦班 般邊標包巴鱉彪褒凡二十音

字母　四

僔論 豐烹傳捋噴批丕鋪坡菹滂攀 潘篇飄抛葩潎呼凡一十九音

分反 風分非夫方翻 法紑凡八音

墳范 馮墳肥扶房煩 縛伐浮凡九音

文晚 文微無忘凡 韈凡六音

字母終 共計七百五十六音

3－2《元聲韻學大成》卷一東鍾韻

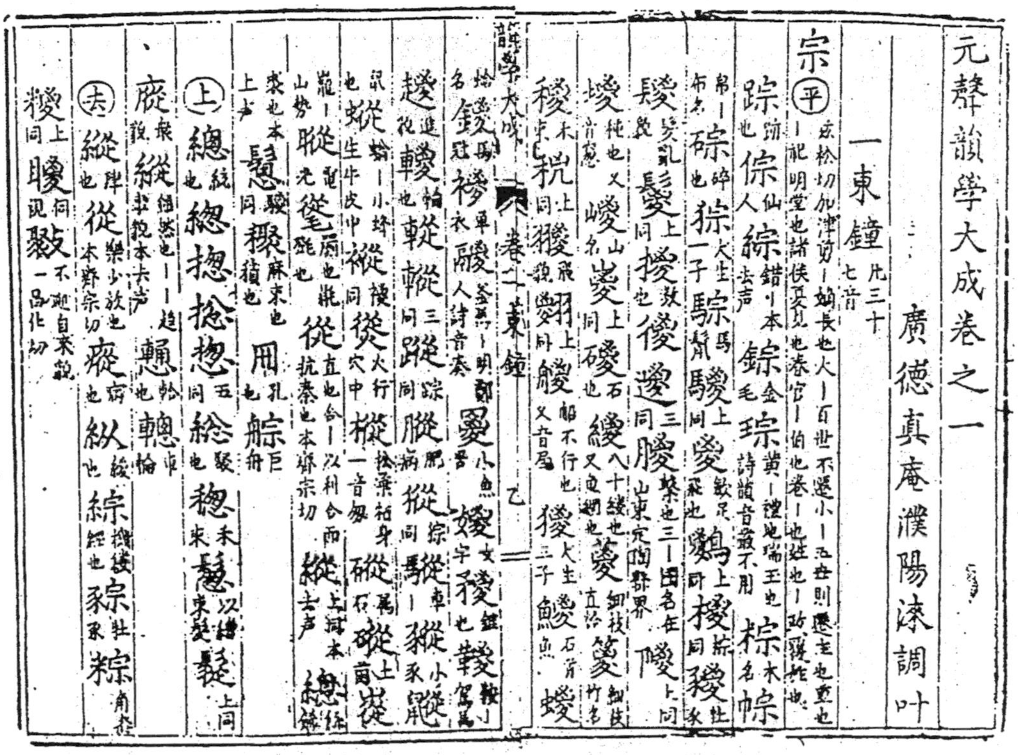

元聲韻學大成卷之一

廣德真庵濮陽涞調叶

一東鍾 凡三十七音

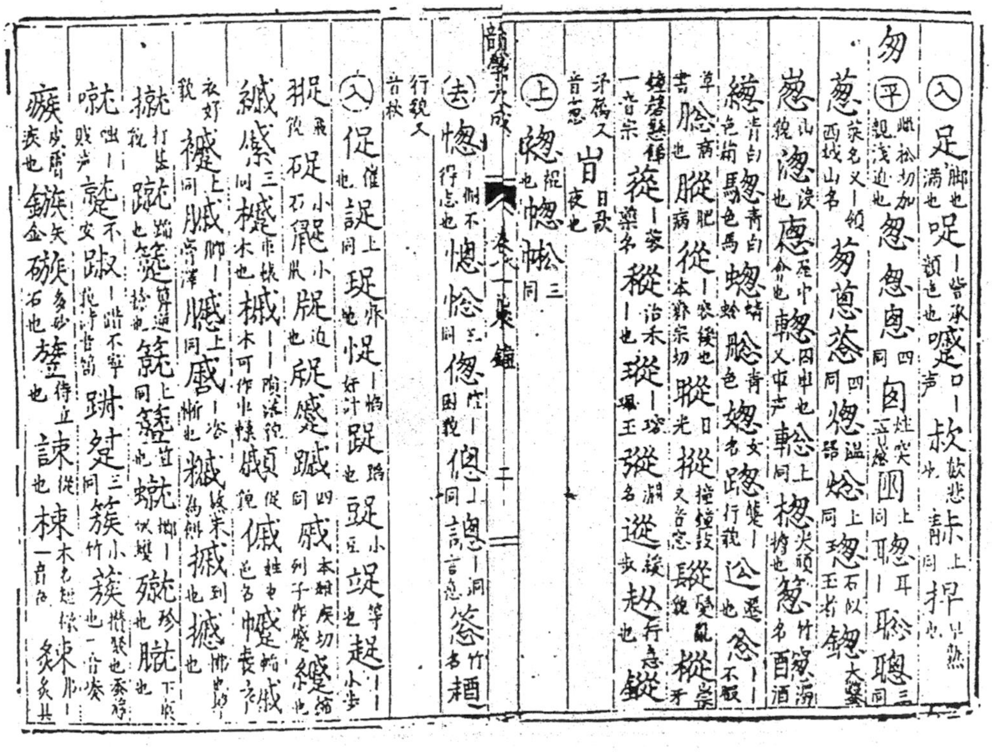

4－1《韻表·第一韻表》東一韻要

第一韻表

東（董送屋）

三衢葉秉敬敬君父著

東一韻要

4－2《韻表・第一韻表》東一韻全

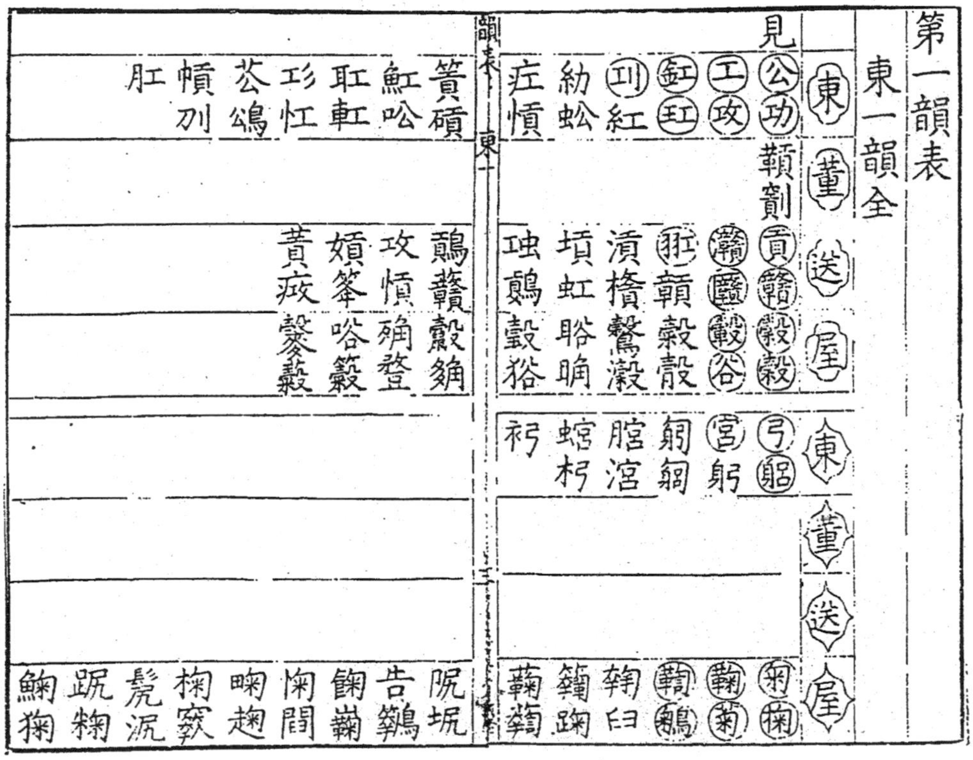

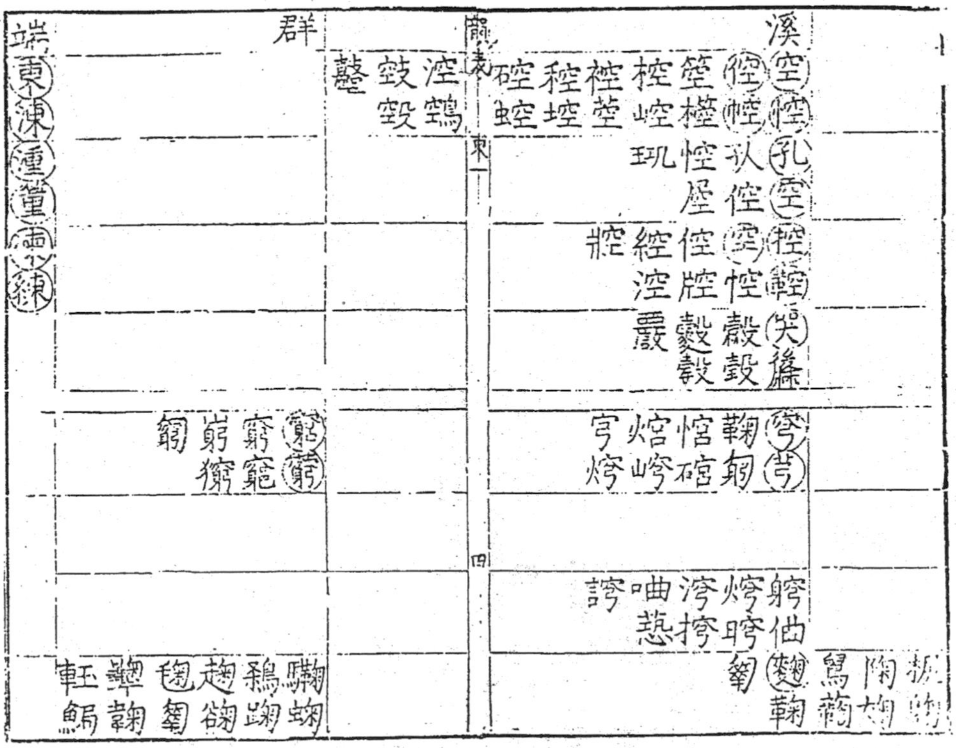

5－1《音韻日月燈・韻母》卷一東韻

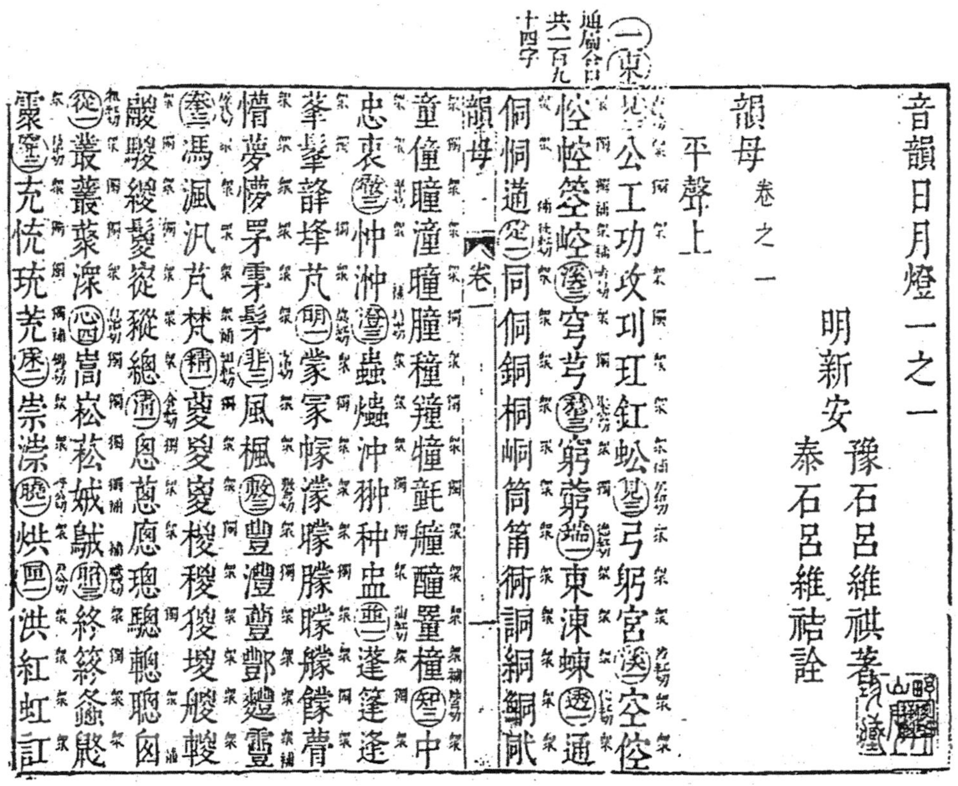
音韻日月燈一之一
明新安 豫石呂維祺著
泰石呂維祜詮
韻母 卷之一
平聲上

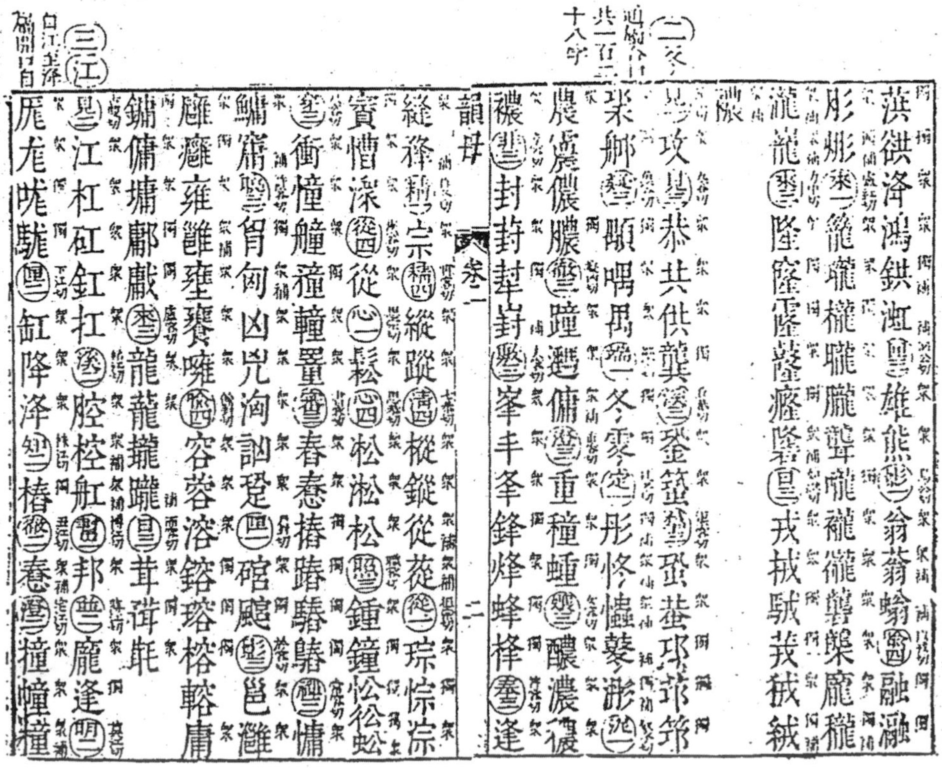

5－2《音韻日月燈·同文鐸》「七音清濁三十六母反切定局」、「三十六母分清濁七音五行之圖」

音韻日月燈首之二

同文鐸 卷首二則

圖說

介孺氏曰今書首列開口呼合口呼及見一見二等字者蓋以字者天地之元音必本之宮商角徵羽其音有七所謂牙舌脣齒喉半舌半齒是也七音中又有開合清濁舌頭舌上重脣輕脣齒頭正齒之異故分為三十六母所謂見溪羣疑之類是也一母中又有開發收閉之異故分為上下四等所謂見一見二見三見四之類是也一韻中又有翕闢之異故又分為開口呼合口呼諸不能悉舉今設圖於後以俟觀者考焉

十三 宮音	濁 清徵音	音 角音 七	純清 次清	半濁	全濁
幫母分番／非母敷番	知母丁顛／端母汀天	見母經堅／溪母輕牽			
滂母滂偏／敷母繽偏	徹母稱輝	羣母近輕幸			
並母平便／奉母墳煩	定母亭田／澄母陳墜	定母勤虔			
明母民綿／微母文無	泥母寧年／娘母紉綿	疑母迎妍／泥母郢育			

同文鐸 卷首圖說 一

同文鐸 卷首圖說 二

三十六母分清濁七音五行之圖

明 微	並 奉	滂 敷	幫 非	泥 娘	定 澄	透 徹	端 知	疑	羣	溪	見
全濁	半濁	次清	純清	全濁	半濁	次清	純清	全濁	半濁	次清	純清

脣音：中央宮主信／幫等四母屬重脣／非等四母屬輕脣
舌音：微火亨禮／端等四母屬舌頭／知等四母屬舌上
牙音：角木元仁／春東
夏南

六母反切定局

明 微	並 奉	滂 敷	幫 非	商音	半商音	羽音	半徵音

精母精箋／清母清千心／心母新仙／從母秦前／邪母斜延
照母征氈／穿母嗔延／審母身羶／牀母榰游／禪母神禪
曉母興軒／匣母刑賢／影母因煙／喻母徐寅／

來母零連／日母人然／

5－3《音韻日月燈‧同文鐸》「三十六母分四等管轄之圖」

（上圖）

同文鐸　卷二　四百圖說

此下附等子四攝蓋舉一攝而有合無間一攝而有開無合與一攝而萊
開合者及分母分等分聲清濁開收可上去入之異以例其餘

精照	清穿	從床	心審	邪禪	曉匣	影	喻	來	日
第一等名精一清第二等名照二穿第三等名照三第四等名精

第一等名曉一匣第二等名曉二第三等名曉三第四等名曉四

從以下做此精等床以下做此照等

五母專轄一等四五母專轄二等三

四母全轄四等

影以下做此此

四母全轄四等

來母全轄四等

日母止轄等三

通攝內
見　公頰貢轂
溪　空孔控哭
群
疑　頠
端知　東董涷穀
透徹　通侗痛禿
定澄　同動洞獨
泥孃　
幫非　
滂敷　
並奉　蓬𤾁暴
明微　蒙蠓懞木

倥㺊㗇
㚦㣩
中冢湩𤴯
重歱重
㰒重
醸
封
峯
逢奉佅

單屬合口呼

（下圖）

同文鐸　卷一　本韻首圖說

三十六母分四等管轄之圖

第一等名見一屬第二等名見二屬第三等名見三屬第四等名見四屬
第一等名端一第二等名知二第三等名知三第四等名端四
第一等名知一第二等名知二第三等名知三第四等名知四
第一等名幫一第二等名幫二第三等名幫三第四等名幫四

開以後第一等同發以後第二等同收以後第三等同開以後第四等同
溪群以下做此
端等四母專知等四母專
微澄以下做此
一滂並以下做此幫等四
非三母止轄第三四母止轄第三

精照	清穿	從床	心審	邪禪	曉匣	影	喻	來	日
純清	次清	半濁	次清	半濁	次清	半濁	次濁	全濁	全濁

喉音　羽　水　貞　智
齒音　商　金　利　義
冬北　牛宮　半徵　半火
牛商　牛金
半商　牛徵
秋西
肺　腎　腎
照等五母屬正齒
精等五母屬齒齒

6-1《聲韻會通》「聲韻會通圖」

7-1《萬籟中聲・上平》第一東

7－2《切韻樞紐》——東韻

8－1《韻法直圖》——公韻、岡韻

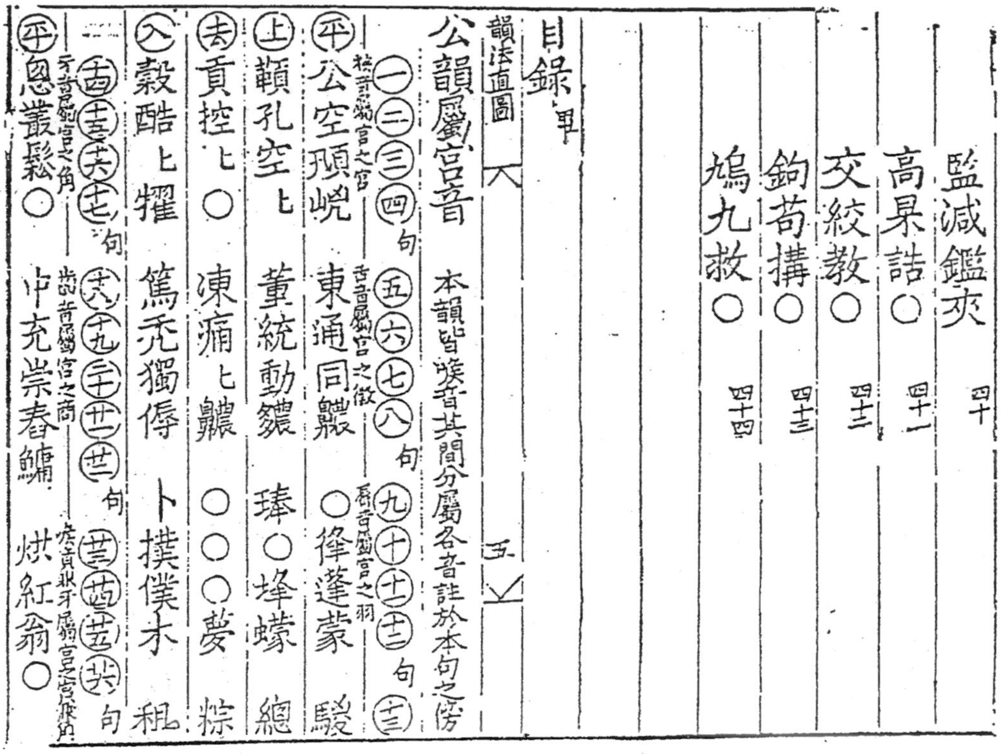

監減鑑夾　四十
高杲誥○　四十一
交絞教○　四十二
鉤苟搆○　四十三
鳩九救○　四十四

目錄　畢

韻法直圖　大　五

公韻屬宮音　本韻皆喉音其間分屬各音註於本句之傍

一二三四句（喉音屬宮之宮）　五六七八句（舌音屬宮之徵）　九十十一十二句（唇音屬宮之羽）　十三

平　公空硍峣　東通同巃　○锋蓬蒙　騣
上　顜孔空匕　董統動巃　琫○埲蠓　總
去　貢控匕○　凍痛匕巃　○○○夢　糉
入　穀酷匕擢　篤禿獨僕　卜撲僕木　穊

十四十五十六十七句（牙音屬宮之角）　十八十九二十廿一廿二句（齒音屬宮之商）　廿三廿四廿五廿六句

平　悤叢鬆○　中充崇舂鱅　烘紅翁○

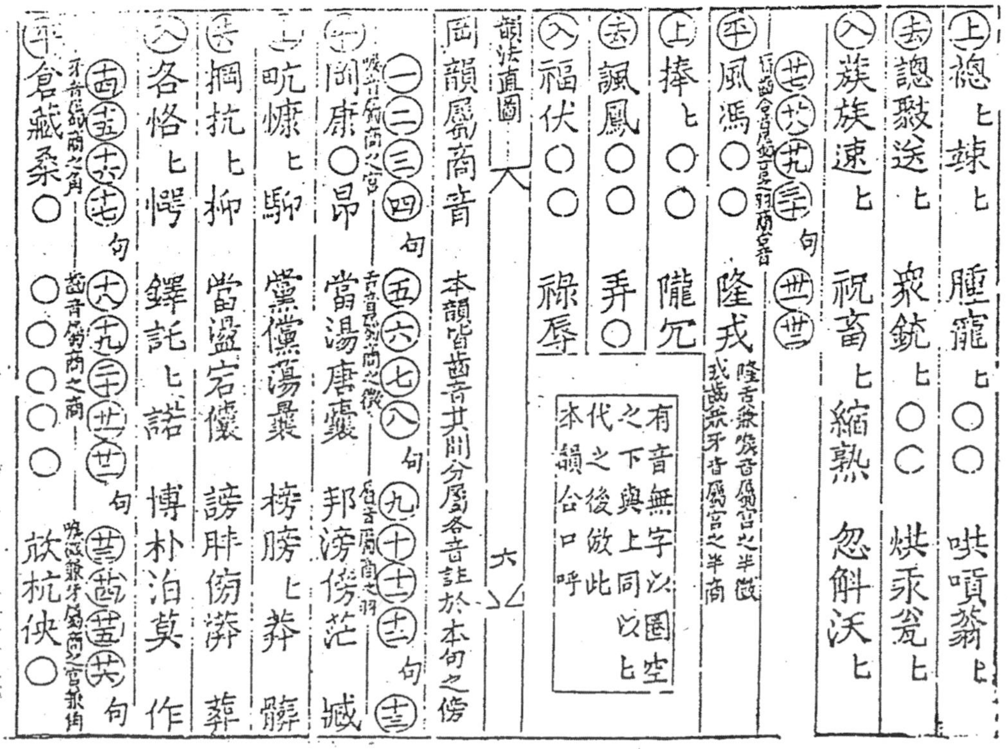

上　總匕　竦匕　腫寵匕　○○　哄嗊蓊匕
去　謥𦗦送匕　衆銃匕　○○　烘汞瓮匕
入　蔟族速匕　祝畜匕　縮熟　忽斛沃匕

廿七廿八廿九三十句　卅一卅二

平　風馮○○　隆戎（隆音兼喉音屬宮之半徵　戎音兼牙音屬宮之半商）
上　捧匕○○　儱冗
去　諷鳳○○　弄○
入　福伏○○　祿辱

有音無字以圈空之下與上同以匕代之後倣此
本韻合口呼

韻法直圖　大　六

岡韻屬商音　本韻皆齒音其間分屬各音註於本句之傍

一二三四句（喉音屬商之宮）　五六七八句（舌音屬商之徵）　九十十一十二句（唇音屬商之羽）　十三

平　岡康○昂　當湯唐囊　邦滂傍茫　臧
上　吭慷匕駠　黨儻蕩曩　榜髈匕莽　髒
去　掆抗匕抑　當盪宕儾　謗胖傍漭　葬
入　各恪匕愕　鐸託匕諾　博朴泊莫　作

十四十五十六十七句（牙音屬商之角）　十八十九二十廿一廿二句（齒音屬商之商）　廿三廿四廿五廿六句

平　倉藏桑○　○○○○○　炕杭佒○

9－1《韻法橫圖》——平聲

韻法橫圖

上元李世澤嘉紹識

等韻舊法精妙至矣但門法多端初學
難入茲妄不揣祖述其意而爲此譜與
願學等韻者稍藉爲階惟願
高明反德賜之碱砭正其譌謬使不悖戾
先賢迷誤後學是所望也

10－1《文韻攷衷六聲會編》卷一東部

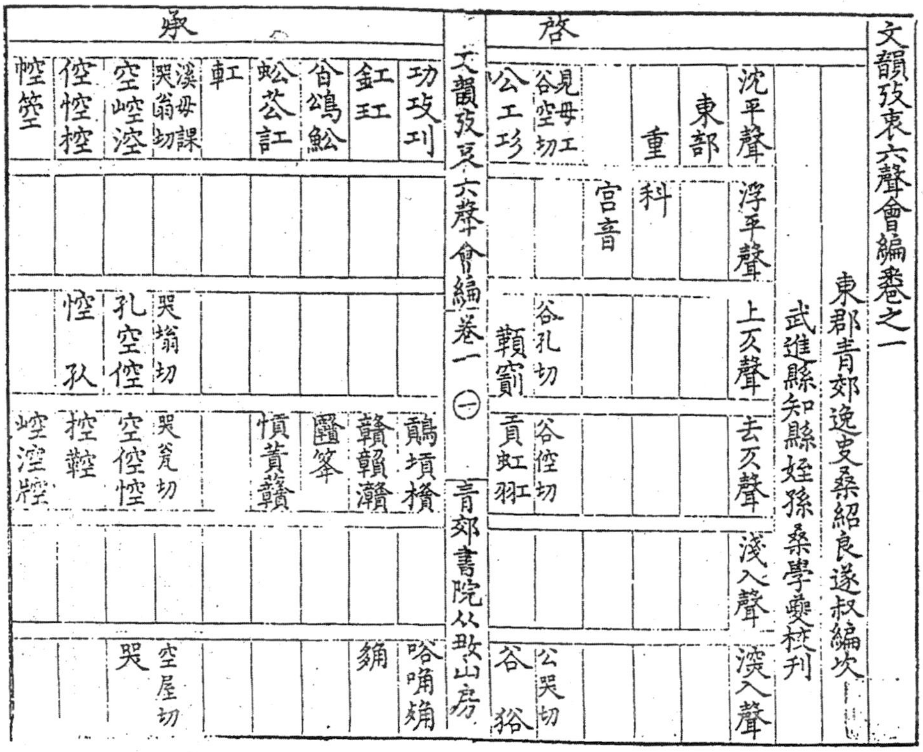
文韻攷衷六聲會編卷之一
東郡青郊逸叟桑紹良遂叔編次
武進縣知縣姪孫桑學夔校刊
沉平聲　浮平聲　上仄聲　去仄聲　淺入聲　深入聲
東部　重　科　宮音
啓　承
文韻攷衷六聲會編　卷一　㈠　青郊書院从政山房

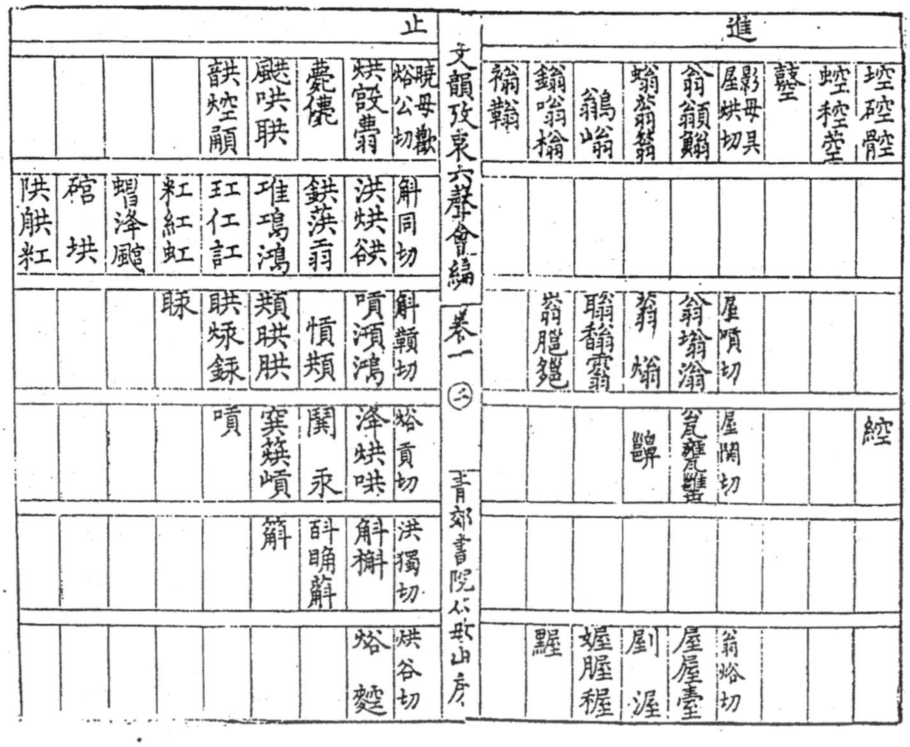
進　止
文韻攷衷六聲會編　卷一　㈡　青郊書院从政山房

10－2《青郊雜著》「五音次第之圖」、「六聲位次之圖」

圖之第次音五

　　羽脣
　　商齒
中貫者气　角齶
外圍者口　徵舌
　　宮喉
丹田

羽二　商四　角四　徵四　宮四
科　　科　　科　　科
各五　各四　各四　各四
品　　品　　品　　品

青郊雜著

余所列五音次序及諸母分屬與舊說不同舊以角音
為音徵次角宮次徵商次宮羽次商此以五行相生為
序而不論五肉由內及外之理其字母分屬尤為顛倒
重複悉不可曉均為不通余惟以肉之所定在即气為
所由起以是為序故先宮宮喉音也聲气所由起之處
也由喉而舌徵由舌而齶角為齶音
故角次徵而齶齶次商齶次商商次齶角由齒而唇羽
為唇音故羽次商而終為唇諸母分屬亦不仍舊惟於某
母之聲在某處成響則某母即為某音而屬之故見溪

圖之次位聲六

或問余曰聲莫為六也約言之曰平上去入四聲而已
析言之清濁各具是謂八聲今謂六聲於約言則多於
析言則寡不亦異乎余曉之曰子何謂余為異也約言
本不止四析言本不足八如東部通同桶痛禿獨六聲
具而一气周減何處減加何處加夫平入有二聲故可
以清濁分上去各一耳何亦以清濁分邪如桶桶非一
上聲乎乃謂桶為清而屬透母謂桶為濁而屬定母痛
洞非一去聲乎乃謂痛為清而屬透母謂洞為濁而屬定母痛
定母聲同而分異果何以故余於本二者二之故平之

母之聲在某處成響則某母即為某音而屬之故見溪

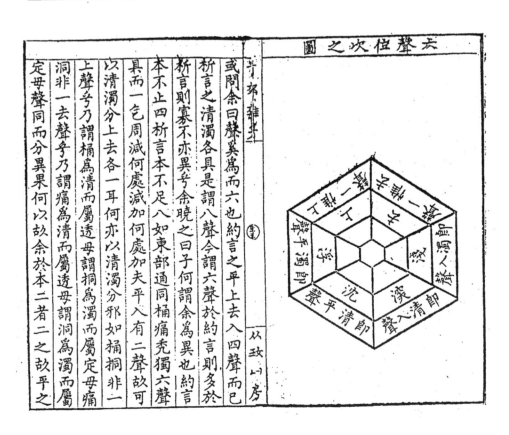

10－3《青郊雜著》「創立一十八部七十四母縱橫圖」

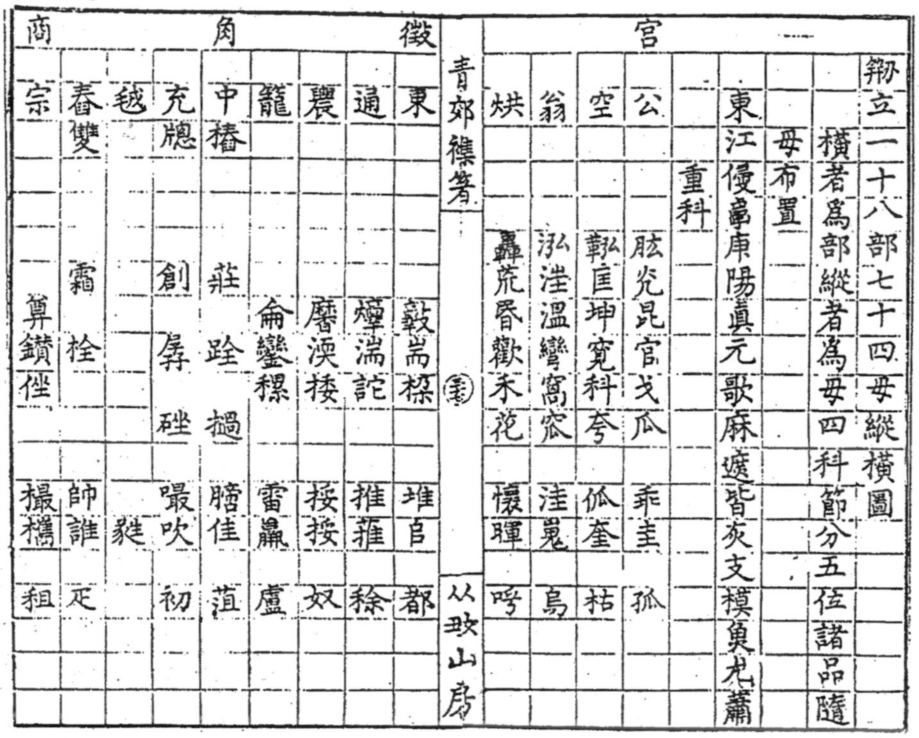

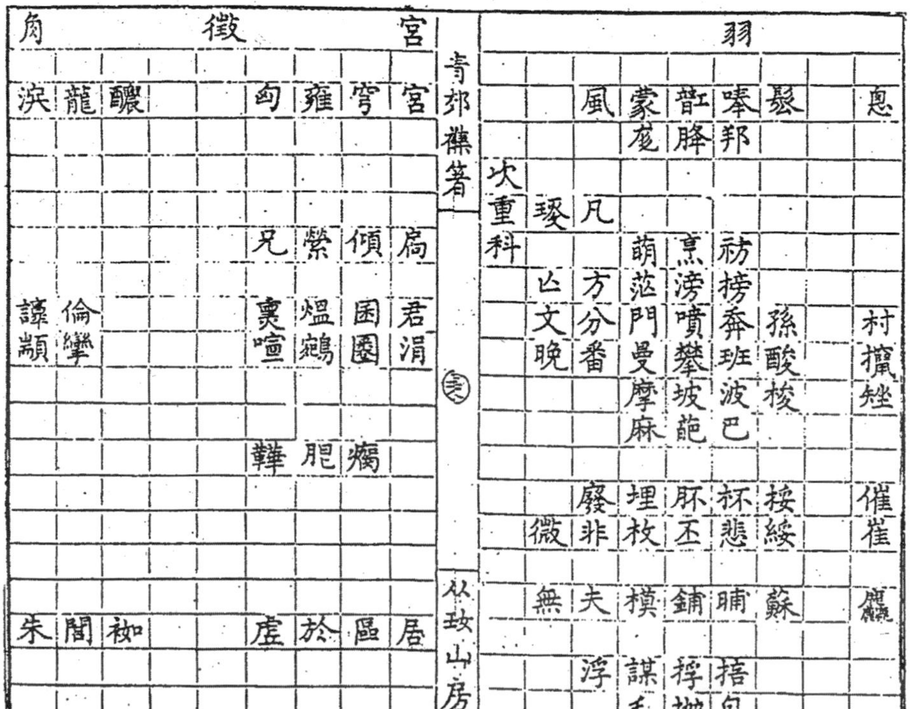

10－4《青郊雜著》「一氣二分四辨八判十八類之圖」

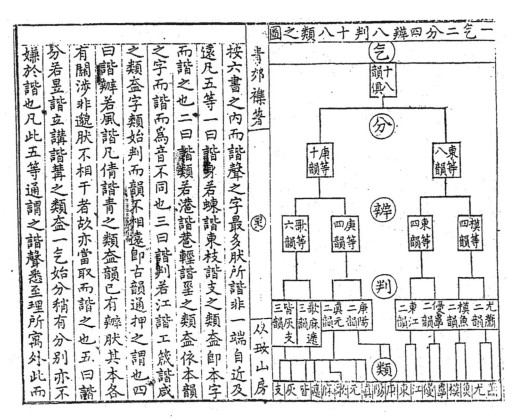

青郊襪箸　　　　　　　　　　　　　　　　　　　從玫山房

按六書之內而諧聲之字最多夆所諧非一端自近及
遠凡五等一曰諧夆若煉諧東枝諧支之類益即本字
而諧之也二曰諧類若港諧巷輕諧墾之類益依本韻
之字而諧而爲音不同也三曰諧判若江諧工笈諧咸
之類益字類始判而韻不相遠即古韻通押之謂也四
曰諧辨若夆諧凡倩諧青之類益已有辨夆其本各
有關涉非夆不相干者故亦當取而諧之也五曰諧
分若昱諧立講諧夆之類益一氣始分稍有分別亦不
嫌於諧也凡此五等通謂之諧聲悉至理所寓外此而

青郊襪箸　　　　　　　　　　　　　　　　　　　從玫山房

後有謂之諧聲者若忝諧天代諧弋之類皆不識文義
者妄自制作或傳久致譌無能砭正夆爾非諧聲之本
旨也或曰既諧分矣進而諧夆不亦可乎曰分猶有別
若諧夆則天下無不諧之字矣用聲韻爲哉故諧身諧
類之字多於諧判諧辨之字而諧分之字視諧判諧辨
之字更少亦儀有而已故知諧分已非所當諧矣況諧
夆夆今箸此圖明一氣所由分十八韻各以類區是非
眞譌不待詳說而昭夆挂目睫矣

11－1《書文音義便考私編・上平聲》一東

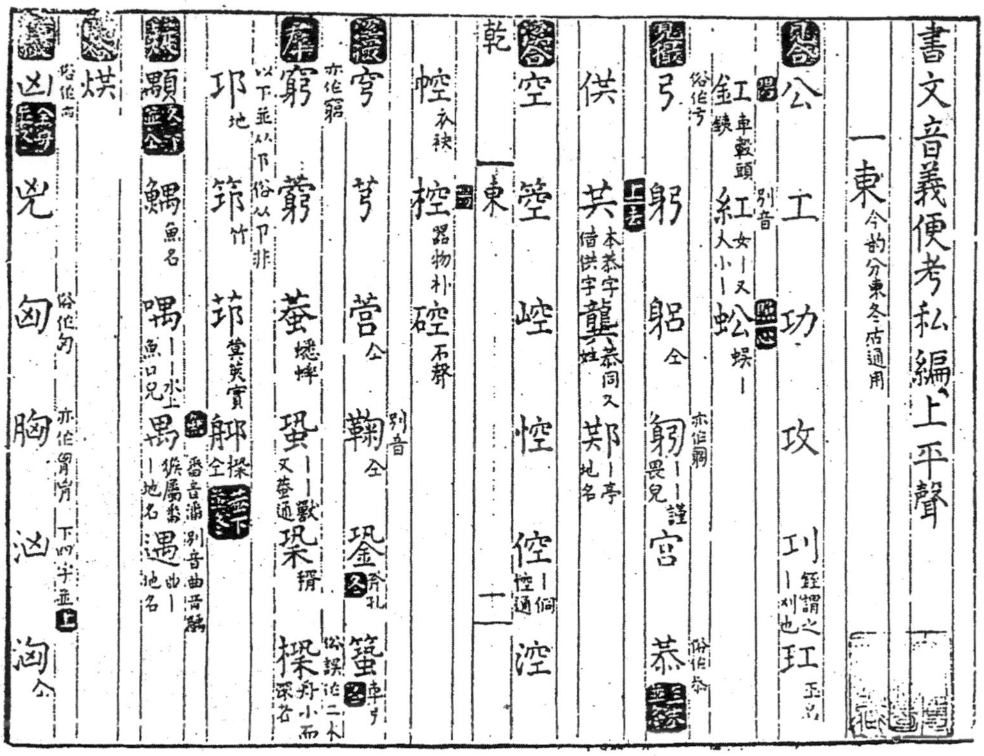

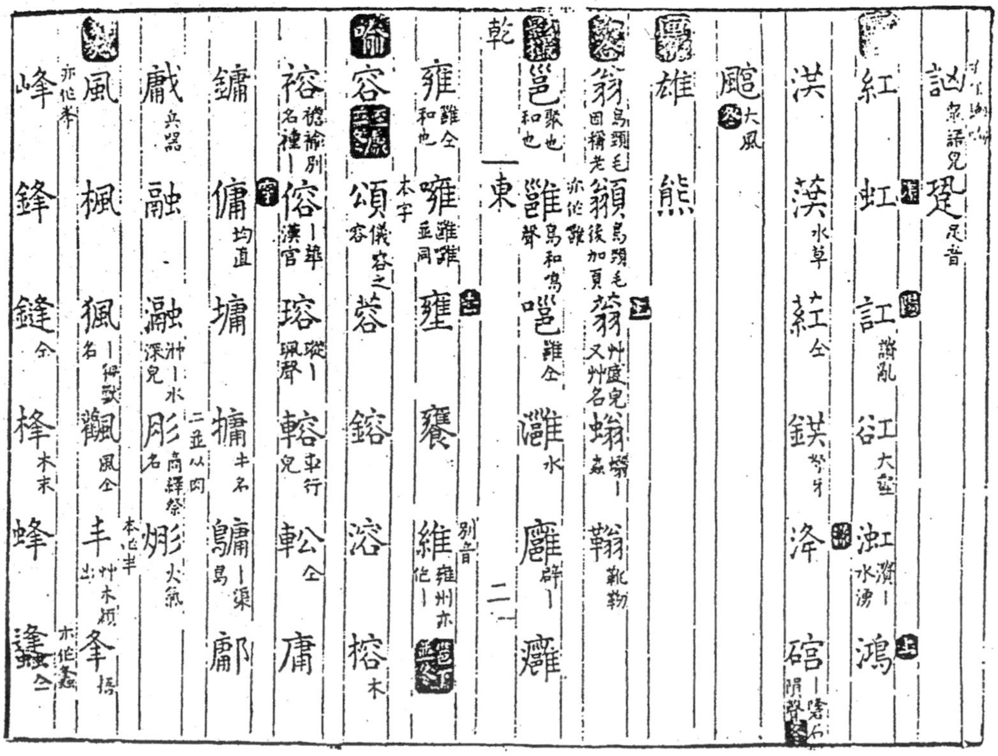

12－1《西儒耳目資》「萬國音韻活圖」、「中原音韻活圖」

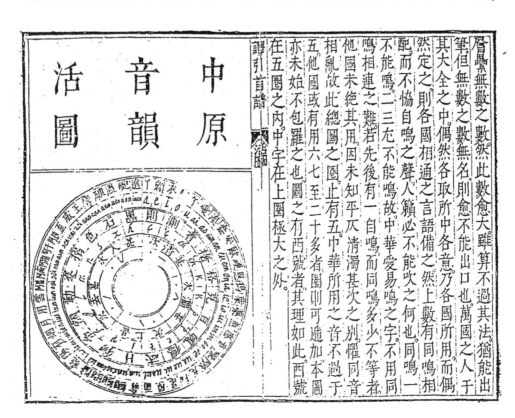

萬國音韻活圖

中原音韻活圖

調引首譜

萬國音韻活圖說

萬國音韻活圖者人籟也包括萬音而不出其範圍蓋人籟如簫其吹于人口者總計之二十有九如孔所調元音俱不同響西國有號以為字其號相對相會實生萬音而不止一國之音巳也本圖共作五圖每圖有二十九元音之號其五在首者自鳴Ya額丞i阿o午u是也同鳴則c測ç者ch捲不格K克K自ρ達ρ德t志t日j物ʋ弗ʃ寶g勒ʃ麥m搦n色S石x黑h陝之自一至十一輕一重十以後有九者為輕惟尾者為重中華所用之音止此而有四號在每圖一過之末他國用中華不用二十九號之後卅空一方聽用此五圖欲會之以

調引首譜

同無數之數然此數愈大雖算不過其法猶能出筆但無數之數無名則愈不能出口也萬國之人于其大全之中偶然各取所中各意乃各國所用而偶然定之則各國相通之言語備之然上數有同鳴相配而不協自鳴之聲人籟必不能吹之何也同鳴一不能鳴二三尤不能鳴故中華愛易鳴之字不用同他國或有用六七至二十多者閩中可逓加本圖五他國未絕其用因未知平仄清濁甚次之別慛同音相亂故此總圖之圖止有五中華所用之音不過于鳴相連之難若先後有一自鳴而同鳴多少不等者亦未始不包羅之也圖之有西號者其理如此西號在五圖之內中中字在上圖極大之外

12－2《西儒耳目資》「音韻經緯全局」

12－3《西儒耳目資》「切子四品法圖」、「切母四品法圖」

獨何異于不切乎。且蹈夫篇海以難音難之病也自
則測格克等之必換於以見圖通之然未始拘泥焉
問曰橫縱不同行之字。可得相切乎。○答曰萬萬不
得等韻之差正坐于此。
問曰先生之妙。至矣悉矣愚旁有所問直音與切法。
何者為便。○答曰音法極便而切法亦不可廢字
有多音直音不足必合兩法以定之厥音韻清楚耳
鼓易聰不致如孀者驚駭嘆曰屢開誨所以資
吾之耳者備矣然其字畫資目之法。竊願更有請
進望先生異日勿慽西儒曰君既虛懷下詢敢不承
命請卽竢之異日。

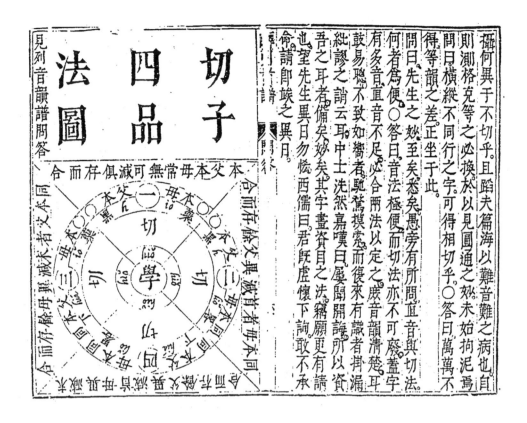

見列音韻譜問答

切子
四品
法圖

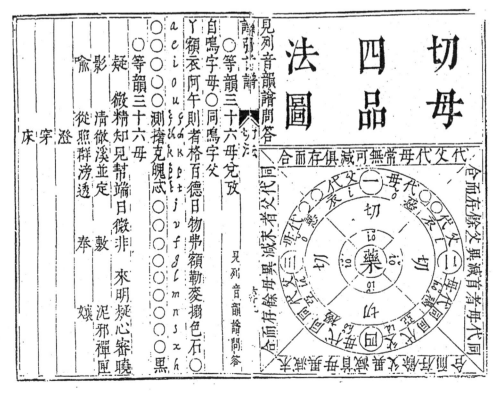

見列音韻譜問答

切母
四品
法圖

○等韻三十六母宄效
自鳴字母○同鳴字父
丫額衣阿午則者格百德日物帶額勒夌撥色石○
aeiou　kptjvfglmnsxh
○○○○○○○○○○測撦克䯸忒○
○○○○○○○○○○○○

○等韻三十六母
疑　微精知見幫端日微非　來明疑心審曉
　清微溪並定　　　　　　泥邪禪匣
喻　影　　清微群滂透　　奉　　敷
　　　從照　　　　　　　孃
床　穿　澄

13－1《韻通》——公韻、弓韻

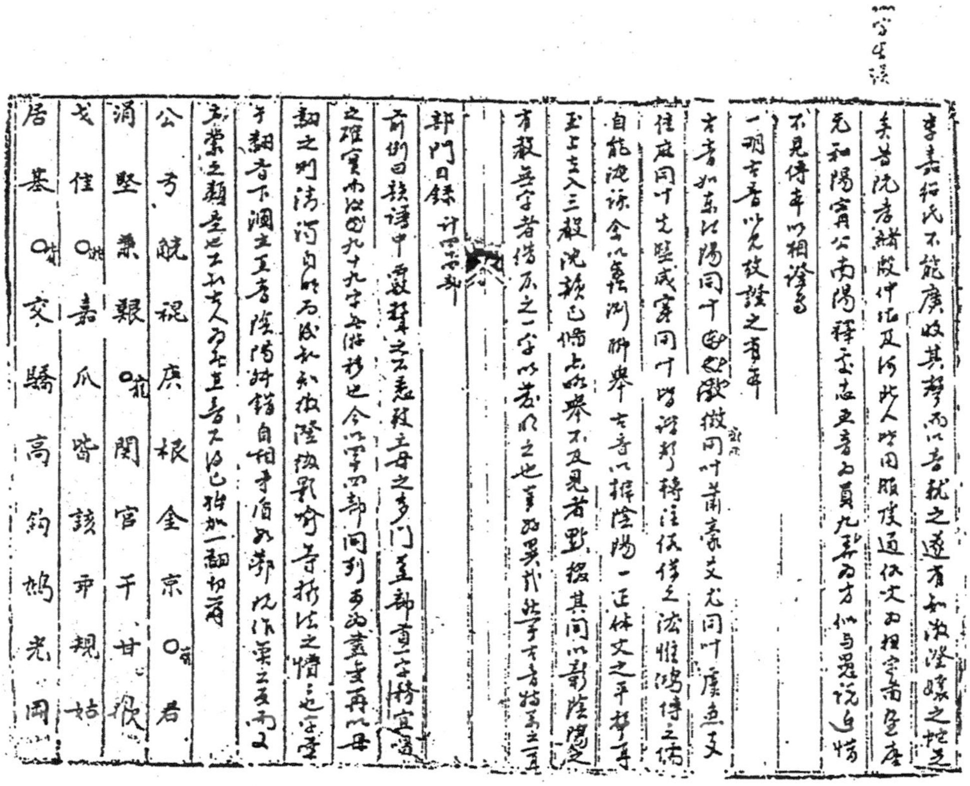

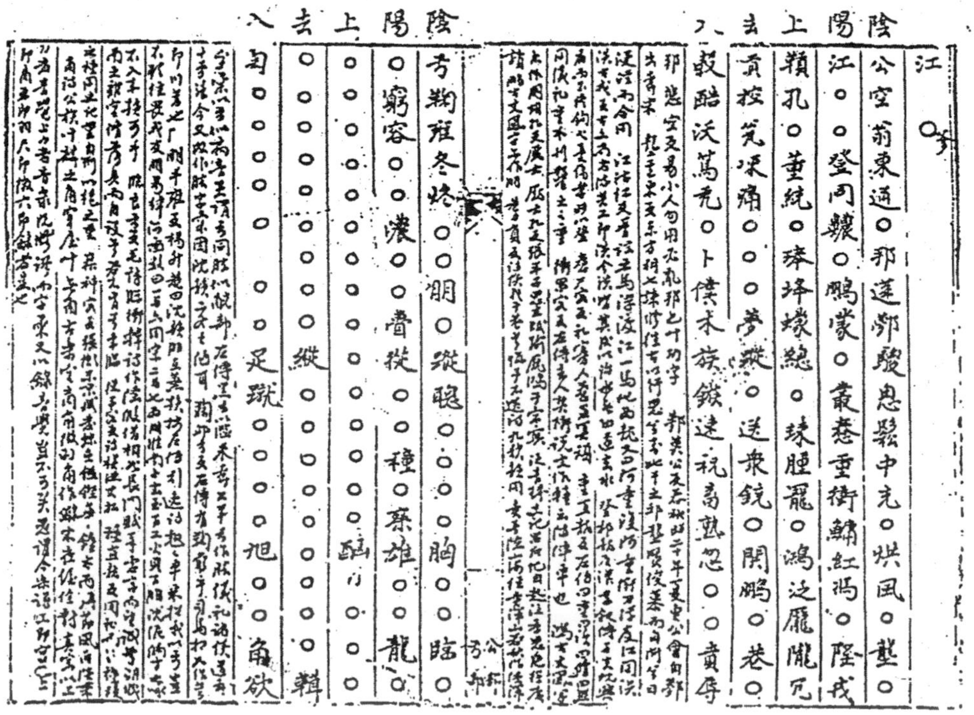

14－1《等韻圖經》「通攝第一開口篇」

重訂司馬溫公等韻圖經

特進榮祿大夫柱國惠安伯示城張元善校刊

金臺布衣居士徐孝合併

字母總括

見溪端透泥影曉
圖心二母剛柔定
非母正唇獨占一
抵腭點齒惟正齒
韻闔指南貼號
通止祝蟹壘劾泉

來照穿稔審精清
重唇上下斪滂明
敷微輕唇不立形
喉牙舌上不拘音
假拙臻山宕流門

通攝第一開口篇　等韻　二

明	滂	幫	泥	透	端	溪	見
			鼟	謄	登	坑	庚
			能	滕	等	硻	耿
				聽	鄧	塙	亙
				勝	○	○	興
○	砰	兵	額	聽	丁	輕	京
茗	頹	丙	寧	挺	頂	頃	景
命	砯	並	寧	聽	定	慶	敬
名	平	○	○	亭	○	礬	○

（右頁續）

精	照						心	圖	清			影	曉	來		韻

通攝第二合口篇　等韻　二

明	滂	幫	泥	透	端	溪	見
蠓	烹	崩	醲	通	東	空	公
猛	鮮	傰	膿	統	董	孔	共
孟	漨	迸	農	痛	動	控	貢
蒙	朋	○	農	同	同	恐	○
○	○	封	○	圖	○	穹	局
○	○	捧	○	蠭	絨	炯	烱
○	○	鳳	○	圓	稐	挎	○
○	○	馮	○	○	○	窮	○

14－2《合併字學集韻·四聲領率譜》「平聲一登開口音」

四聲領率譜

平聲 有形 無形 共八百零四音

一登開口音

見	透	清	影	照	…
庚 干增切	滕 貪僧切	瞠 泰坑切	罃 安登切	征 占生切	
溪 坑 堪亨切	泥 ○ 乃登切	[圖庚] ○	曉 亨 哈坑切	穿 稱 堅英切	見 涼
端 登 丹增切	精 增 栽庚切	心 僧 覽增切	來 ○	疑 ○ 卅征切	溪 輕 謙與切

15－1《交泰韻·總目》——一東韻

交泰韻總目

寧陵呂　坤著

如皋冒起宗訂

海陽胡正心　正言

一東　董　動　篤

○翁媵五　○東陰

後倣此　今遵之　通

海陽胡正心　正行　全泰

16－1《字學元元》「母中一百一十九小母目錄」

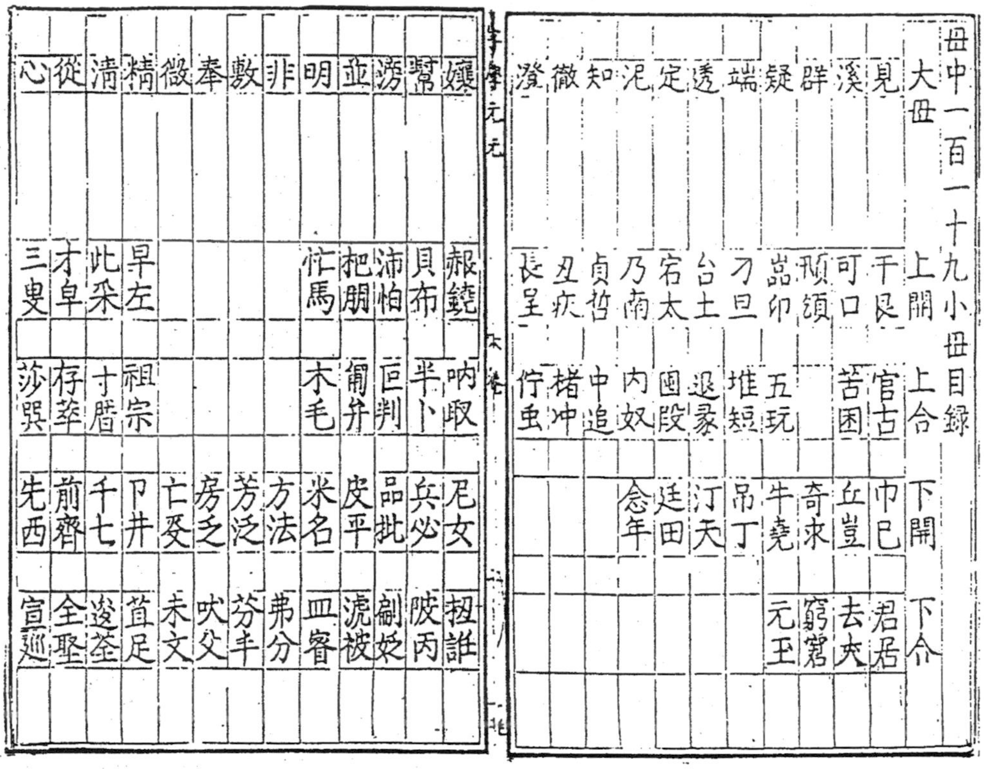

母中一百一十九小母目錄

大母	上開	上合	下開	下合
見	干艮	官古	巾巳	君居
溪	可口	苦困	丘豈	去犬
群	預頌		奇求	窮窘
疑	岦印	五玩	牛堯	元王
端	刁旦	堆短	吊丁	
透	台土	退彖	汀天	
定	宕太	囤段	廷田	
泥	乃南	内奴	念年	
知	貞哲	中追		
徹	丑疚	楮冲		
澄	長呈	佇虫		
孃	赧鐃	呐取	尼女	抝詛
幫	貝布	半卜	兵必	陂丙
滂	沛怕	叵判	品批	副妃
並	杷朋	俑弁	皮平	滮被
明	忙馬	木毛	米名	皿眘
非			方法	弗分
敷			芳泛	芬丰
奉			房乏	吠父
微			亡叒	未文
精	早左	祖宗	卩井	笡足
清	此采	寸厝	千七	逡荃
從	才阜	存萃	前齊	全聖
心	三叟	沙哭	先西	宣逦

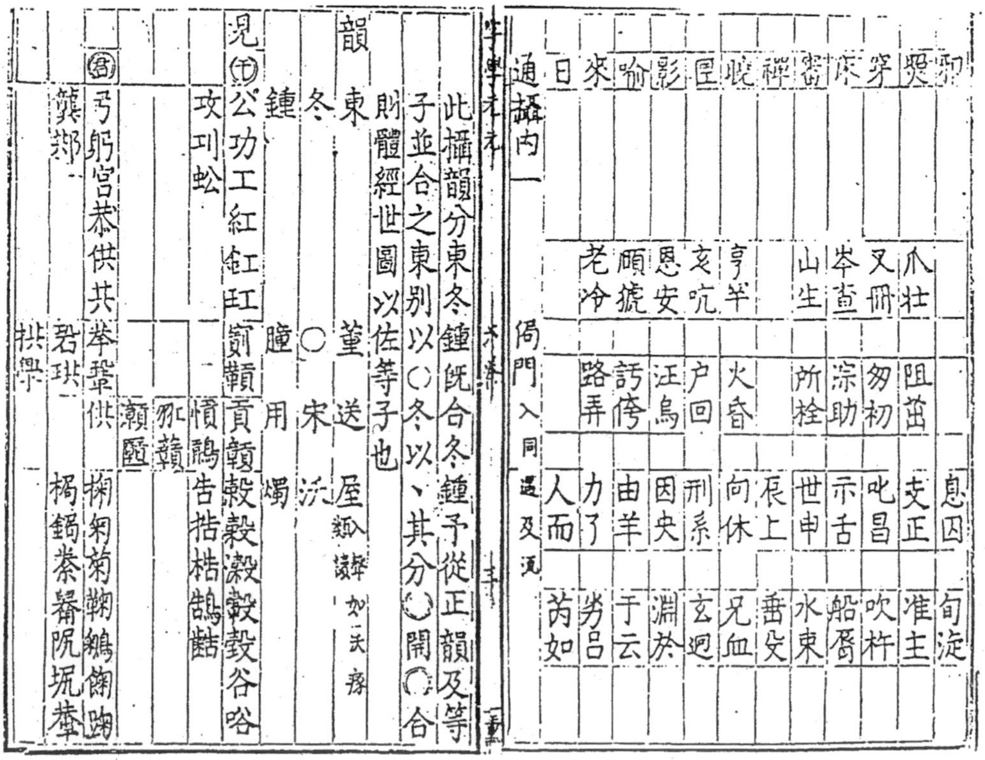

大母	上開	上合	下開	下合
邪			息因	旬淀
照	爪壯	阻茁	支正	准主
穿	叉冊	芻初	叱昌	吹杵
牀	岑查	淙助	示舌	船胥
審	山生	所栓	世申	水東
禪			辰上	垂殳
曉	亨半	火昏	向休	兄血
匣	亥吭	户回	刑系	玄迥
影	恩安	汪烏	因央	淵於
喻	頤號	訝儔	由羊	于云
來	老冷	路弄	力了	劣吕
日			人而	芮如

通攝内一　侶門　入同遇及流

此攝韻分東冬鍾既合冬鍾予從正韻及等子並合之東別以○冬以丶其分◯開◯合則體經世圖以佐等子也

韻　東　董　送　屋
冬　○　宋　沃
鍾　腫　用　燭

見　公功工紅釭玒　貢贛顴　穀轂瀔𣪊穀谷㕲
攻刊蚣　憒鴰告捁梏鵠酷
弓躬宮恭供共拱鞏供　掬匊菊鞠鵴𩞁踘
君珙　挶鋦泰𦤎阬坈𡏈

16－2《字學元元》「子母全編二十二攝」一東韻

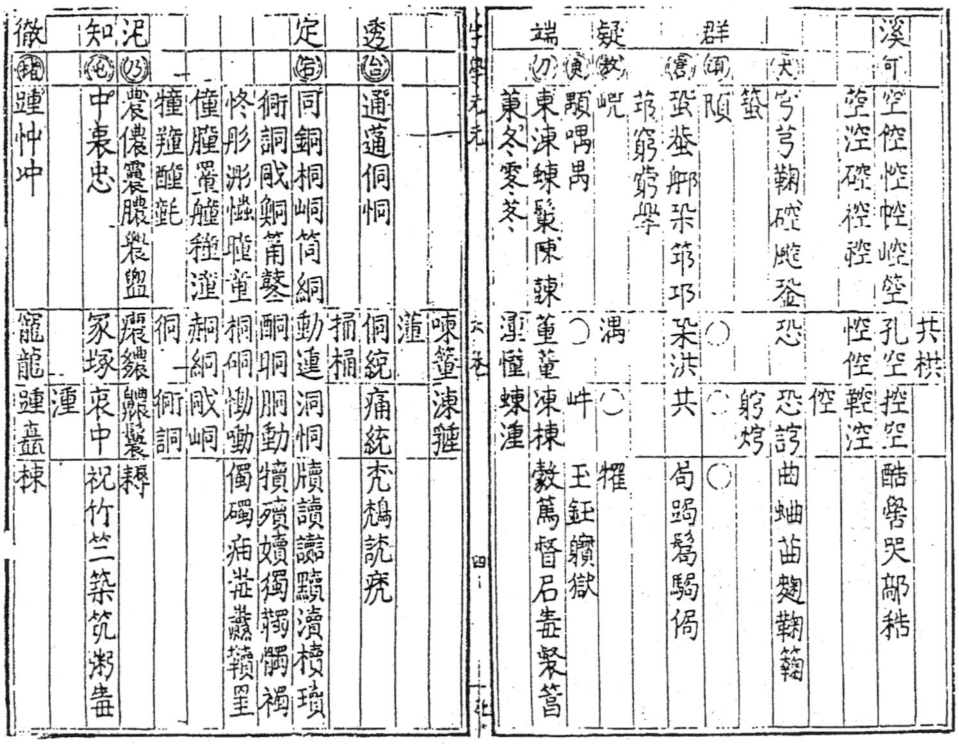

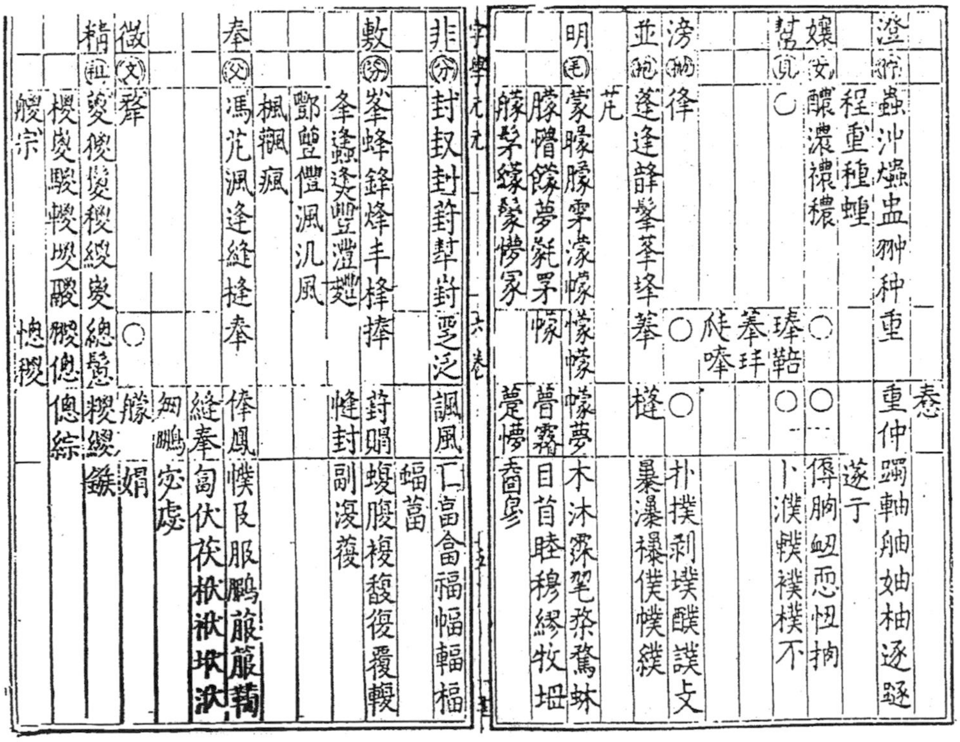

16－3《字學元元》「增字學上下開合圖」

增字學上下開合圖

上開十二字唱圖

分韻	見	溪	群	疑	端
魂痕	魂				
文元仙	根	寒		銀	坰頌
齊灰豪	干	冬		顏	顧
	公	微	許桓	峴	順
江青	該	咍	東		
	高	宵	脂作		釐
登蒸	歌	肴			
	嘉	戈		數	刀
咸	岡	陽	唐	我	多
	庚	侵	清	牙	當
	登	覃	青	昂	登
	蒸	鹽	咸		

穿	曉	心	從	清	精	明	並	滂	幫	泥	定	透
							丁					吞
							鎞	盆	扮	難	壇	通
							篷	侔	臻	能	臺	台
					猜	裁	排	能	孫	那		
								爬	範	巴		
					藏	倉	藏	茫	傍	榜	崩	襄
								滂	滴	崩	堂	

下開十二字唱圖

分韻	見	溪	群	疑	端	透	定	泥	知	徹	澄	孃
真寒	巾	堅	乾	言	顛	天	田	年	珍		陳	紉
文元仙		低		倪								

下開十二字唱圖

麻	審	曉	匣	影	喻	來
				痕	文	魂

17－1《元韻譜》「十二佸應律圓圖」與「式例」

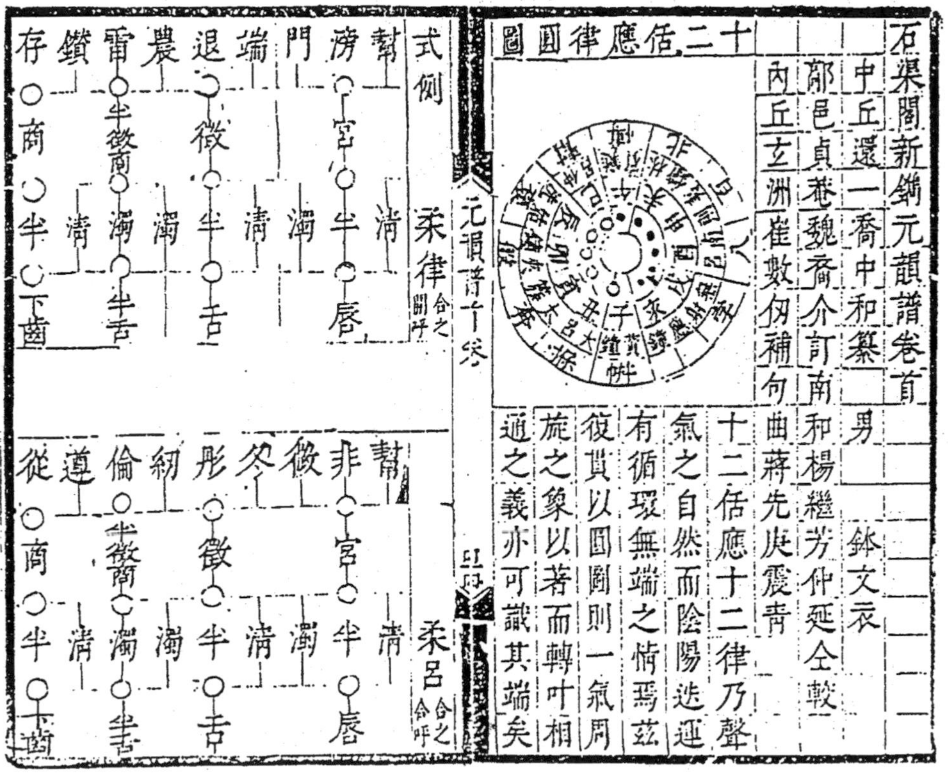

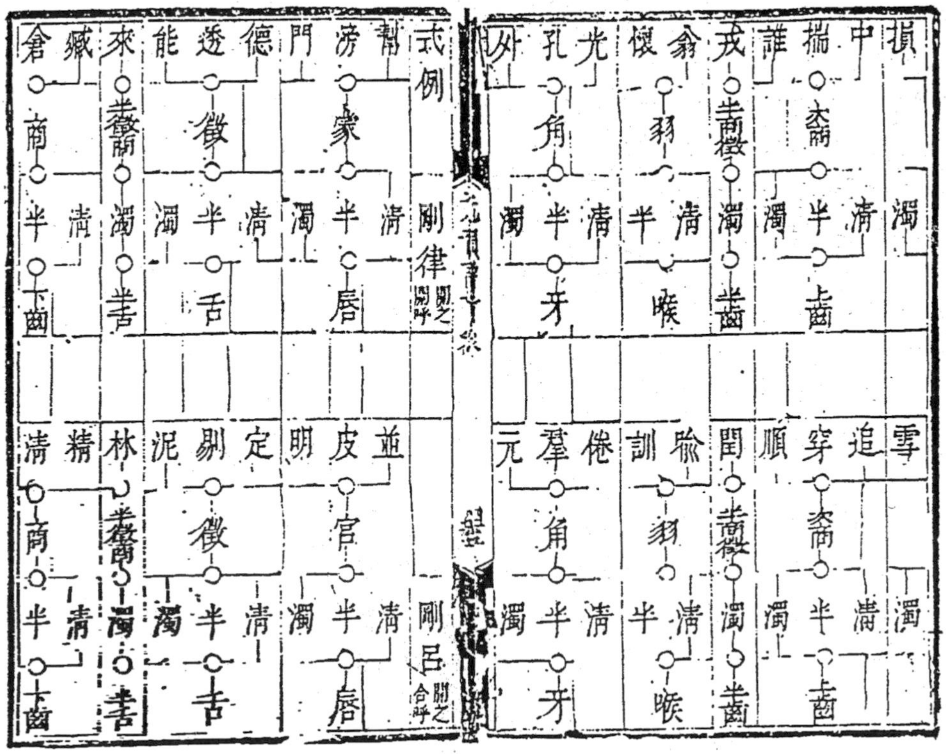

17－2《元韻譜》「卷首韻譜」——迸任

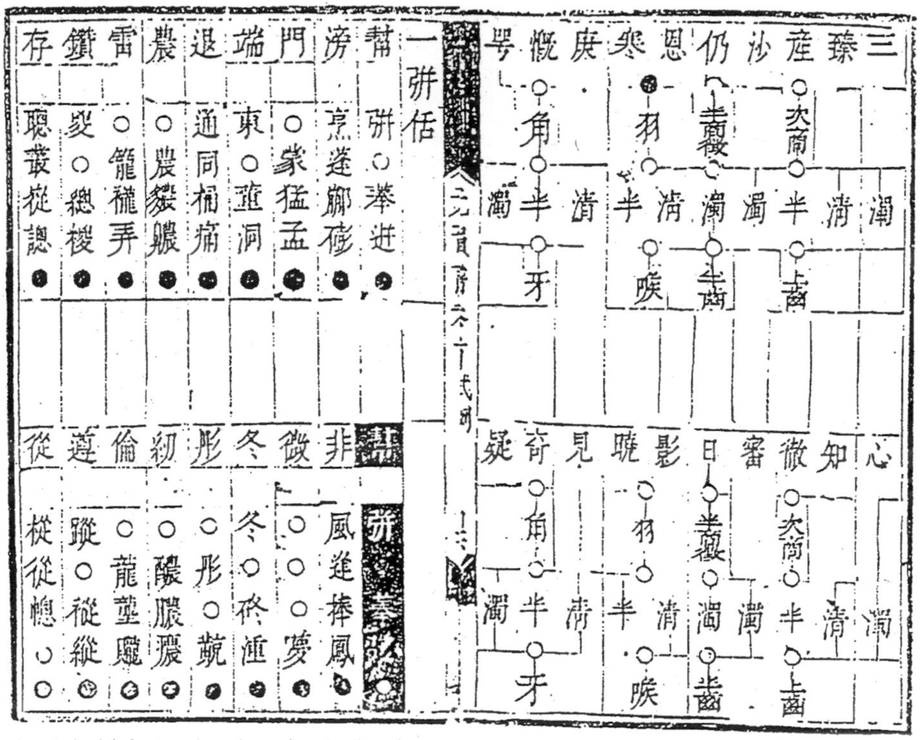

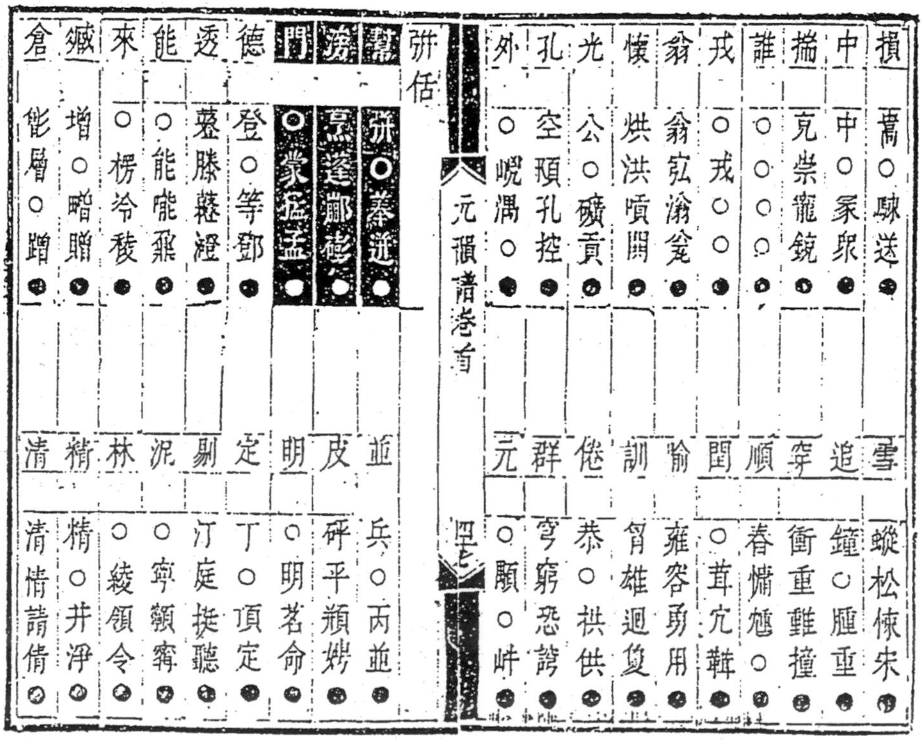

17－3《元韻譜·上平》一英韻柔律

元韻譜卷一

上平 一英韻柔律

幫　滂

《元韻卷一》上平

門　端

《元韻卷一》上平

18－1《切韻聲原》「等母配位圖」

管子調五音出於五行此初配佐圖也王宗道以牙為宮溫公
以四時序配橫圖以喉為羽韻會依之章道常又改其羽按漢
書羽聚也為水為智樂書曰聲出於脈而齒開吻聚此為確證
微傳朱子法以河圖生序脣舌腭齒喉為羽徵角商宮律生之
後黃鐘上旋南呂巴旋自然符合即鄭漁仲所明七音韻生也
宮如翁齒如抵羽如補書云究竟五音之用全不拘此等切字頭
讀底底提提起嘗馬初譯之時取中土字塢之孫炎反切與婆羅門書十
四橫貫適相符通呂介孺曰舍利定三十字守溫加六其空玉
鑰見前人反切不合增大門法豈知各時之方言異乎洪武正
韻幾係馬初譯尚襲舊証因作剒明之
前改沈約夫而各字切響

	水	心 徵 火			通
羽 脈		舌	角 腭		雅
唇				見	

五生土三陽同類故腭脣喉相通地二生
火四生金二陰同類故舌齒相通此躲也
唇者舌齒相通腭脣喉相通也疑泥明心
明其故耳首腭終喉列一層舌脣齒列二
快悉曇始迦邪蘇始丫也丂義初排入未
故置兩頭又從開激而至合口如華嚴始
端幫精三列皆兩層而見曉二列止一層
《卷之五十切韻 三 浮山此藏軒》

					土				聲
明	泥	端		見	喉 官	肺 商	齒 金	通雅	半
芒	澄定	知	疑	溪					
微	非		孃	徹					
夫									
萬物									

《卷之五十切韻 四 浮山此藏軒》

18－2《切韻聲原》「發送收譜」

18－3《切韻聲原》「新譜」

（卷之五十切韻 十 浮山此藏軒）

中原洪戎分支齊二韻
灰堆梅雷隨讀音則止此二韻

支爲獨韻的不合五音乃商齒之最出者也

此以兒人爲偶切姑附

兵丁庚京俱無吷
免模二韻今以重韻合呼者爲閤
洪戎分
翕聲偶呼者爲閤

（卷之五十切韻 十一 浮山此藏軒）

18－4《切韻聲原》「旋韻圖」、《周易時論合編·圖象幾表》卷六「旋韻十六攝圖」

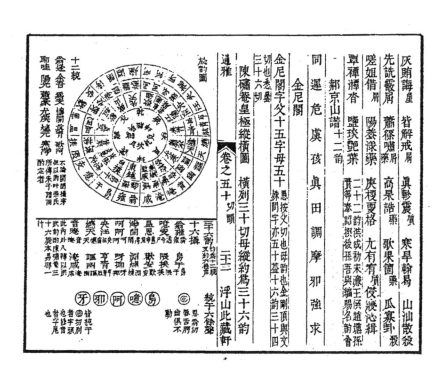

19-1《皇極聲音文字通》卷四「辰日聲入闢」——大壯卦

19-2《皇極聲音文字通》卷十八「火水音發清」——剝卦

皇極聲音文字通卷之十八

火水音發清 剝 歲之月 水之火 五之二

子一 丑二 寅三 卯四 辰五 巳六 午七 未八 申九 酉戌亥

甲花亘法百丹妳我三山莊卓

火水音十二上和天之用聲一百一十二是調聲音清音一百四十四

火水音發之一清上聲闢唱呂

曰曰聲平闢乾唱火水音一

一之一聲多字唱一音至十二音

多　多　多　多
多　多　多　多
甲　花　亞　法
百　丹　妳　我
三　山　莊　卓

一之二聲良字唱一音至十二音

良　良　良　良
良　良　良　良
甲　花　亞　法
百　丹　妳　我
三　山　莊　卓

一之三聲千字唱一音至十二音

千　千　千　千
千　千　千　千
甲　花　亞　法
百　丹　妳　我
三　山　莊　卓

一之四聲刀字唱一音至十二音

刀　刀　刀　刀
刀　刀　刀　刀
甲　花　亞　法
百　丹　妳　我
三　山　莊　卓

一之五聲妻字唱一音至十二音

妻　妻　妻　妻
妻　妻　妻　妻
甲　花　亞　法
百　丹　妳　我
三　山　莊　卓

一之六聲宮字唱一音至十二音

宮　宮　宮　宮
宮　宮　宮　宮
甲　花　亞　法
百　丹　妳　我
三　山　莊　卓

一之七聲心字唱一音至十二音

心　心　心　心
心　心　心　心
甲　花　亞　法
百　丹　妳　我
三　山　莊　卓

20－1《皇極圖韻》「四聲經緯圖」——平聲、上聲

20－2《皇極圖韻》「經緯省括圖」

上圖

	商六	商五	商四	商三	商二	商一	徵八	徵七	徵六	徵五	徵四（皇極圖韻）	徵三	徵二	徵一	角四	角三	角二	角一	（角韻 徵韻附變徵羽韻 商韻 宮韻附變宮）
	爭〇	〇〇	僧珊	層爹	蹈爹	增篆	猼〇	榕〇	撐〇	狰〇	能難	〇〇	騰壇	〇〇	婭豣	〇〇	銚刊	庚干	開口
	真麻	〇诞	新先	泰前	親千	增篆	紉〇	陳鼆	顛脡	珍邅	〇年	〇〇	〇田	〇顏	銀妍	勤乾	聚牽	小堅	齊齒附捲舌撮口
	譚剸	旬旋	荷宣	鶲企	逡詮	逡詮	〇〇	醜傳	椿緣	屯邅	拈	添	天	故	輗元	羣權	鞿圈	君涓	
	簪詹	莘潤	心遏	鷈潛	侵僉	侵僉	綸鮎	沉蘕	琛覘	砧沾		悖滃	甜		吟嚴	琴黔	欽謙	金兼	合口混習
	諄跮	〇〇	孫酸	存橫		村筑	〇〇	醜竈	裕窀	屯	磨溪		豚圈	敬端	僤刌	坤寬	〇〇	昆官	

下圖

省括圖說	變宮	變徵	宮四	宮三	宮二	宮一	羽八	羽七	（皇極圖韻）	羽大	羽五	羽四	羽三	羽二	羽一	商十	商九	商八	商七
	〇	接蘭	〇〇	賨安	賨安	亨軒	〇〇	亨軒		〇〇	〇〇	萌鞴	彭褮	烹潘	祊般	〇〇	生〇	傖〇	鎕〇
	人然	鄰連	寅延	因煙	費賢	恒寒	〇〇	恒寒		〇〇	〇〇	民眠	貧楩	賓篇	辰鋌	申癲	〇〇	神〇	顛川
	粹嗅	倫孿	雲聞	氳淵	〇玄	欣軒	文楷	欣軒		苏鞴	分蕃	〇殼	〇困	穎邊	純逜	〇〇	脣船	脣船	春穿
	壬犎	林廉	淫盬	音濸	歆菱	薰暄	文	薰暄			殼		杬		甦辰	諶苫	岑〇	岑〇	參稀
	殷〇	論鸞	溫劍	冤桓	昏歡	昏歡	芬	昏歡		芬	分〇	門瞞	盆絭	潰潘	奔辰	〇純	脣狗	脣狗	春〇

省括圖說

樂律八十四調有旋相爲宮之法如曰宮調商調實則一調完

21－1〈元音統韻・三合方位正華嚴字母圖〉

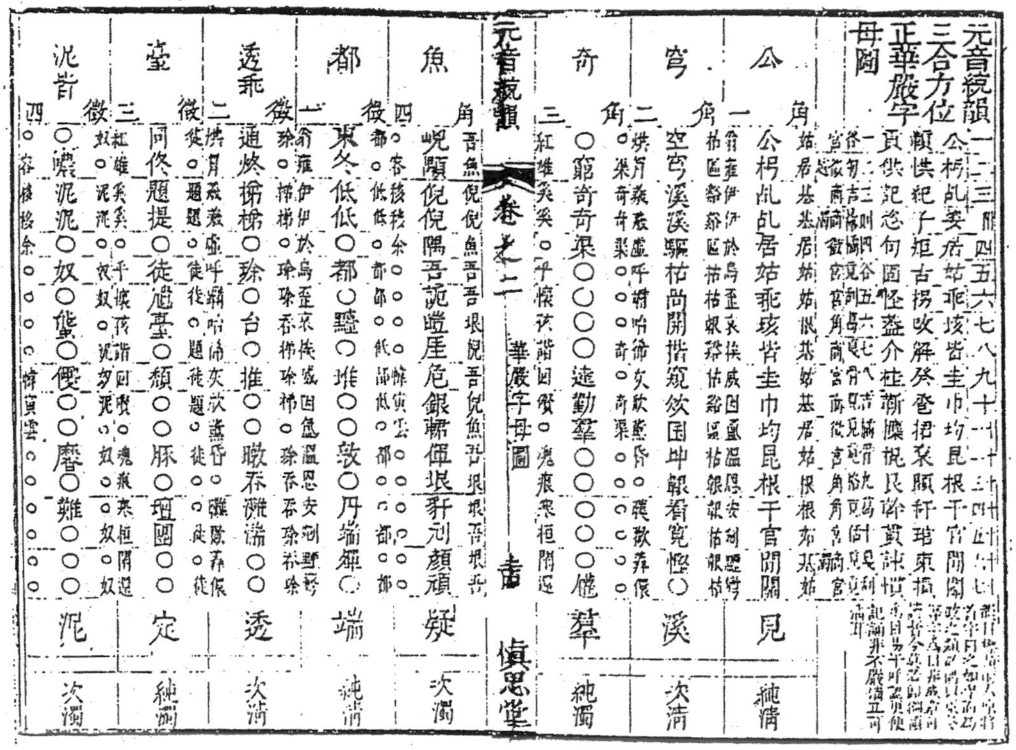
元音統韻 三合方位正華嚴字母圖

公 穹 奇 魚 都 透 臺 泥

見 溪 羣 疑 端 透 定 泥

純清 次清 純濁 次濁 純清 次清 純濁 次濁

元音統韻 卷之二 華嚴字母圖 慎思堂

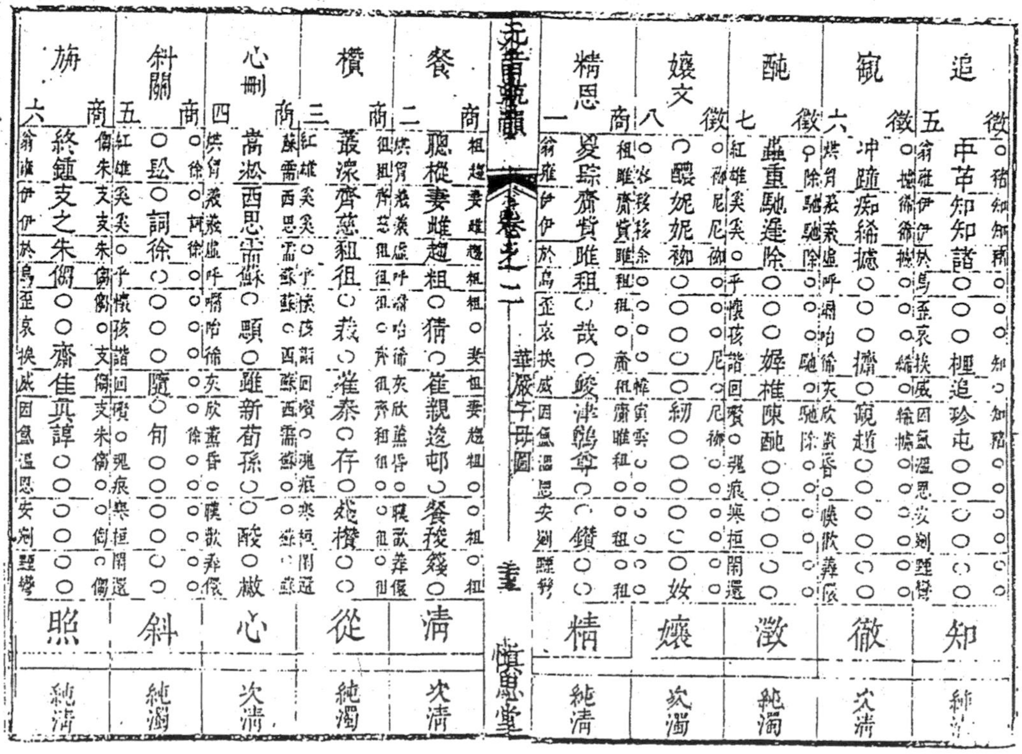
追 竄 豗 孃 精 餐 欑 心 斜 旃

知 徹 澂 孃 精 清 從 心 斜 照

純清 次清 純濁 次濁 純清 次清 純濁 次清 純濁 純清

元音統韻 卷之二 華嚴字母圖 慎思堂

22－1〈音聲紀元·二十四氣音聲分韻前譜表〉

22－2〈音聲紀元‧十二律音聲分韻開闔後譜表〉

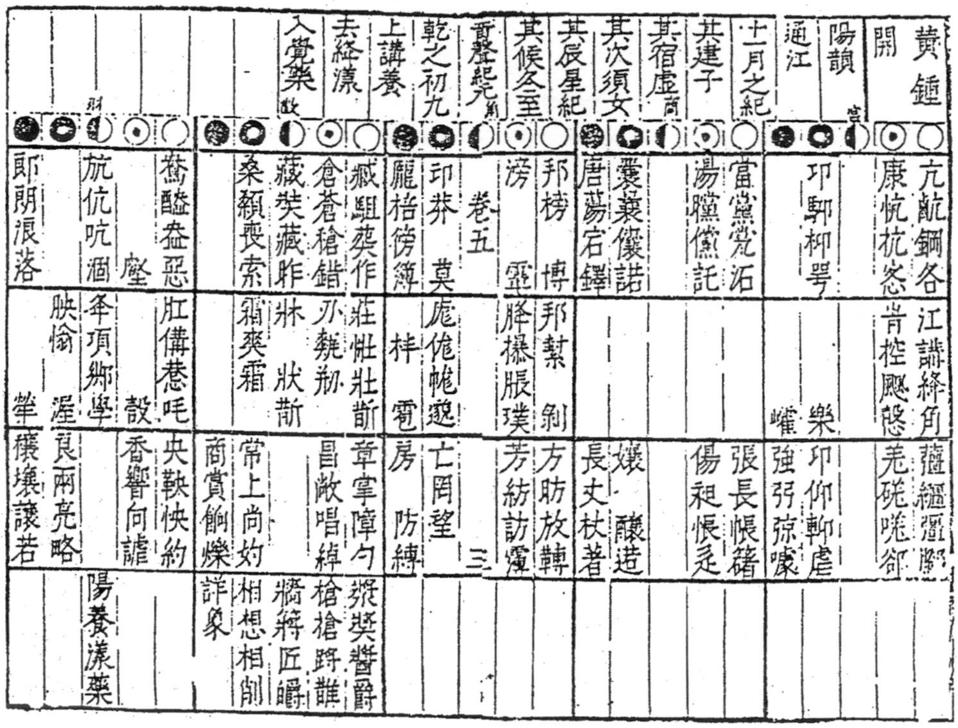

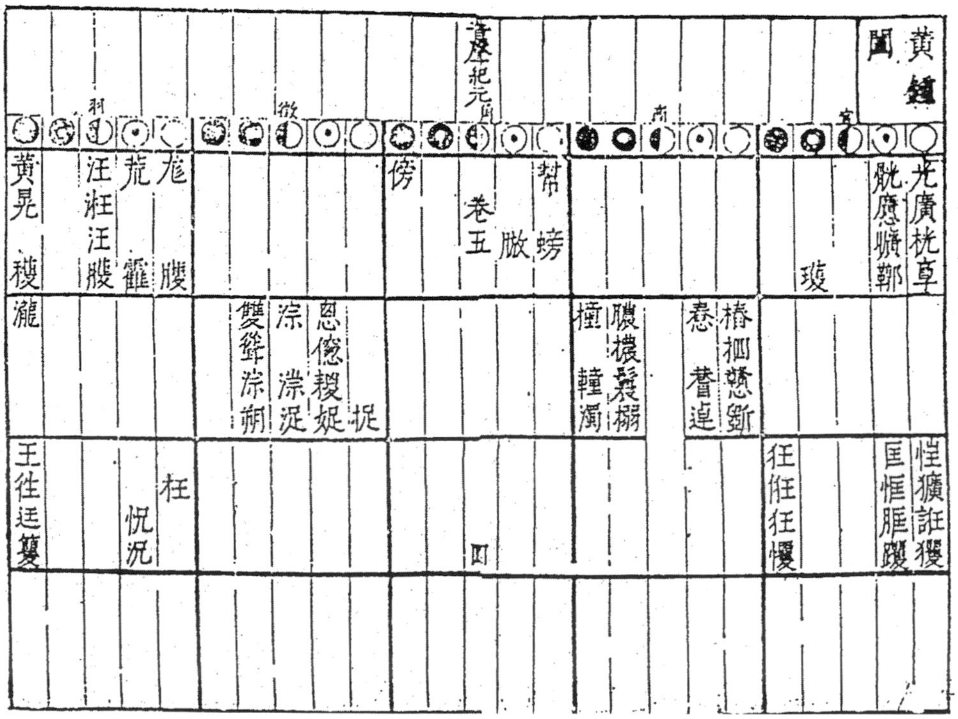

23—1《泰律》「專氣音十二圖」

太律卷之一

明苑馬寺卿河西葛中選著

太律音

專氣音

專氣宮音內運第一

音實有六厥用惟五其一以為和淮南言其義矣古
今未能別出今並譜之立音為華視五音如黑曰可
辨用則名為和實五音之中也陽之靜專陰正令也
于時為摶圜宮得為長華紐角以和于中中各具四
規四衛其芿皆痳半為節是體圜而用則方也

23－2《泰律》「專氣聲三十二圖」

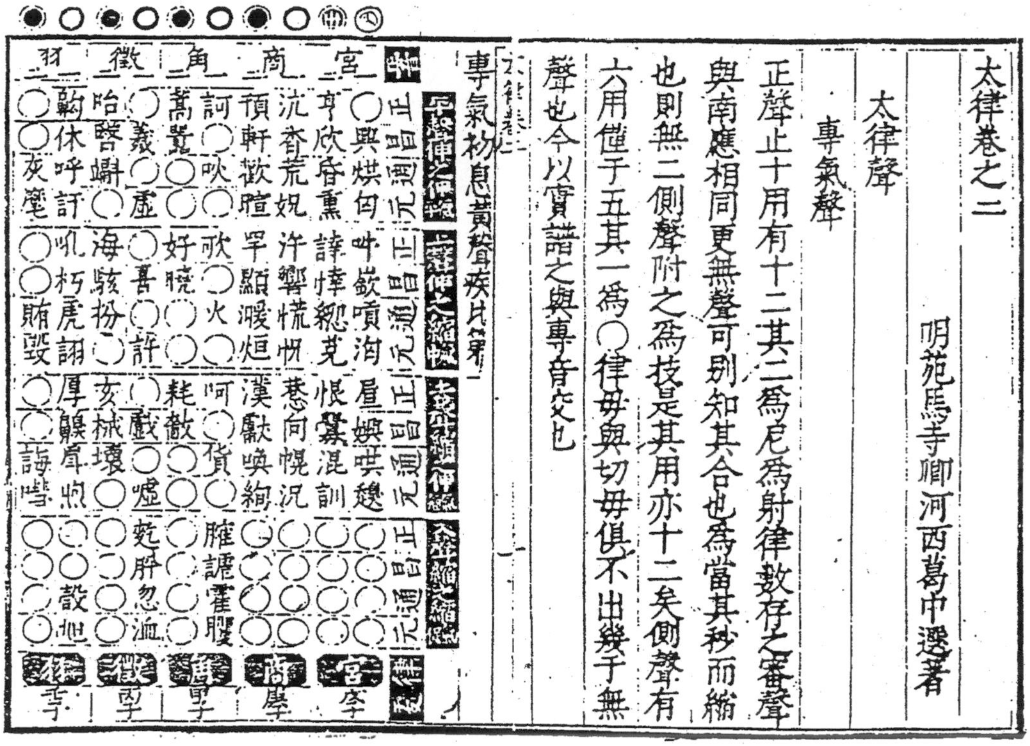
太律卷之二

明苑馬寺卿河西葛中選著

太律聲

專氣聲

正聲止十用有十二其二爲尼爲射律數存之審聲與南應相同更無聲可别知其合也爲當其秒而縮也則無二側聲附之爲技是其用亦十二矣側聲有六用僅于五其一爲○律毋與切毋俱不出幾于無聲也今以實譜之與專音交也

專氣初息黃聲疾比第一

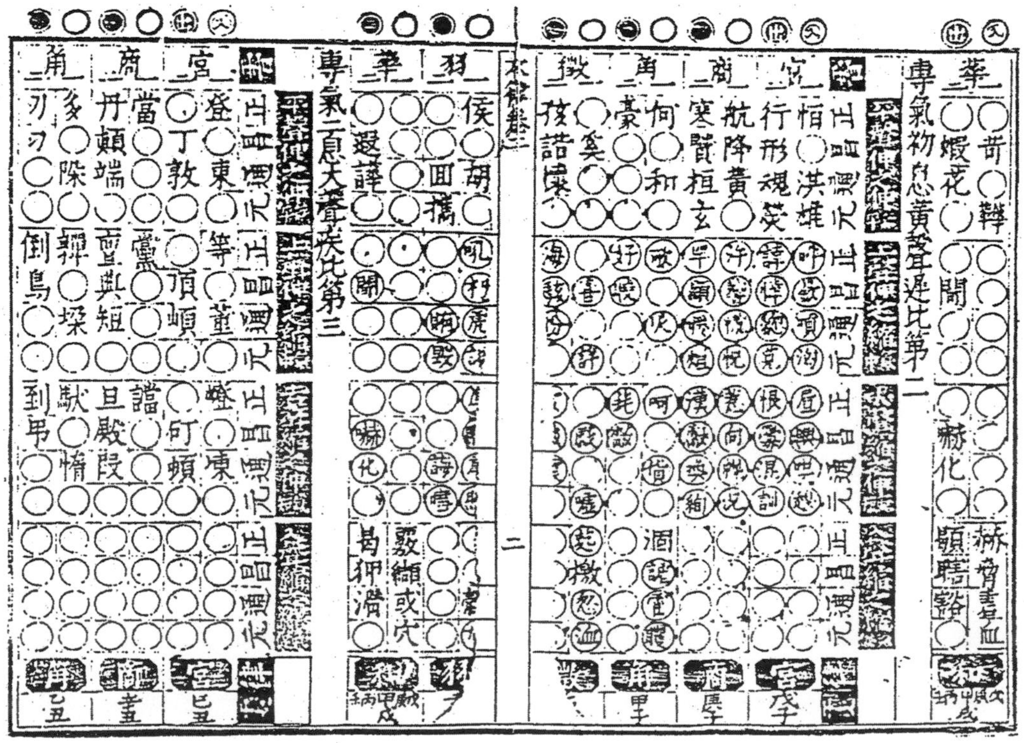
專氣初息黃聲遲比第二

專氣一息大聲疾比第三

23—3《泰律》「直氣聲音定位十二圖」

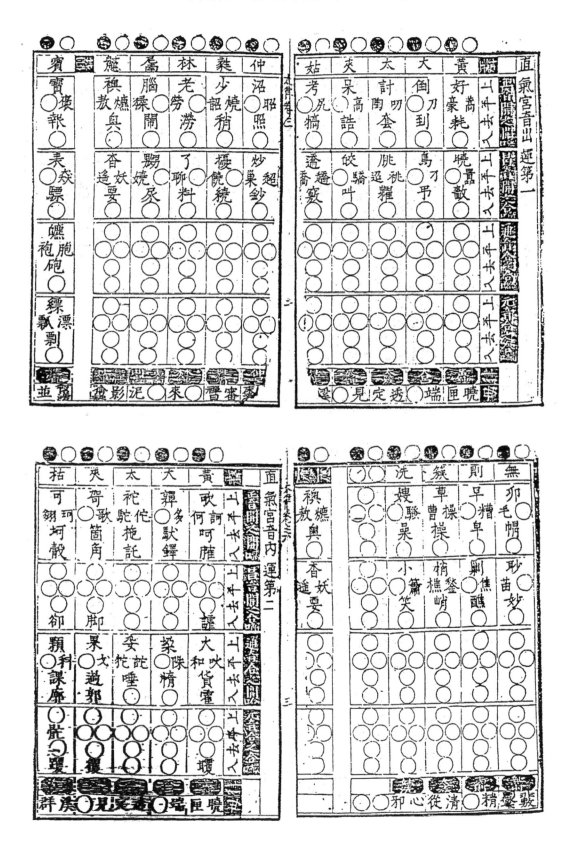

24－1《悉曇經傳》「梵音十二轉圖」

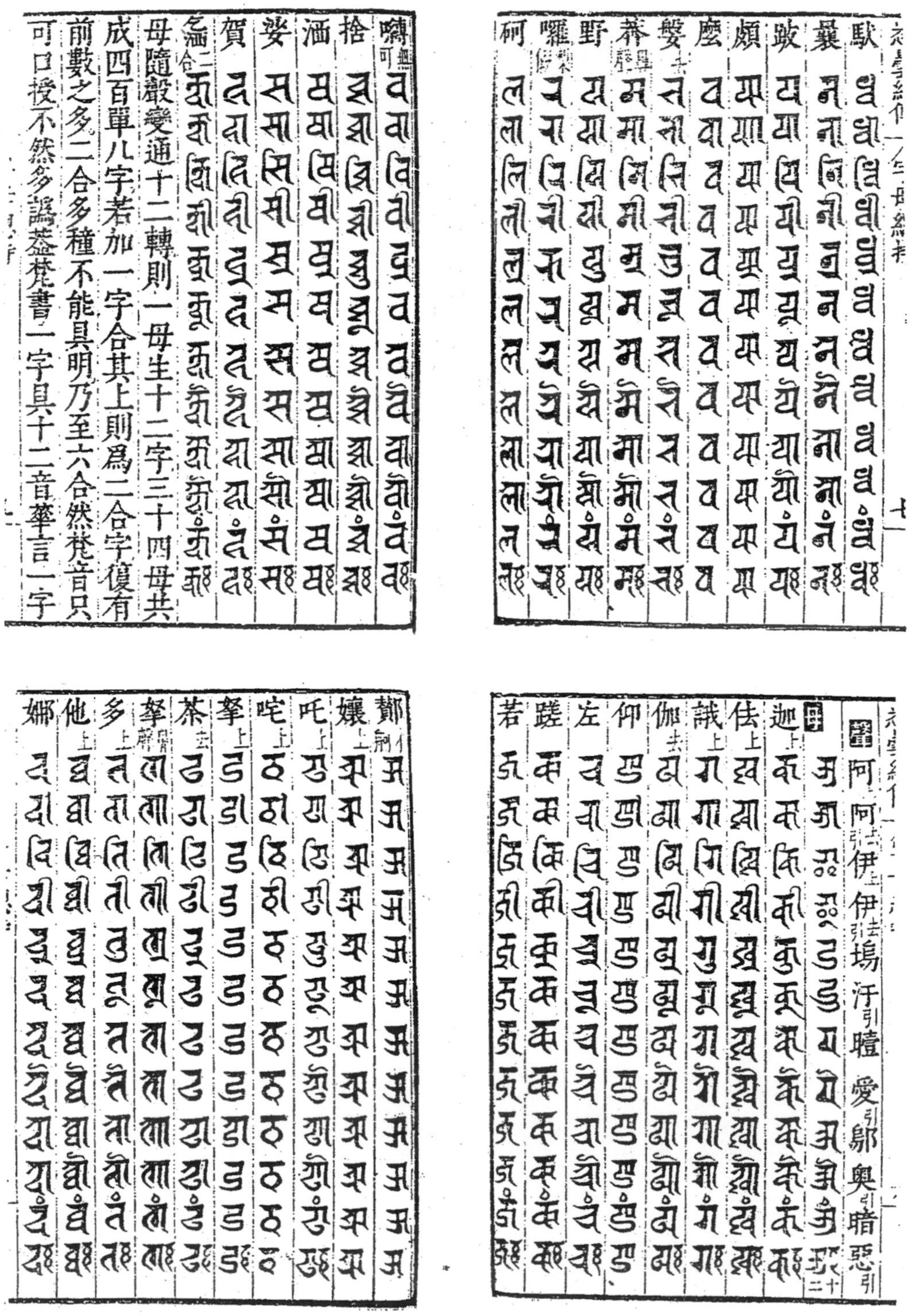

25－1《音學辨微》「五十音圖」、「字母配河圖圖」

數亦出於自然也此外又有鼻音則不可以爲音矣。中
原人呼誤濁之字至仄聲變而爲最清蓋仄聲有轉紐因
最清無濁遂干最清之虛位而不知其實最濁也此理雖
邵子猶未能明起以皇極經世四十八聲多重複。近世
吳江潘稼堂乘著類音於三十六母既多刪併而亦言有
五十音皆有字塡之不知其音多重複也觀後圖可知五
十音自然之位置。

五十音圖

字之圈黑方圈者有音無字之濁。

字在圓圈者清聲在方圈者濁聲黑圓圈者有音無

一 音學辨微

見　端　幫　邦　非
溪　透　滂
群　定　並
疑　泥　明
　　　　微

十一辨嬰童之音

人聲出於肺肺脘迫於喉始生而啼雖未成字音而其音
近乎影喻二母。此人之元聲也是時不能言言出於心其
簽在舌。心之臟氣未充否下麻泉之竅未通則舌不能搖
西南火金未交也及其稍長漸有知識心神漸開火金漸

字母配河圖圖

此圖牙舌脣齒喉依河圖各居其方。而半舌半齒居西南

一 音學辨微

陽爲火金之交則河圖變洛書之理也求母恰是舌頭泥
母之餘口母恰是正齒禪母之餘。